JN072182

マインドエラー

永山千紗
NAGAYAMA Chisa

文芸社文庫

目次

マインドエラー

序章

「なにやってんだよ」

　驚いて声をかけた少年を、少女も目を丸くして凝視した。

　少女が立っているのは、十一階建てのマンションの屋上の、鉄柵を越えた向こう側。時刻は午後十一時を回っている。

「なんであんたがここにいるのよ」

「なんでもなにも、ここのマンションに住んでんだよ、俺」

「えっ、マジで？　そっか、この辺じゃこのマンションが飛び降りるのに最適だと思ったけど、自分のマンションから飛び降りられたら嫌だよね。ごめんごめん、他探すわ」

　少女は鉄柵を飛び越えすんなり内側に戻ってくると、スカートの汚れを両手で払った。

「だいたいさ、なんでこんな時間に屋上に来てんのよ。タイミング悪過ぎでしょ」

　謝ったそばから今度は不満を言う。住人なんだから何時に屋上に来ようが自由だろ、住んでもいないのに勝手に侵入して飛び降りようとしている奴にとやかく言われたくねぇよ……少年は、そう喉元まで出かかって飲み込んだ。今まさに自殺しようとしていた奴を刺激したくはない。

「星の観察だよ」

素直に答える。瞬時に少女は珍獣でも見るような表情を少年に向けた。

「俺、天文部だから夏休み中は毎日星の観察日記をつけなきゃなんねぇの。悪ぃか？」

こっぱずかしくなって半ば怒ったように言うと、少女はクスッと笑って首を横に振った。

「全っ然悪くない」

手摺りを両手で持ち、仰け反るようにして空を見上げた。

「ここに引っ越してきてから星を観ようなんて考えたことなかったけど、マンションの屋上からだと都会でも案外見えるもんなんだね」

少女につられて少年も空を見上げる。薄らと雲掛かっている中に、明るさの異なる星が肉眼でもいくつか確認できた。

「写真のことか？　今朝の写真のことで死のうとしたのか？」

夜空の闇を見つめたまま少年が聞いた。

その日の午前中、学校で全員強制参加の水泳講習があった。少年が学校に着くと校舎の外壁の一部に人だかりができていて、何事かと思って近寄った。そこには、彼女の下着姿や裸の写真が何枚も貼られていて、周りにはスプレーで卑猥な言葉が書き殴られていた。吐き気が込み上げた少年は早々にその場を離れた。だけど面白がって見ている生徒も多く、先生が回収するまで一時間近く晒されていた。

『公園の公衆便所にもあいつの写真貼られてたぜ』

講習中、クラスの男子が何人かで話しているのが漏れ聞こえた。彼女が自慰をしている写真で、隣に油性マジックで自宅の電話番号が書かれていたらしい。帰りに見に行こうと沸いていた。

『俺、電話かけてみようかな』

『やめとけよ、可哀想だろ』

『いいんだよ、ああいう奴はどうせ自業自得なんだから』

何をもって自業自得なのか。楽しそうにゲラゲラと笑っている奴らの神経を、少年は心底疑った。

「そうね。家にいるとキモい電話がかかってくるから、うざくて外に出てきたんだけど、死んでも誰にも泣かれない人間が生きてても意味ないかなって思えてきて、死に場所っていったらここかなって」

少女の口調は、内容とは裏腹にあっけらかんとしていた。

「意味わかんねぇ。家電は電話線抜けばいいことだし、誰にも泣かれないかどうかは死んでみなきゃわかんねぇだろ」

「電話線抜いたら必要な電話がかかってきたとき困るじゃない。それに、私が死んで鼻で笑う人はいても泣く人はいないって、死ななくてもわかってるから。そもそも、どうでもいい人が大半でしょ」

少女はまたクスッと笑ったが、少年は笑えず頬を引き攣らせた。

中学一年の二学期に少年のクラスに転入してきたその少女は、人目を惹く整った容姿をしていた。だけど転入当初から口数が少なく、とっつきにくい雰囲気を放っていた。それでも声をかける女子がちらほら出てきたころ、彼女の家が父子家庭だとわかった。両親が離婚して最初は母親に引き取られたが、男ができた母親が蒸発して今度は父親に引き取られて越してきた。そんな嘘か本当かもわからないような噂が生徒の間で広まり、みんな彼女の周りから離れていった。小さいころからの知り合いがいる地元民だったたなら違ったのかもしれないが、自分から話しかけてくるわけでもない厄介な新参者にわざわざ関わろうとする物好きはいない。実際噂は本当で、その話を担任から聞いたPTAのクラス役員の保護者が自分の子どもに話して広まったのだった。

そんな彼女が一学年上の女の先輩とつるむようになったのは中一の終盤。その女の先輩はある意味有名人だった。気に入らない後輩を呼び出しては暴行していた時期があり、そのうちの一人の保護者が激怒して警察沙汰になったこともあった。ウリをしているとも言われていて、一緒につるんでいる彼女も同類だと思われ、より一層他の生徒は寄りつかなくなった。彼女が父親と住んでいるアパートが学校と少年のマンションの間にあり、少年は下校途中に彼女の家を出入りしているガラの悪い連中をよく見かけた。父親が仕事で不在がちで、彼女の家は溜まり場と化していたのだ。

　中二になると、彼女は年中怪我をして学校に来るようになった。頬が腫れ上がっていたり、腕や足に痣（あざ）ができていたり、足を引き摺っていることもあった。彼女がそんな状態で登校するとクラスに緊張が走るため、やがて学校に来なくなったときは、口にこそ出さなかったが、みんなどこかホッとしているようだった。

「お前、先輩にいじめられてんのか？」

「いじめ、ねぇ」

　少女は視線を落とし、溜息をついた。

「先輩はね、父親と継母（ままはは）と三人で暮らしてて、私のこと自分と境遇が似てると思って声をかけてきたんだよ。私も友だちができなくて寂しかったから一緒にいる人ができて嬉しかった。他の学校とか高校生の友だちも沢山紹介してくれて、一人でいることがなくなったし。でも、先輩は父親と継母に暴力を振るわれてて、ウリも二人に強要されてやってたんだよ。うちの父親は暴力とか暴言とかとは無縁の人で、何気に私、父親のこと嫌いじゃなかったから、思ってたのと違ったみたい。一緒にウリやろうって誘われて断ったら、リンチとかレイプされるようになったんだよね」

「なんでそんな奴らから離れないんだよ」

そう言う少年を、〝マジかよ、こいつ〟と言わんばかりに少女が見る。

「離れようとしたからこのザマなんでしょ」

「いや、もっと早い段階でさ」

「離れようとしたらレイプされて写真撮られて、その写真返して欲しかったら自分でやってるところを見せろって言われて、そしたらその写真も撮られて、結局全部脅しの材料にされて、それでも切ろうとしたら写真をばら撒かれた」

早口で捲し立てると、〝どうよ〟という顔をした。

「酷ぇな。でも、だからって死ぬくらいなら父親に話して助けてもらえよ。それだけ頻繁に怪我してたら、お前の状況、多少は気づいてんだろ」

「気づいてないよ。仕事で家にいないことが多いし、いても生活リズムが違うからほとんど顔合わせないもん。それに、性別が違うからどう扱っていいのかわからないって言って、遠慮して向こうから関わろうとしてこないから」

「その辺のことは俺にはわかんねぇけどさ、父親に学校とか警察に訴えてもらったほうがいいって」

少女は駄々っ子のように首を横に振った。

「そんなことになってるなんて知られたら、がっかりされて今度は父親にも捨てられちゃう」

「捨てられるわけねぇだろ、親だぞ」

「母親には捨てられたよ。父親だって離婚して最初は私を母親に渡したんだよ？　捨てられない保証がどこにあるの？」

「それは……」

困った。だけど、自分とわかれた後、本当に他の場所で死なれたりしたら後味が悪過ぎる。少年は必死に考えた。

「俺の母親が法律事務所で事務員してんだけど、親が離婚した場合、父親が親権を取れる可能性はめちゃくちゃ低いって言ってたことがあるんだよ。だから、お前の父親もお前の親権を母親に渡したくて渡したんじゃねぇかもしんないだろ」

我ながら説得力のあることを言えたと、自信満々に少女を見た。

「へぇ、そうなんだ」

きょとんとした少女の目の中に迷いが生じているのを感じた。でも、少女の口から出た言葉は、「わかった」ではなく「あのさ」だった。

少女はまっすぐに少年を見つめる。

「そんなに止めるならあんたが責任取ってくれる？」

「責任？　なんの？」

少年は想定外のことを言い出した少女に怪訝な表情を向けた。

「私を生かす責任だよ」

「生かす責任？　どうやって？」

「私と結婚するとか」

「はっ？　なに言ってんのお前」

「なに焦ってんの」

少女は激しく動揺する少年を見て噴き出した。

「お前、俺のこと好きなのか？」

真剣な面持ちで聞くと、

「男子ってそういうとこあるよね」

とはぐらかす。

「からかってんじゃねぇよ」

自殺騒ぎから一転、結婚だの好きだのといったワードが飛び交って、少年は心臓の音が少女に聞こえるんじゃないかと思うほどバクバクしていた。

「だって、好きなんて当てにならないじゃない」

少女は哀しそうに呟いた。

「結婚は当てになんのかよ」

「ならないね。全然ならない」

少女の真意を測りかね、少年の頭の中は混乱する。

「ごめん、冗談だから」

少年の気持ちを見透かしたように、少女が明るく言った。そして、「じゃあね」と手を振ると、屋上からマンション最上階へと続く階段を足早に下りていってしまったのだ。

その後、どれがどこまでが冗談だったのか聞けずじまいでモヤモヤとしたまま二学期を迎えた。登校初日、担任から朝のホームルームで彼女が夏休み中に引っ越して転校したことを告げられた。少年は、彼女が父親に話してそうすることにしたんだなと思った。死ななくて良かったと、胸を撫でおろした。でも、その反面、その撫でおろした胸にチクチクとした痛みを感じた。

一年半後の卒業式。同じ学校で同じクラスだったと言ってもたった一年間存在しただけだった彼女のことなど、他の同級生たちはすっかり忘れていた。まるで最初からいなかったかのようだった。でも、あの夜のたった一時間ほどの出来事で、少年だけは忘れられずに心の中で彼女のことを想い続けていた。

アルバイト

二〇一〇年。

大学一年の豊平章敬（とよひらあきのり）は、自宅の最寄り駅である戸田公園駅西口の目の前にあるレンタルビデオ店でアルバイトをしていた。全国にフランチャイズ店舗を展開しているMARUYAMAの直営店舗。章敬は中学生のころからよくDVDを借りに行っていたので、バイトをする前から各ジャンルの棚の位置も把握していた。大学の入学前ガイダンスの帰りに寄ったとき、たまたま店内にバイト募集のチラシが張ってあるのを見かけてその場で応募した。

戸田公園駅西口は一九六四年の東京オリンピックでボート場が使用されたのを機に徹底的に整備されたと、祖父から聞いたことがある。その戸田公園駅も駅ナカの改装工事の話が持ち上がっているらしい。ちょっとしたショッピングモールが入るんじゃないかと、MARUYAMAの店長が言っていた。店長は、改修されるならそっちに移りたいけれど家賃が高いから無理だな、うちの店もそれまでの命かな、とぼやいていた。

　パソコンの普及率が上がり、一家に一台はある時代。アメリカでは更にパソコンの普及が進んでいて、ゲームも動画も音楽も全てパソコンで再生するそうだ。もはやレンタルビデオ店は絶滅状態。日本もいずれそうなることは必至だった。MARUYAMAの社員からしてみれば気が気じゃないのだろうが、章敬は自分の住んでいる街がもっと綺麗に便利になるのは嬉しいし、MARUYAMAが閉店したら他のバイトを探すまでのことだと思っていた。

「すいません、このDVDってもう置いてないんですかね?」

　客の傘から床に滴った雨水を、三十センチ大のフロアモップで拭き取りながら店内を回っていると、スーツ姿の若い男性に声をかけられた。

「拝見します」

　章敬は男性が手に持っている携帯の画面を覗いた。開いている受信メールの中に一作の映画のタイトルが書かれていた。

　レンタルビデオ店のスタッフだからといって、店内にある全ての商品を把握するのはまず無理な話だ。それでも、極力客を待たせることなく案内できるように、MARUYAMAでは検索システムが整っている。レジカウンター内や事務所内のパソコンはもちろん、レジ横に設置されている検索機で商品の情報や店内での取り扱いの有無、陳列場所が即時にわかる。

検索機は客も使えるようになっているが、店内に在庫があった場合、画面に表示される棚番は、漢字、平仮名、カタカナ、数字を組み合わせた暗号のようなもの。それを店内地図と照らし合わせて探すわけだが、スタッフなら店内地図を見なくてもその場所に向かえるように教育を受けていた。でも、男性が探していたＤＶＤのタイトルは章敬がよく知った作品で、検索しなくても置かれている棚が頭に浮かんだ。

「こちらの商品でしたら当店で取り扱いがございます。ご案内いたしますので少々お待ちいただけますか？」

早歩きで事務所にモップを置いて戻ると、男性客を伴い特設コーナーに案内する。

「こちらでございます」

人気の作品だが、なにぶん二十年近くも前に製作されたものなので店内在庫が一本しかない。幸いその一本が未レンタルのまま棚に残っていた。

「こんなところにあったんですね」

男性は驚いた表情をする。

「前にここのお店でこのＤＶＤを借りたっていう友人から面白いよって勧められて借りに来たんですけど、友人がコメディのコーナーにあるって言ってたんで、ずっとそっちを探してました」

合点がいった。

「それは申し訳ございません。通常であればご友人の方が仰った通りコメディのコーナーに置いてある商品なんですが、今年は冬季オリンピックがあった関係で一年間特設コーナーに置くかたちになっておりまして」

「あぁ、なるほど」

男性が感嘆の声を上げた。

「確かに、友人とこの映画の話になったのもバンクーバー五輪の話からでした」

ひどく納得したようで、何度も頷く。

章敬からDVDを受け取ると、「ありがとうございました」と満面の笑みでセルフレジへ向かっていった。そんな男性の背中を見ている章敬の顔も自然と綻ぶ。

昨年からMARUYAMA戸田公園店でもセルフレジが導入された。有人レジだと、客は自分の顔と身分証などの個人情報を晒した上で映画や音楽の好みまでスタッフに知られてしまうと懸念する。当のスタッフたちは列を成す客たちのレンタル手続きをひたすら進め、手が回らない他の業務のことも気がかりで、そんなことまで気にしている余裕はない。そんな両者にとってセルフレジの導入は願ってもなく、レンタルビデオ店という業種との相性は抜群だった。

ただ、セルフレジ導入後のMARUYAMAでは、接客の八割がクレーム処理だとスタッフの間で言われるようになった。客がクレーム以外でスタッフにわざわざ声をかける用事がなくなったからだ。だから、章敬は客に声をかけられると毎回緊張した。そして、緊張したぶん、客の笑顔を見ると安堵でほっと息をつく。

「章敬、アダルトコーナーの入れ替えよろしく。俺、今から休憩だから戻ったら手伝うから先始めてて」

レジに戻ると、油井（ゆい）がポンと肩を叩いて言った。

油井は章敬の新人研修時の教育係も担当していたバイトリーダーだ。ワンフロアのみの決して広くない規模の店で、仕事内容はルーティンのものが多かったから、二か月後には無事研修終了。それから章敬は週に四日、大学の講義のあとにシフトに入っている。月曜日と金曜日は十七時から二十三時までの中番、木曜日と土曜日は十九時から閉店の二十五時、つまり翌午前一時までの遅番。

研修期間を終えると、アダルトビデオコーナーのDVDの入れ替え作業も担当するようになった。どのコーナーも新作から準新作、旧作への入れ替え作業は定期的にあるが、アダルトビデオの新旧の入れ替えは他のコーナーと比較にならないほど頻度が高い。客が常に新しい作品を求めているからなのか、製作サイドが薄利多売傾向なのか、その両方なのか。あまり観たことのない章敬にはよくわからなかった。それでも、MARUYAMA戸田公園店では効率を考えて男性スタッフが担っている仕事なので、章敬もやらざるを得なかった。

店の最奥地にカーテンで仕切られたアダルトビデオコーナー。十五畳ほどの広さに、ジャンルや製作会社、人気セクシー女優ごとに分かれて所狭しとエッチなＤＶＤが置かれている。通常のＤＶＤのように棚分けがジャンルごとだけではないので商品を見つけるのは至難の業だった。そのことが、ジャケットを見ただけで不快に感じるということ以上に、女性スタッフに敬遠される最大の理由だ。アダルトビデオを観ない女性スタッフに、ジャンルの違いはもちろん、製作会社や人気セクシー女優などわかる由もない。

章敬は、高校のときに遊びに行った同級生の部屋に置いてあって、野郎四人で観たのが最初だった。それがなぜか外国人もので、あまりの激しさでトラウマのようになり、その後自分で借りる気は起きなかった。だから、それ以降も片手で数えられる程度観たのは友人宅で、自分では借りたことはない。それでもアダルトビデオコーナーのＤＶＤの入れ替え作業を何度もこなしているうちに、女性スタッフよりは遥かに置いてある場所の察しがつくようになった。今では人気のセクシー女優の名前も、大学生男子の中では知っているほうだ。だから、このコーナーの返却作業も率先してやるようにしていた。

「豊平くん」

一人黙々と入れ替え作業をしている最中に、不意に女性に名前を呼ばれ、「わっ」と思わず声を上げた。このコーナーで女性から声をかけられることは無いに等しい。

振り返ると、そこに立っていたのは章敬がバイトを始めたころにこの店舗に異動してきた女性社員。黛さんと呼んでいて下の名前は知らない。三十代で既婚者だと、油井から聞いたことがある。サバサバしていて話しやすいけれど、社員とバイトという立場上お互い一線を引いている感じがあった。でもかえってそのくらいの距離感が丁度いい。

基本的にMARUYAMAではどこの店舗も店長を含めて二人の社員が配置されている。店長も社員も基本週五で勤務していて、スタッフが急病とかでシフトに穴が空くと週六で入ることもあった。ヘルプのとき以外は中番に入ることはなく、早番か遅番の、人がいないほうに入るといった勤務形態だった。

「すいません」

なぜか驚いたことを謝ってから、

「どうしました？」

と、手を止めて聞く。

「今日ってラストまで入ってもらうことって可能？」

金曜で章敬は中番、黛は遅番で入っている日だった。申し訳なさそうに眉をハの字にしている黛に「大丈夫ですよ」と即答した。

「いつも申し訳ないね。店長には私から話しておくから、お願いします」

　黛は休憩を終えた油井とすれ違いでスタッフルームに入っていった。スタッフルームとアダルトビデオコーナーは隣接していて、一分も経たずにバッグを持って出てきた黛が見えた。慌てているようだった。

〝いつも〟と言うように、中番でシフトに入っているとき、そのままラストまで入って欲しいと頼まれるのは初めてじゃない。バイトを始めてからこの半年ほどの間に、今日を入れて五回。理由はわかっているから敢えて聞かないし、黛も言ってはこない。

　初めて頼まれたのは、研修中のバッジが外れて間もなくだった。

「中一の甥っ子が家出しちゃってね、捜しに行きたいんだけど、今日ラストまで入ってもらうことって可能？」

　平静を装ってはいるが、黛の顔は蒼褪めていた。

「えっ、家出ですか？」

　一人っ子で特に反抗期らしき時期もなかった章敬にとって、ついこの前まで小学生だった中一が家出するという事態に衝撃を受けた。

「うん、そうなのよ」

　黛からは、すぐにでも捜しに行きたいという態度がありありと表れている。

「はい。大丈夫です」

詳しいことを聞いている場合じゃないと判断し、ただ了承した。二十三時まで入っているシフトが二十五時になったところで、翌朝一限から授業がなければどうということもない。

翌日店で顔を合わせると、

「昨日はありがとね、助かった」

と言われたので、さすがに、

「甥っ子さん見つかりましたか？」

と尋ねた。だけど、そのときも、

「うん、土手にいた」

と答えただけ。それでも、三回目ともなると詳しい理由を告げないままでは頼みづらいと思ったのか、黛のほうから話してきた。

「甥っ子っていうのは私の姉の子のことなんだけど、一年前に父親が亡くなってから度々家出するようになっちゃったのよ。父親が亡くなる前は戸田公園に住んでたんだけど、川の向こうに引っ越して転校と進学も重なって環境が急変したからか、情緒不安定になってるみたいなんだよね」

「川の向こうって東京ですか？」

「ううん、和光」

「引っ越ししても同じ埼玉県内なら、申請すれば元の学区の中学に通えるんじゃないですか？　確か、俺の同級生でそういう奴がいたと思いますけど」

「あ……うん、実はね、父親の死因が自殺だったのよ。だから、ご近所や学校関係者にあることないこと言われるからって」

「なるほど」

「元々神経が細い子だったから拍車がかかっちゃったみたい。可哀想な子なのよ。だけど警察に言っても、中学生男子だと家出して戻ってくるケースがほとんどだから様子を見てくださいって言われるのが関の山で、自分たちで捜すしかなくてさ」

「そうなんですか」

「大抵川の近くの土手にいるんだけどね。こっちに住んでたころ、父親とよく走りに行ってたみたい。二人で県のマラソン大会にも毎年参加してたから、父親が亡くなってちょっとした騒ぎになったとき、そのときの写真がどこから出回ったのかネットの掲示板で晒されちゃって。顔は隠されてても自分と父親が写っている写真がネットで不特定多数の人に見られるなんて、ショックだし気持ち悪いじゃない。そのことも甥っ子を追い込んだんだと思う。でもね、警察はそれも誰がやってるのか調べようがないって言うんだよね。ほんっと、頼りにならないのよ」

章敬が黛から直接聞いたのはそこまでだった。でも、バイトとパートのスタッフだけの飲み会に参加したときに、早番のパートの主婦からその話題が出たことがあった。

「夜、川沿いの土手で犬の散歩してるとき、黛さんを見かけたことが二回あってね、声をかけたら甥っ子さんが家出してご主人と二人で捜してるんだって言うのよ」

梅干しが丸ごと入ったサワーがお気に入りなのか、そればかりジョッキで三杯飲み干し、顔を赤らめながら言った。ふやけた梅干しもしっかり身をしゃぶっている。

「見て、うちの子。可愛いでしょ」

携帯の待ち受けになっている飼い犬の写真をみんなに見せた。白毛の柴犬で白鵬(はくほう)という名前らしい。もちろん、大ファンの横綱白鵬から名前を取ったのだと説明されると、写真の柴犬の顔が、どことなく横綱に似ているなんて話で盛り上がる。

「白鵬、めちゃくちゃお利口さんだから、一回は甥っ子さん捜しに加わって、そのときはそれほど時間がかからないで見つかったんだけど。なんか、複雑な事情があるみたいなのよね」

飲み会も終盤に差し掛かり、アルコールがかなり入ったスタッフたちは、酔っていることもあって話に喰いついた。章敬は何も言わずに黙って聞いていた。

「ほら、黛さんってご両親と関係が良くないじゃない」

「そうなんですか？」

　店長や黛のプライベートな話を聞いたことがない中番や遅番のスタッフたちは揃って驚く。中番や遅番は学生や若い人が多く、目上の社員とそういう話にならないのだ。逆に主婦が多い早番は社員と同世代か年上の人が多く、個人的な話もするようだった。

「そうなのよ。うちの母が施設に入所するんでお休みを申請したときに、黛さんのご両親も施設に入ってるって話は聞いていたんだけど、その施設の人から一回うちの店に電話がかかってきたことがあったの。お父さんは認知症が進んでいてほとんど寝たきりらしいんだけど、お母さんはまだ歩けてて、施設内で転んで怪我したらしくてね。だけど黛さん、連絡は命に別状があるときだけにしてくださいって言って切っちゃったのよ。行かなくて大丈夫なんですか？　って聞いたら、会うとこちらの精神が乱れて生活に支障をきたすのでって。面会も一度も行ったことないんですって。ちょっとびっくりしたけど、でもほら、親子でも色々な関係性の人がいるからね。ご両親と距離を取ることが自分を守るために必要なのよ、きっと」

　話し終わると、その主婦はうんうんと頷いた。

「そういえば、店に来たお客さんの子どもに楽しそうに接してることがよくあるから、お子さんは作らないんですか？　って聞いたとき、子どもは欲しくないんだって言ってたのも、そういうことなのかしらね」

　他の主婦が言った。

「そうかもね。でも、家出した甥っ子さん、黛さんのお姉さんの息子さんだって言ってたけど、仕事なのか、お姉さん夫婦は捜してないみたいで、むしろ黛さんとご主人が甥っ子さんの両親って感じだったわよ」

「確かに……複雑ですね」

遅番のスタッフの一人がそう呟くと、幹事の油井がパンパンと手を叩いた。

「まっ、複雑な事情がある親子なんて今どき珍しくないっすよ。俺も父親とめっちゃ仲悪かったですし。それより、もうすぐラストオーダーですけど、もう一杯梅干しサワーいっときますぅ？」

「いくいくぅ」

しんみりとなっていた雰囲気が油井の軽い口調で一気に沸き上がる。

「私もー」

みんなが一斉に飲みたいものを言ったり、メニューを見だして黛の話題は終了した。

早番の主婦が甥っ子を捜す黛夫妻に遭遇したのが章敬とシフトを代わった日だったのか、別日だったのか。もし章敬がシフトに入っていない日も家出をしているとしたら、結構な頻度だった。

章敬はネットを信用していない。ネット上に蔓延る得体のしれない人物の悪意ほど気持ちの悪いものはないと思っていた。匿名だから悪意を前面に押し出してくる。善意を装った悪意も多い。黛が言っていたように、生前の父親と自分が写った写真をネットの掲示板に晒されたことで甥っ子がより一層追い詰められたのだとしたら、心の底から同情した。黛に対しても大変だなと思い、協力を求められればできる限り応えるようにしようと思った。

「お世話になりました」

二〇一一年二月十五日、章敬はＭＡＲＵＹＡＭＡのスタッフたちに挨拶をして回っていた。

二年生から宮城にあるキャンパスへ通うため、引っ越し準備があるので前々からこの日に辞めることは伝えてあった。早番の主婦の人たちは、「実家に帰ってきたときは店にも顔出してね」と、これでお別れじゃない感を醸し出す。中番、遅番の若者たちはあっさりしたもので、「あぁ今日まででしたっけ。それじゃっ」と、前日までのノリとそれほど変わらない。店長と黛は、今までバイトやパートのスタッフが辞めていったときと同じように、「お疲れ様でした。身体に気をつけて頑張って」と労いの言葉をかけ、業務に戻った。

「来月送別会でな」

店を出ようとしていた章敬に油井が言った。四月から社会人になる大学四年生のスタッフ二人が二月いっぱいで辞めるので、彼らと合同で来月中旬に送別会を企画してくれていた。

「はい。じゃあまた、そのときに」

会釈をして店を出る。宮城に移住したあとでも、送別会の日はこちらへ戻ってくるつもりでいた。一年続けたMARUYAMAを辞めることに寂しさもなくはなかったが、章敬にとってはあくまで宮城に行くまでの準備期間。既に頭の中は初めての一人暮らしへの期待でいっぱいだった。

キャンパスライフ

章敬が通っているのは日本海事大学、通称日海大で、海洋と船舶、商船について幅広く学べる大学だ。日海大には東京都北区王子にある東京キャンパスと、宮城県石巻市にある三陸キャンパスとがある。東京キャンパスには事務局や留学センター、図書館の分館、それらと一緒に一般教養を学ぶ教室があり、章敬を含めた全ての一年生が通っていた。そして、二年生からは広大な敷地の三陸キャンパスで実習を含めた専門科目を学ぶのが通例だった。

章敬は父親の影響で幼いころから釣りが好きだった。陽気のいい時期の週末には三浦半島の城ケ島で、連休には大島をはじめとする伊豆七島へ渡り、父親と釣りを楽しんだ。

伊豆七島と一括りにするが、それぞれの島によって地形も釣れる魚も変わってくる。大島は本島と近いぶん釣れる魚の種類は城ケ島とさほど変わらないが、それでも同じ魚なのに味や形が断然良かった。中でも章敬の記憶に残っているのはカワハギ。名前の通り皮を剝ぐ行程が面白い、ひょっとこみたいな顔をした丸っこい魚だ。城ケ島で釣れたカワハギと大島で釣れたカワハギ、どちらも母親が刺身にして肝醬油で食べたが、これが同じ魚か、と思うほど大島のカワハギのほうが旨かった。身は大きくぷりぷりで、肝は全く臭みがない。

美しい砂浜が広がる新島ではキスが釣れた。八丈島まで足を伸ばせば、クサヤの原料となるムロアジが引っ切りなしにかかり、ベテランの釣り人は陸から小振りのカンパチやキハダマグロを釣っていた。日本は島国で、豊かな漁場に囲まれていることを身体で、目で、舌で感じ、章敬は自然と日海大へ進学したいと思うようになっていった……というのは、両親や高校の担任、同級生たちに語った表向きの志望理由。それも嘘じゃない。ただ、自分の中だけに留まらせているもっと強い志望理由があった。

二〇〇八年十一月十一日、ソマリア沖アデン湾において、イギリス海軍・ロシア海軍の合同部隊と海賊との海戦が発生したというニュースを見たのが発端だった。映画や漫画の世界にしか存在しないと思っていた海賊が現代にも存在していることに驚いた。調べてみると、その年だけで同じ海域で既に百件以上海賊事案が発生しているという。しかも、その海域は日本の原油タンカーも往来していて、度々襲撃を受けていたのだ。そのことで、翌二〇〇九年三月から海賊多発海域における日本関係船舶の自衛隊の護衛艦による護衛を開始した。六月には海賊対処法が制定され、船籍を問わず全ての国の船舶を海賊行為から防護可能となった。そのときのソマリア沖に向かう護衛船の写真を見て、すっかり魅了されたのだ……海と船と海賊と、海賊と戦う海軍や護衛船に。

章敬が通っていた高校はそこそこの進学校で、四年制大学への進学率が浪人を加味すると毎年七割を超えていた。周りが地元の国公立大学や名の知れた私立大学を志望校にする中、章敬もとりあえず同じように書いてはいたが、自分が大学でやりたい勉強も、その先にあるやりたい仕事も正直全く分からなかった。だから、自分史上最も興味を持った海や船舶のことを学びたいと思った。海賊と海軍や護衛艦への憧れは中二病を拗(こじ)らせたようなもの。目指すのは現実的じゃない。でも、船舶の操縦ならできると思った。

『サメ映画好きが高じてサメの研究者を志した』

大学を調べていく中で知った、テレビにも出演したことがある日海大の名物教授の言葉だ。自分もサメ映画が大好きだったから、そんな理由で将来を決めてもいいんだと思えて少し心が軽くなった。

日海大の大学紹介を見たら楽しそうだった。三陸キャンパスから車で一時間半のところに日本一のサメの水揚げ量を誇る気仙沼がある。そこを拠点としてサメの研究をしている、サメ映画好きの教授の研究室に入ろうと思っていた。日本唯一のサメ専門の博物館があり、その博物館と共同で進めている研究も興味深かった。釣りサークルにも入るつもりだった。章敬が楽しそうだと思ったのは全て三陸キャンパスに移ってから学ぶ予定のことばかりだったのだ。

ところが、二〇一一年三月十一日に東日本大震災が発生。東北地方に大きな爪痕を残した。東北ほどではなかったが、東京キャンパスのある北区や章敬が住んでいる埼玉も震度五強という強い揺れに見舞われた。

震災発生時、章敬は大学の構内にいた。大学の合格祝いに祖母が買ってくれた腕時計を一か月ほど前に失くしてしまい、それが見つかったと学生課から連絡があったのだ。学生課の職員たちも椅子に座っていられないほどの激しい揺れが長く続き、いつもの地震とは違うぞとフロアにいた誰もの顔から血の気が引いた。天井にぶら下がった蛍光灯が大きく揺れ、書類棚やスチール棚から次々と物が落ち、引き出しが勝手に開いた。落とし物の引き渡し手続きの担当者に引っ張られ、章敬もデスクの下に身を隠した。

揺れが収まって自宅に帰ろうと駅に行くが、電車は全てストップ。日中にＪＲの駅のシャッターが閉まっているのを始めて見た。周辺には帰宅困難者が溢れていて、その中にいたくなかった章敬は徒歩で戸田公園まで向かった。正味二時間強。携帯は一切繋がらず、余震が続く中をひたすら歩いた。

翌週には父親の会社も母親のパート先も通常通り稼働し表面上は元の生活に戻ったが、電力不足ということもあって自粛ムードが続き、ＭＡＲＵＹＡＭＡの送別会も中止。大学からは、三陸キャンパスの被災状況を知らせる封書が届いた。高台に建っていたため津波による被害は免れたものの、キャンパス内の壁に多くの亀裂が入ったのだという。幸い教員や学生に犠牲者は出なかったが、実習船をはじめ、学生たちが住んでいたアパートも流されたりしていて、とても授業を再開する状況にないと判断されたと書かれていた。

結局日海大では、当時三陸キャンパスで学んでいた二年生から四年生までの学生たちも東京キャンパスに呼び戻される事態となった。そんな中、大学側は学生たちのために色々と手を尽くした。三陸キャンパスからの引っ越しも、東京での住む場所も、経済面においても手厚い支援を行った。だけど、狭いキャンパスに所狭しと犇（ひし）めく学生たちは、息苦しい大学生活に苛立ちを募らせていった。新四年生は卒論を自宅のパソコンで取り組み、新三年生は履修科目を極力三年後期か四年に登録をずらし、キャンパスには寄りつかないようにしていた。

最も不満の声が大きかったのは新二年生、章敬の学年だ。時期的に石巻市内のアパートの賃貸契約を済ませ、引っ越し業者も手配済みの学生がほとんどだった。章敬は、大型家電量販店で購入した電化製品一式を新しい部屋に届けてもらう日取りまで決めていた。彼らは、三年生や四年生と違って東北の被災地をテレビでしか見ていない。〝行きたかった〟という思いだけが取り残されてしまった状態だった。

日海大では高等船員の養成や船舶機器の知識を学ぶだけでなく、海洋生物、海洋資源、海の物流やロジスティックについても学ぶ。そんな大学に入学するような学生が若者だからといって都会を好むわけもなく、三陸に行くのを心待ちにしている者ばかりだった。入学当初赤羽を連れ歩いただけで、さすがは東京だとはしゃいでいた漁師の跡取り息子ですら、三陸キャンパスに行けないことを残念がった。

震災は自然の脅威。不可抗力だから仕方がない。それはわかっている。賃貸契約を済ませたアパートも手配済みだった引っ越し業者も購入済みだった家電製品も、納入したお金は全て返金対応をしてくれ、違約金が発生することもなかった。だけど、不満はそこじゃない。東京の、しかも海からほど遠い北区で、海事の何を学ぶと言うのだ。せめて千葉や神奈川、東京でも東京湾を臨む場所にキャンパスがあればマシなのに。死んだ魚の目で愚痴を言い合った。

元々東京キャンパスで学ぶことになっていた新一年生が使っていない教室や、彼らの講義が入っていない時間を利用して二年生の講義系の授業が行われた。そうやって一般教養を学ぶ彼らに間借りしている感じなのも居心地が悪かった。二年生も三年生も、後期には専門科目の実技・実習系の授業が行えるようにすると言われてはいたが、どうやって？　他の大学に間借りするのか、新たなキャンパスを建てるのか。二月に章敬の心を占めていた期待は、まんま、先の見えない不安へと置き換わった。章敬が描いていた大学生活は、震災で全てなくなってしまったのだ。

ゴールデンウィークが明け、大学は安全が確保できないとして三陸キャンパス閉鎖の判断を下した。が、同時に三陸キャンパスの移転計画も発表。学生たちの間では、この狭い東京キャンパスから解放されることへの喜びの声が挙がった。新キャンパスの候補地は関東沿岸部。今年の三月に廃止された私立の女子短期大学のキャンパスを買い取る方向で話が進んでいるのだという。現在、絶賛価格交渉中。新しく建築するとなるとかなりの期間が必要になるが、既にあるキャンパスを改築や増築するくらいなら後期には移れるんじゃないかと勝手に想定し、心が躍った。その女子短期大学のキャンパスは、取り壊してショッピングモールが建設される予定になっていた。しかし、三月の大震災で沿岸部に建設することを不安視したモールの運営側がキャンセル。日海大の事情を汲み、かなり譲歩してくれているという話だった。

かといって、北区の東京キャンパスに足が向かないことに変わりはない。むしろ、大学に通うのは移転してからでいいんじゃないか、それまで我慢してあんな混雑しているキャンパスに通う必要はないんじゃないか、という思いが強くなり、章敬は大学生にして人生初の不登校になった。

それからは何をするにも気力が出ない。食欲もあまりないし、外に出るのも億劫。音楽を聴いていても全く耳に入ってこない。テレビもただ流しているだけ。お金がないからバイトもまた探さないとなぁとは思うものの、考えるだけで行動に移せない。唯一やることといえば、高校生のころから章敬の部屋で飼っているレオパの世話くらいだった。

レオパ、正式名称はレオパードゲッコー、和名ヒョウモントカゲモドキ。中東地域に生息するヤモリで、ヤモリだからトカゲではなくトカゲモドキ。トカゲと同様、趾(し)下薄板(かはくばん)を持たないので壁に登れないが、ヤモリと同様、瞼(まぶた)があって瞬きをし、夜行性。その見た目の可愛らしさと飼育のしやすさからここ最近日本でもペットにする爬虫類の中では断トツで人気が高い。

章敬は、昔ミドリガメを飼っていた。物心ついたときには家にいて、中学生のときに亡くなった。そのミドリガメの餌を買いに行っていた爬虫類店で出会ったレオパに一目惚れをし、高校に入学してすぐに買ってもらったのだ。当時はまだ珍しく、章敬も初めて見る愛らしいその姿に釘付けになった。

ツチノコに似ているから名前はツッチーと名づけた。生後二年もすると体長二十五センチほどに成長し、フルアダルトといわれ、それ以上は大きくならない。飼育下での寿命が十年から十五年といわれているレオパにとって五歳は結構な大人だ。内臓に負担をかけないよう給餌は週に一回、それに伴う排泄物の処理、臭いが気になってきたら床材の交換とケージ内の掃除をするくらいの世話。あとは月に一度くらいの頻度で脱皮をするので、全身が白くなりだしたらウェットシェルターや霧吹きで湿度管理をしてやる。

小まめにチェックするのは専用のヒーター類を使った温度管理くらい。ツッチーが床材を掘りだすとハンドリングを兼ねて部屋の中を散歩させることはあったが、それもさほど労力はかからない。章敬が一人暮らしをするときは連れて行こうかと思っていたが、環境が変わるのはツッチーにとってストレスだろうから母親が面倒を見ると言ってくれていた。パート勤めの母親にも気兼ねなく世話を頼める、そのくらいの労力。むしろツッチーの命を預かるのだからと、爬虫類の診察をしてくれる病院を前以て調べたりしていた母親に任せるほうがツッチーにとって幸せなんじゃないかと考えるような毎日だった。

七月に入ると前期試験が始まった。日海大では全学年に試験を実施する教室の確保が難しい状況だった。そこで、学生たちの状況も慮（おもんぱか）り、今回のみ定期試験に代わりレポート試験を実施する科目を増やす措置が取られた。結果的に不登校になっていた章敬は、その措置に救われた。出来栄えはどうであれレポートを仕上げる時間は大量にあった。

厄介だったのは、そのレポートを提出するのがキャンパス内のレポートボックスだということ。外に出なければならない。七月下旬のレポート提出締切日、章敬は二か月ぶりに大学に登校するため、洗面所の鏡の前に立ち愕然とした。毎朝洗顔はしていたが、鏡はよく見ていなかった。髪の毛も髭も伸び放題。眉毛もだらしなくもじゃついている。かといって童顔だからワイルドとは程遠い。猿人かよ！　我ながら小汚い感じでちょっと引いた。

暇なんだから少し早めに出て床屋に寄ることもできたが、行かなかった。ゴールデンウィーク明けに人生初の不登校になってから、床屋へは行っていない。行けなかった。精神的に落ちているときは自分のルックスに興味なんて持てないし、床屋行きは異常にハードルが高く感じられた。だから、母親が祖父の髪の毛をバリカンで剃るついでに梳いてもらうくらいしかしていなかったのだが、最近はそれすら怠っていた。ブラシで梳かし、ワックスでなんとか髪型を整えて誤魔化す。眉毛の端を切って髭を剃ると、ようやく外に出られる仕様になってきた。あとは着替えればいい。

レポート提出の帰り、久し振りに外出したら、なんとなくMARUYAMA戸田公園店に足が向いた。嫌な辞め方はしていないが、やっぱり辞めたバイト先には行きづらい。近くを通っても半年以上中に入れていなかった。

五分くらい外をうろついて、ようやく意を決して中に入る。自動ドアが開く音は、店内に流れる有線の音楽に掻き消された。カウンターを通っても、そこにいるスタッフは一人だけで、何かの作業をしていて章敬には気がつかない。客のほとんどがセルフレジを利用するからカウンターは一人でも事足りる。少し離れているし、横顔をチラ見したくらいじゃ知り合いかもわからない。章敬も声をかけずに通り過ぎた。午後八時を回っていて、店内は会社帰りっぽい客で賑わっていた。向かった新作コーナーのＤＶＤが軒並み借りられてパッケージの中身が空になっているのを見ると、この店はまだ当分は潰れる心配はなさそうだと思った。

何か新しいサメ映画出てたかな。

震災後はサメ映画の新作チェックもしていなかった。章敬は店の奥へと入っていく。入り口付近の新作コーナーに置かれているのはＳ級だ。サメ映画でＳ級の作品はそうそう出ない。Ｓ級以外の新作は邦画の新作コーナーの奥の洋画ジャンル別コーナーに置かれている。そこでも、人気のタイトルは複数本入っていて面陳になっているが、サメ映画はだいたい一本、良くて二本。だから背陳が常だった。ちなみに面陳とはパッケージのジャケットが見えるように並べることで、背陳は棚に差してあることをいう。だから章敬はいつも背表紙のタイトルを順に見ていく。そもそもＢ級以下のサメ映画になると、ジャケット詐欺は当たり前。ジャケットのような場面は一度たりとも出てこないなんてこともザラなので、ジャケ借りはあり得ない。一通り背表紙を見て目新しいサメ映画がないことを確認すると、一縷の望みをかけて日本未公開コーナーもチェックする。

中学でサッカー部に入ったものの馴染めなくて一年で辞めて帰宅部になったとき、章敬はこのMARUYAMAに来て救われた。

春休みの合宿には行きたくなかったから、一年の三学期が終わったと同時に退部した。だけど二年のクラス発表を見て、サッカー部の奴らの多さに絶望した。多いと言っても男子二十人中せいぜい七人といったところだが、辞めた手前つるめないどころか相当気まずい。あげくに担任はサッカー部の顧問。他のクラスメイトたちも何かしらの部活に所属している生徒がほとんどだし、元々帰宅部の奴とは気が合いそうにもない。誰と喋ればいいのかわからなかった。放課後、部活に向かう同級生たちを尻目に、下駄箱や正門に向かう自分が情けなくて恥ずかしいと思った。みんなに蔑まれた目で見られているような被害妄想に取り憑かれたりもした。

一か月以上一人で過ごして迎えた中間テスト最終日。部活がない生徒は午前帰り。帰っても家に誰もいないから暇潰しにDVDでも観ようかと、MARUYAMAに寄ってみた。以前母親に同意書を書いてもらって会員証は作ってあったが、一人で寄るのは初めてだった。店内に入ると、棚一面に並んでいる映画のジャケットがキラキラして宝箱のように見えた。あまりの数の多さに圧倒された。たまたまS級の新作コーナーで一番目立っていた話題のサメ映画を借りた。何年かに一度出るか出ないかのS級サメ映画だ。テレビで放送される映画の中でもサメ映画は面白いと感じることが多かったし、初めて映画館に観に行ったのもサメ映画だった。でも、当時はまだ自分がサメ映画好きだという自覚はなく、たまたまサメ映画と縁があるくらいにしか思っていなかった。S級なだけあって、借りたサメ映画はかなり面白くて返却日までに三回観た。

それからはサメ映画をよく借りるようになった。サメ映画ならなんでも観た。さすがに自分がサメ映画が好きなのだということも自覚した。一口にサメ映画といっても奥が深い。一つの店舗でも豊富にあるサメ映画は、章敬に様々な刺激を与えてくれた。カップルや友人同士でビーチに来て、開放的になった女性がビキニを外し、たわわな胸が露わになっている最中にサメに襲われる。そんなお決まりパターンの映画は、飽きるどころか、思春期の章敬にとっては親に隠れて観るアダルトビデオのような存在で、背徳感が堪らなかった。

設定がぶっ飛んでいるものも多かった。古代生物メガロドンが復活して同時に蘇った他の古代生物と激しいバトルを繰り広げる。遺伝子操作を施し、軍の生物兵器と化したサメが人間を襲う設定はよく使われた。真面目なものもあったが、サメと他の生物が合体した新種の生物が登場する、ツッコミどころ満載で笑えるようなものまで多種多様だった。

　好きだから残酷なシーンがあっても苦にならない。海という人間のテリトリー外の危険性を訴えたり、海洋汚染に警鐘を鳴らす手に汗握るスリリングなものもあった。実話ベースだったりすると、当たり前だが心底怖い。どれもこれも最高だった。テッパン『ジョーズ』は、もう何度観たかもわからない。シリーズも全て観た。

　そのうち早帰りの日は、今日はどのサメ映画を借りようかと考えるようになった。いつの間にか帰宅部の劣等感も被害妄想もなくなっていた。すると雰囲気が変わったのか、席替えを機に喋れる友だちもできた。

　高校では映画研究部に入ろうと思ったが、映画鑑賞ではなく映画製作が活動の主だと聞いてやめた。ブランクのあるサッカーをまたやろうという度胸はなく、結局フットサル部に入った。フットサル部の仲間とは高校を卒業してからもたまに集まり、民間が運営している屋内のフットサルコートを借りてプレーしたりもしていたが、震災以降、連絡は途絶えていた。

「豊平くん」

　懐かしい声がして振り返った。たった五か月だが、色々なことがあり過ぎて異様に長く感じられた。

「黛さん、ごぶさたしてます」

この時間にいるということは今日は遅番なんだろうと勝手に推測する。左手にＤＶＤの入った透明ケースを十枚ほど持っているので、返却作業の途中か。

「宮城に行ったんじゃなかったの？」

章敬が宮城に行けなかったことを店の人は知らないのだということをすっかり忘れていて、慌てて事情を説明した。

「ああそっか地震でね。宮城だもんね、そりゃそうだ。うちの店も大変だったんだよ。めちゃくちゃ揺れて、みんなで棚が倒れないように必死に押さえてさ。だから棚は倒れずに済んだけど、ＣＤもＤＶＤもバラバラ落っこちるわ停電にもなるわで」

「そうだったんですね」

震災のときもそのあとも、辞めた店の状況なんて全く頭になかった。改めて店内を見回すと、黛の言った状況が容易に想像できる。転倒防止の対策なんてしていないから、揺れれば簡単に落ちそうだ。床が絨毯（じゅうたん）だから低い場所からの落下であれば損傷はないだろうが、一番高い位置からだとプラスチック製の透明ケースが割れるかもしれない。

「宮城に行かなくなったなら、バイト、戻ってくれれば良かったのに」

章敬の顔を覗き込みながら黛が言った。

「あ……いや、なんか大学の体制が変わってバタバタで」

やる気が出なくてとは言えず、咄嗟にもっともらしい言い訳をする。

「まぁそうか。落ち着いたら宮城に行くの？」

「宮城のキャンパスが被災して使えないんで、なんか別の場所に移転するみたいです」

「大変だね。やっぱり東北なの？」

黛は気の毒な人を見る目を向けている。

「いえ、関東っぽいです」

「じゃあ、まだしばらくは実家にいる感じ？」

「たぶん」

「本当？　それなら無理にとは言わないけどさ、戻ってこない？　人いなくて困ってんのよ」

大学四年生だった二人のスタッフは予定通り二月いっぱいで辞めていた。例年だと四月から何人か新しい人が入ってくるので、今年もそうなんだろうと思っていたが、震災のせいか、入ってきたのは大学一年生の女の子一人だけだったそうだ。

「でも、面接とか……」

明らかに腰が引けている。

「必要無いから、そういうの」

黛はふっと笑った。

「履歴書とか……」

「うちの指定のスタッフシートにはもう一度記入してもらわなくちゃだけど、履歴書はいらないよぉ」

働くのも面倒臭かったが、面接や履歴書はもっと面倒臭かった。それが必要ないと聞いてもやる気が出ない自分と、いい加減やる気を出さなきゃいけないと思う自分が鳩尾(みぞおち)辺りで揉めているのか、胸焼けのような症状に襲われた。

「返事は、学校から移転の詳細の連絡が来てからでもいいですか？」

なんとかやる気が出ない自分を抑え込んだ。

「オッケー。じゃあわかったらすぐ連絡してよ。豊平くんが戻ってきてくれたらめっちゃ助かるわ」

真面目に働いてはいたが、特段仕事ができるわけでもなく、ミスをすることもそれなりにあった。だから、スタッフが足りなくて猫の手も借りたいという心境で自分に戻ってこいと言っているのだとはわかっている。それでも、今の章敬には、誰かに必要とされていることが嬉しかったし、これから始まる長い夏休みをどう過ごしたらいいのかもわからなかったから、バイトに復帰する方向に心が傾いていた。

「わかりました」と頷くと、黛が「待ってるね」と言って仕事に戻ろうと背を向けた。

でも、何かを思い出したように振り返る。

「そういえば、ドキュメンタリーコーナーにサメものの新作が入ってたわよ」

ドキュメンタリー。史実や記録に基づいて作られたノンフィクションの映像作品だ。

「ドキュメンタリーは盲点でした」

ＭＡＲＵＹＡＭＡではスタッフが自分の働いている店舗でＣＤやＤＶＤをレンタルする場合、従業員割引きが適用される。いわゆるスタッフ特典だ。半額近くになるので章敬のような映画好きにとっては最高のシステムだが、反面、その特典を利用するためには有人レジで決済をしなければならないというデメリットがあった。有人レジということは、自分の借りる商品を毎回スタッフに知られるわけで、否が応でも各々の好みがバレてしまう。客ではなく、スタッフの好みとなると皆、興味津々だ。映画でも音楽でも好みが被れば盛り上がる。そんな理由で、章敬がサメ映画好きなのはここでは周知の事実。ちなみに黛はサスペンス映画をよく借りていた。ＣＤの好みは意外にも洋楽メタル。スタッフの間では、仕事で酷使されている黛はストレス解消のために刺激の強いものを求めているのだと言われていた。

「なんか、ジャケットのあらすじ見ただけだけど、サメの密猟の現場を押さえるとか、なかなか面白そうな作品だったわよ」

黛は右手を軽く振り、商品棚が並ぶ別の通路へと入っていった。〝サメの密猟の現場を押さえる〟か、確かに黛が好みそうな内容だ。
　章敬は一応ドキュメンタリーコーナーを覗き、黛が言っていたと思しき商品を手に取った。でも、〝フカヒレ〟というワードがあったことで気仙沼を想像し、切なさが込み上げて借りずに店を出た。

　学生たちに大学から関東沿岸部の元女子短期大学のキャンパスに三陸キャンパスを移転することが決定したという一斉メールが届いたのは、八月に入ってからだった。キャンパスの移転は当然保護者にも知らせる必要があるので、翌週には自宅にその旨を記載した封書も届いた。ただ、メールにも封書にも、夏季休暇中にキャンパスの環境を整えるが、後期から使用できるのは三年生のみで、現二年生が使用できるようになるのは来年度からと書かれていた。

屋根裏部屋の幼馴染

八月二週目。不登校になってから、昼ごろに起きることがすっかり定着していた。その日も目が覚めて携帯を見ると、十二時を数分回っていた。ＭＡＲＵＹＡＭＡには明後日顔を出すことになっている。連絡をしたときはお盆にもシフトに入って欲しそうな口ぶりだったが、八月初旬に棚卸しがあった関係で黛の都合がなかなかつかず、結局働くのはお盆明けからということになった。

クーラーはつけっぱなしになっているが、この時間になると章敬の部屋にはカーテン越しでも眩しいくらい陽が注ぎ、室温が三十度近くにまで上がっていた。

ツッチーも暑いのか、レプリカの岩の下で寝ている。クーラーの設定温度を二度下げ、ツッチー用の水入れの水を新しくしてケージ内に霧吹きで水を吹きかけた。ツッチーは一度だけ目を開けただけでまた寝てしまった。瞼を閉じて手足を投げ出して寝ている無防備な姿は、可愛くて何時間でも見ていられる。

でも、今の章敬にそんな悠長なことをしている余裕はない。冷たい水で顔を洗って目を覚ます。それでもまだ眠気が残っていて、目がしょぼしょぼしていた。髭を剃りながら欠伸が出る。リビングへ行くと、ダイニングテーブルの上にコロッケパンが置いてあった。袋から出して食べ、ようやく外に出たときには、午後一時半を過ぎていた。

家から出るのは、レポート提出のために大学へ行き、その帰りにＭＡＲＵＹＡＭＡに寄った日以来だった。つまり、またしても半月の間引き籠り生活を送っていたわけだ。その間コンビニに行く以外は一歩も外に出ていない。会話をするのは家族とツッチーだけ。しかも昼間は家族は出払っているし、夜行性のツッチーは基本的に寝ているので、誰とも喋らない。いや、ツッチーはそもそも喋らないから、ツッチーが起きていたところで章敬が一方的に喋りかけているだけだった。

今日だって外に出るといっても出かけるわけじゃない。自宅の車を洗うから小遣いをくれと、昨夜のうちに父親と交渉しておいたのだ。バイトの復帰は決まっても、給料は月末締めの二十五日払いだから九月二十五日までは一銭も入らない。大学生にもなって親から小遣いをもらうのも恥ずかしいとは思ったが、高校のころから全巻揃えてきた漫画の新刊発売日を三日後に控え、背に腹は代えられなかった。そう……章敬は、たった数百円にも困っていた。

「とよひらー」

どこからか聞き覚えのある声で名前を呼ばれた気がして、章敬は手元のレバーでホースの水を止めた。

明後日からお盆休みに入る父親は仕事だし、母親は盆暮れ正月関係なく通常運行でパートへ行っている。祖父はデイケアサービスへ、祖母はフラダンス教室へ行っているはずだ。ちなみにさっき食べたコロッケパンは、母親のパート先のパン屋のもの。

一応自宅の中を覗いてみたが、やはり誰もいなかった。

「とよひらー。こっちこっちー」

今度はしっかりと聞こえた。後方から聞こえる女性の声に、振り返って上を見る。

「とよひらー」

茶髪の若い女性が角地の家のベランダから身を乗り出して手を振っていた。声が、ギョッとするほどあの女の人と似ていた。

＊

「あきのりくーん、いってらっしゃーい。気をつけてねー」

章敬が高校生だったころ、自転車で通学する途中に毎朝ベランダからそう言って手を振ってくる女の人がいた。小学生のころからだったから、かれこれ十年くらい続いていた。

建売住宅の一軒家。同じ間取りで色違いの外壁が五軒並んでいる一番左端の家。五軒とも間違い探しでもできそうなくらい似通った外観だ。

その女の人は毎日朝から露出度の高い服を着ていて、手を振ると、はちきれんばかりの巨乳がゆさゆさと揺れているのが見えた。二階のベランダの手摺りから身を乗りだすと、前のめりになって今にも乳首が見えそうだった。恐らくブラジャーはつけていない。

男子高校生に朝からそんなもん見せんなよ。

章敬はいつも軽く会釈をして通り過ぎる。無視できないのは、ご近所さんというだけでなく、その女の人が同級生の母親だから。だけど、同級生の母親といっても母親同士が仲がいいわけじゃない。同級生の当の本人も女子で、もう何年も喋っていない。要は、章敬自身が無視できない性格というところが大きかった。

小学生のときはその同級生と登校班が同じで遊ぶこともあったが、いつからか喋らなくなった。中学では三年間一度も同じクラスになることもなく、高校は別々の学校になったので会うこともなくなった。それでも、小学生のころから続くあの女の人の朝の巨乳挨拶運動は、章敬が中学へ進学してからは名指しでやられるようになり、高校になってもやめる気配はなかった。

年頃だから、おっぱいに興味はある。でも、熟女好きでもあるまいし、正直恥ずかしい、やめてくれという思いのほうが遥かに強かった。ただ、娘の同級生が通ると誰にでもやっているのかもしれないとも考え、自意識過剰だと思われるのも嫌で、誰にも相談することなく、ひたすら気にしていない素振りを貫いていた。

章敬は地元の公立高校に進学し、雨の日も風の日も、雪の日だって余程でなければ自転車で通学していた。バスでも行けるが、遠回りだから時間が一・五倍くらいかかる。バス停まで歩くのも面倒だった。

ＪＲ埼京線戸田公園駅西口から歩いて十五分弱の住宅街にある七十坪の一軒家。元々祖父母が住んでいた家を、両親が結婚をしたのを機に二世帯住宅に改築して住んでいた。だから、章敬は生まれたときからずっとこの土地に、この家に住んでいる。

目の前の道を挟んだ向かい側に材木屋があって、物心がついたころ、そこに所狭しと置かれていた色々な種類の木材の匂いを嗅いだり、断面の木目を見るのが好きだった。でも、幼稚園の年長のときに材木屋は潰れ、あっという間に取り壊された。常に入り口から木材が溢れていて、奥がどうなっているのか見たこともなかったから、更地になると想像以上に広くて驚いた。その跡地に分譲の一軒家が建つのだと両親から聞いたときは、二軒くらい建つのかな、と思っていたけれど、まさかの五軒だったことに度肝を抜かれた。

章敬は、ままごとみたいな家が次々と建っていく過程をずっと見ていて、古くなった家が多い中、そこだけ異空間や異世界のように感じてワクワクした。特に、それぞれの住宅に割り当てられた土地が狭いからか、五軒とも三階建てで、てっぺんに聳えそびる三角の屋根裏部屋が羨ましくて仕方なかった。仕上げとなる駐車場の施工途中に、一軒、また一軒とご成約済みの看板が掛けられていく。

グレー系の外壁の家が二軒、ベージュ系の外壁の家が三軒。当時章敬の祖父が町内会長を務めていたので、入居者が越してくるたびに豊平家に挨拶にやって来た。章敬は、その様子をリビングの扉に隠れながら覗き見て、入居者に自分と同じくらいの子どもがいないかと楽しみにしていた。でも、どの家も新婚夫婦や奥さんが妊婦という家庭ばかりでガッカリした。

五軒目、つまり最後に引っ越してきたのが唯一の角地の家。ピンクがかったベージュの外壁で、早い段階でご成約済みになっていたのに引っ越してくるのが遅くて、ちょっと気になっていた家だ。挨拶に来たのはその家のご主人一人だったが、妻と娘がいると話していた。しかも、その娘が自分と同じ年だと聞いて、章敬は心の中でガッツポーズをした。その子と仲良くなれば屋根裏部屋を見せてもらえる機会があるかもしれない。まだ幼稚園児だったから、性別の違いは気にもならなかった。でも、結局章敬がその家に入ることは一度もなかった。

その家の娘、友成果瑠（ともなりかる）とは、出席番号で並ぶと隣になることが多かった。だから小学校低学年のころは放課後何度か二人で遊んだこともあった。遊ぶ場所はいつも章敬の家か、果瑠の家の前の道。メイン通りから一本入った道だったし、一方通行だったからほとんど車が通らない。二人はよくそこで縄跳びの練習をした。特に夏休みや冬休みといった長期の休みになると、学校から縄跳びカードという煩（わずら）わしい宿題が出て、低学年のころは大真面目に取り組んでいた。

　遊んでいると、章敬の母親がジュースやお菓子を届けてくれた。夏は熱中症予防にアイスやスポーツドリンクも渡しにきてくれた。でも、果瑠の母親は、朝ベランダから手と乳房を振ってくる以外、見かけることはなかった。学校行事にも全く来ないので、章敬は一度だけ果瑠に、「お前の母ちゃん、フルで仕事してるのか？」と聞いたことがあった。「してない」という返事を聞くと、「じゃあ毎日何してるんだ？」とドストレートに突っ込んだ。子ども故の悪意のない質問だ。その証拠に、具合が悪くていつも寝ているのだと果瑠が答えると、なんとなく聞いたことに罪悪感を抱き、それきりそのことに触れることはなかった。やがて高学年になってからは章敬の習い事が増えて、果瑠と遊ぶことはなくなった。

　一度だけ、五年生の三学期に、果瑠と一緒に学校を早退したことがあった。新学期が始まって早々熱を出した章敬が保健室へ行くと、果瑠も熱が出てベッドで寝ていた。

学校から連絡がいき、迎えに来た章敬の母親が保健室の先生と何やら話し、果瑠も一緒に帰ることになったのだ。どうやら保健室の先生は両方の親に連絡したようなのだが、果瑠の母親は体調が悪くて迎えに来られないから果瑠一人で帰してくれと言ったのだそうだ。それを聞いた章敬の母親が、近所に住んでいるから家まで送りますよと申し出た。

母親の自転車の前籠に章敬の藍色のランドセルを乗せ、後ろ籠に果瑠の水色のランドセルを乗せてとぼとぼと歩く。お互い寒気があって頭も痛いから会話もない。家の前に着くと、果瑠は章敬の母親にお辞儀をして、自分のランドセルを後ろ籠から降ろした。そして、そのランドセルからキーホルダーのついた鍵を取りだすと、自分で鍵を開けて家の中へと入っていった。

翌日、インフルエンザ蔓延で学級閉鎖になったという連絡網が回ってきて、章敬も病院で診察を受けてインフルエンザA型だと判明した。果瑠もそうだったと後から聞いた。それが果瑠との最後の思い出だった。

章敬は家の鍵を中学生になるまで渡されていなかったから、小学校で鍵を持っている同級生が羨ましかった。でも、熱を出し、フラフラしながら自分で鍵を開けて家に入っていく果瑠の姿にほんの少し胸が痛んだ。娘が熱を出しても迎えに来られないのに毎朝巨乳挨拶運動は続けている。そんな果瑠の母親が、一体どう体調が悪いのか、章敬には見当もつかず、「ねぇ、友成のお母さんって何の病気なん？」と母親に聞いてみた。章敬の母親は、「何でそんなこと聞くの？」と言いながらも、心の病気だと思うよと答えた。正直なところ、章敬の母親も噂程度にしか知らないようだった。

章敬の小学校でも、学期途中に突然心の病気という理由で長くお休みすることになった先生がいたりもしたから、そんな感じなのかなと子ども心に理解した。中学になると、小学校のときはなんでもなかった同級生が突然不登校になったりして、より一層心の病気というワードが身近になった。

だけど、章敬が高校生になっても毎朝手と乳房を振り続けていた果瑠の母親が、ある日を境にパタリと姿を見せなくなった。高三のときだった。正直ほっとしたけれど、毎朝反射的に果瑠の家のベランダを見上げてしまうことがしばらく続いた。それもしなくなったころ、果瑠の母親が死んだ。

果瑠には七歳年の離れた弟がいた。章敬は果瑠の弟には会ったことがない。でも、母親がベランダから手を振る後ろで赤ん坊の泣き声が聞こえていた時期があって、子どもが生まれたのはなんとなく知っていた。噂では、その弟が小学校に入学し高学年になってから、母親は果瑠のときには顔を出さなかった学校行事に参加するようになったのだそうだ。体調が良くなったのか、ＰＴＡの本部役員も引き受けていたという。そして、ＰＴＡ会長をしていた一つ上の学年の児童の父親と知り合い、深い仲になり、二人一緒に亡くなった。それだけでも地元民にとっては十分衝撃的だったが、亡くなった場所が二人がＰＴＡの役員をしていた小学校の校内だったことで、ワイドショーでも大きく取り上げられる事態となったのだ。そう、亡くなった二人のそれぞれの子どもたちが毎日通っていた小学校であり、章敬の母校でもある。

そこは一階の用務員室の隣の部屋で、ＰＴＡの資材置き場として使用されていた。小学校という性質上、扉は校舎内の廊下側だけでなく校庭側にもあり、夜間でも校門を飛び越えさえすれば、鍵を持っている人なら侵入できた。保護者で鍵を持っていたのはＰＴＡの本部役員と環境整備部の部長のみ。四畳ほどの広さで嵌め殺しの小さな窓が一つあるだけ。エアコンも設置されておらず、バザーの売れ残りなど、いつ使うのかもわからない荷物が置かれていた。二人はその部屋を目張りして、練炭自殺を図ったのだ。

その日は、学校で月に一度行われる資源回収日だった。登校してくる児童たちから品物を受け入れる準備をするために、午前七時過ぎに環境整備部の部長を務めている保護者がその部屋を訪れた。

鍵を開けて扉を引くと、バリバリッというガムテープが剝がれる音がした。その後も扉を引っ張り続けたが、強力なガムテープが使われていてなかなか開かず、数センチほどの隙間から中を覗いても暗くて何も見えない。

児童たちの集団登校が始まる時間が近づき、その保護者は用務員の男性に事情を説明して校舎内から部屋に入ることにした。用務員の男性は剪定バサミを手に既に鍵が開いている校庭側の扉へ向かい、保護者は職員室へ行き校舎内の扉の鍵を借りた。しかし、校舎内の扉も同じ。内側からガムテープで目張りされていた。

結局先に部屋に入ったのは、剪定バサミでガムテープを切った用務員の男性だった。なぜか嵌め殺しの窓も段ボールで覆われていて、扉を開けても真っ暗で中の様子がわからない。男性は手探りで電気を点け、倒れている二人を発見した。驚いた拍子に転倒し、尾骶骨を骨折。あとから部屋に入った保護者の通報で、救急車と警察車両が次々と到着した。その時点で登校していた教員たちは通学路に急行し、児童たちの足を止め、自宅へ戻るよう誘導した。二人が亡くなっていた部屋の扉は、警察官が廊下側も校庭側もブルーシートで囲み、万が一にも児童たちの目に触れないようにした。教員たちとすれ違いで登校してきてしまった児童たちは中庭で待機させられ、その後教員に付き添われて自宅へ戻った。

午後には報道関係の車両やヘリコプターまで出動してきて、学校周辺は騒然としていた。二人は前日の夜中に家族が寝静まってからそれぞれ自宅を抜け出したようで、どちらの家族もいなくなっていることに気がついたのは朝になってからだった。携帯に連絡をしても繋がらず、どうしようかと思っていたところに学校からの電話が鳴った。月に一、二度しか開けられることのない部屋だったが、役職柄、二人とも資源回収日は把握していた。つまり、朝発見されることを見越していたというわけだ。

児童たちは入ることのない部屋だったから、その部屋の中の様子も、そこで起こったことも、章敬が情報を得たのは全てワイドショーからだった。その後小学校が二日間臨時休校となり、一週間後の夜、保護者説明会が開かれたこともそうだった。

祖父が毎月買っている週刊誌の表紙にも、端のほうに小さく『戸田市ＰＴＡ失楽園―遺族の苦悩―』と書かれていて、章敬は恐る恐るページを捲（めく）った。記事の冒頭は事件概要。次に、小学校の二人以外の現ＰＴＡ本部役員やクラス役員の人たちの証言が続く。事件が事件なのでさすがに亡くなった二人の実名は伏せてはあったが、読むに堪えない酷い言われようだった。ふしだらな上に子どもたちが通う学校で心中をするなんて常軌を逸している。保護者たちのそんな怒りが、二人の悪口となって噴き出しているようだった。それでも、タイトルに〝遺族の苦悩〟とあったから、果瑠がどうしているのか気になって読み進めた。しかし、掲載されていたのは男性側の遺族のインタビューだけ。

『主人は実直で、家族思いで、不倫をしたり家族を遺して自ら死を選ぶような人じゃありません。だって、生保の営業マンとして、人の命を保証する保険を扱ってきた人なんですよ。誰よりも命の大切さをわかっている人なんですよ。相手の女に唆（そそのか）されて、ちょっと相手にしてしまったものだから、そのあともその女にしつこく付き纏われて、拒んだ挙句に心中に見せかけて殺されたんです。主人はその女のせいで借金までさせられていた。主人は被害者です。ですから、これは失楽園ではなく、れっきとした殺人です。私は、殺人事件として警察に捜査していただけるように訴え続けて参ります』

何とも言えないザラッとしたものが章敬の胸の奥に渦巻いた。『これは失楽園ではない』とインタビュイーが訴え、それを記事にしているのに、『戸田市PTA失楽園』というタイトルを使う矛盾。片方の遺族の一方的な言いぶんだけを掲載し、インタビューに応じたほうの遺族に読者が同情するように誘導しているかのような公平さを欠いた内容。

一体何が真実なのか。週刊誌を読んでも、ワイドショーを観ても、ネットで調べても全く見えてこない。果瑠の現状も知ることはできなかった。それどころか、ワイドショーの司会やコメンテーターたちが語る内容やネットの掲示板を見て気持ちが悪くなった章敬は、それ以降、そのことに関する情報は意図的に遮断した。

*

「ちょっとさー、うちに来てくんない?」

状況からその女性が果瑠だと気がついたが、果瑠とは高校に入ってからは会うこともなかったし、最後に口を利いたのはあの同時にインフルエンザに罹ったときだったから十年近くも前のことで、自分にかけられている言葉なのかわからず、章敬は周りを見回した。

「ねぇ、聞こえてるんでしょ。とよひらあきのりー」

フルネームを叫ばれ、章敬は右手の人差し指で自分の顔を指して首を傾げる。

「そう、あんた」

ようやく自分が声をかけられているのだとわかったが、なぜ家に来いと言われているのか皆目見当がつかない。しかも、車を洗っていたのでTシャツに短パン、裸足でビーサンを履いている格好だった。

「早く来てよー」

まるでつい最近も遊んだばかりの相手に言うように、笑顔で手招きをしている。

「いや、俺、こんな格好だし、足びちょびちょだし」

「かまわんかまわん。むしろそのほうが丁度いい。タオル貸してあげるから早く入って」

むしろそのほうが丁度いいって、何に丁度いいって言うんだよ。半信半疑で水道の蛇口を閉め、果瑠の家へと向かった。ベランダを見上げたが、もう果瑠の姿はなかった。

子どものころずっと入ってみたいと思っていた家に、まさか二十歳になって初めて入ることになるとは思ってもいなかった。玄関の前に立つと、扉が開いて果瑠が顔を出した。章敬はインターホンを押そうと差し出した人差し指を引っ込める。

「よっ。入って、入って」

もの凄く久しぶりだということを全く感じさせないフレンドリー過ぎる態度。ポニーテールをして半袖のサマーニットにホットパンツ姿の二十歳の女子は、今の章敬には眩し過ぎて目に毒だった。戸惑いつつ、化粧をして大人びた果瑠に昔の面影を探した。

柔軟剤の香りがするタオルを渡され、濡れた箇所を拭いてから玄関に足を踏み入れる。家に上がって果瑠の後ろをついていくと、リビングを通り過ぎ、軽快に階段を上り始めた。途中振り返って笑顔でまた手招きをする。家の中は片付いていて、リビングの大窓から差す陽の光が階段にまで注いでいた。二階も通り過ぎる。章敬は自分が友成家の屋根裏部屋に向かっていることを確信すると、胸が高鳴った。ずっと憧れていた場所だ。

「暗っ」

屋根裏部屋は暑くて日差しが注ぐ場所だとイメージしていた。でも実際は正反対で、暗くて涼しかった。

「すぐ電気点けるね」

果瑠はフローリングの床の中央部を右足で二度踏んだ。途端に電気が点いて明るくなる。憧れた屋根裏部屋は、五畳から六畳くらいの広さの部屋で壁に液晶テレビが掛かっていた。

「えっ何、今の。手品？」

何が起こったのかわからず、戸惑いながら聞いた。

「手品じゃないよ。この部屋の電気のスイッチ、階段を上がったところの壁にもあるんだけど、床にもあるのよ。どっちでも点けたり消したりできるの。床のは、こうやって一回踏むとフローリングに埋まってるスイッチが出てきて、もう一回踏むと電気が点く。で、もう一回踏むと電気が消えて、もう一回踏んでフローリングの中に仕舞う」

驚いている章敬に、もう一度電気を消して点ける作業をやってみせた。

「すげーな」

「エアコンのスイッチも床にもあるんだよ。温度調節はリモコンじゃないとできないから電源のオンオフだけだけどね」

子どものように目を輝かせている章敬に果瑠がどや顔をする。電気のスイッチが埋まっていた隣のフローリング部分を同じように踏むと、もう一つのスイッチが出現した。それを踏むと今まで動いていたクーラーがぴたりと止まる。涼しかったのはクーラーがついていたからだったのだ。フローリングの床と同化していて、言われなければスイッチが埋まっているなんて気がつかない。

「秘密基地みたいだな」

章敬は世にも珍しいスイッチにはしゃいでいた。一瞬、小学校の低学年のころの二人に戻ったようだった。

「はい、じゃあそろそろお座りください」

果瑠が部屋のど真ん中にぽつんと置かれた椅子に章敬を案内する。その椅子の後ろに立ち、背もたれを掴んで座るよう促した。よく見ると、椅子の下にはレジャーシートも敷かれている。

「何？　何の儀式？」

訝(いぶか)し気に言う章敬の顔を見て、果瑠は「豊平、面白っ」と笑った。

「儀式じゃないから早く座って。髪の毛切ってあげる」

「髪の毛？」

渋々椅子に座りながら聞き返す。

「私ね、今池袋の美容専門学校に通ってんの」

「美容専門学校？」

章敬にカットクロスを装着しながら、「そうそう、ヘアメイクとかネイルとかの勉強をする専門学校だよ」と答えた。

「……で、なんで俺の髪の毛を切るの？」

「だって、もっさもさじゃん」

章敬は自分の髪の毛に手をやって苦笑いをした。伸び放題なのはわかっている。

「ベランダから久々に豊平の姿を見かけて、あんまりにも酷い髪型してるからビックリしたわよ」

「そんなに？」

「そんなに」

果瑠は部屋の隅に置いてあったワゴンを運んでくると、道具を並べ、細い腰にハサミやら櫛やらピンやらが突き刺さった革のシザーケースを巻きつけた。ワゴンが置いてあった奥には大きなビーズクッションが二個並んでいる。

「暑いね。さっきスイッチの説明するのにクーラー消したままだった」

果瑠が床のスイッチを踏むと、エアコンが動き出し、ひんやりとした風が顔に当たった。

「屋根裏部屋って太陽光モロだからさ、めっちゃ暑いのよ。だからいつもブラインドは閉めっぱなしにしてて暗いんだよね」

章敬の真後ろに立ち、頭部を一通り眺めてから「どれくらい切る？」と聞いた。

「本格的だな」

「だから本物の美容師目指してんの。道具だってプロ仕様よ」

笑ってハサミの刃をチョキチョキと動かし空を切る。

「で、どれくらい？」

「どれくらいだろ？　三センチくらい？」

「もうちょっと切ったら？　なんならモヒカンでもやってみる？　ソフトモヒカン流行ってるし」

「やだよモヒカンなんて」

「髪型で遊べるのも今のうちだよ。社会人になったらできなくなっちゃうんだから」

こんなに明るい奴だったっけかな、と思うくらい果瑠は、ずっと楽しそうに笑っている。

「それでもモヒカンは嫌だ。一般的な髪型で、長さは任せる」

「つまんないのぉ」

果瑠は口を尖らせた。

「でもさ、なんで床にスイッチなんて作ったの？」

「私が美容師の専門通うようになってから、ここで練習しやすいようにパパに頼んでリフォームしてもらったの。美容師の仕事って両手が塞がることが結構多くて、電気とかエアコンとか足で点けたり消したりできたらラクだから」

「わざわざそのためにリフォームしたの？」

「パパ、私に甘いからねぇ」

章敬の髪に櫛を入れながら、「豊平は大学生？」と尋ねる。髪質を確かめるためなのだろうが、果瑠に毛髪を触られていると気持ちが良くて眠たくなってきた。

「うん。日海大の二年」

「ニッカイ大？」

ちょっとうとうとし始めていたところに突然左頬の真横から果瑠が顔を出したので、慌てて目を見開いた。息がかかりそうなほど距離が近くて心臓が飛び出しそうになる。

「日本海事大学だよ」

果瑠の顔とは逆のほうへ自分の顔を傾けて言った。

「へぇ、なんかよくわからないけど、凄いね」

元の位置に戻ってシザーケースからハサミを一本取り出すと、章敬の髪の毛を切り出した。

「なりたいものが決まってる友成のほうがずっと凄いよ」

大学も不登校気味で、現時点ではバイトもやっていない自分の状態を思えば正直な気持ちだった。

「決まってるっていっても専門卒業して国家試験受からないと駄目なんだけどね。でも、ヘッドマネキン相手のカット練習もだいぶ上達してきたのよ」

章敬はふーんと頷いてから、裏返った声で「人間相手にカットしたことないの？」と言って振り向いた。

「ちょいちょい、動くなっ。耳切れるよ。美容師が使うシザーは半端なく切れるんだからね」

果瑠は章敬の頭をグイッと前に向け、

「あるわよさすがに。それに、国家試験を控えた今年はバイトもやめて朝から晩までひたすらカット練習してるんだから、信頼してよね。良かったじゃない、豊平、カットモデルデビューよ」

と言いながら再びハサミを入れていく。

「カットモデルという名の練習台か」

「失礼ねぇ、これでも関東地区の学生対象のカットコンテストで入賞したのよ。十一月には全国大会にも出るんだから」

「凄ぇな。でもさ、美容師って国家試験なんだ」

「そうよぉ。豊平は？　大学で何か資格取ったりするの？　教員免許とか」

「あぁ……卒業するまでに船舶免許と、大学でってわけじゃないけどダイビングの免許は取ろうと思ってる……かな」

　震災前はどちらも絶対に取るつもりだったが、正直今は、船舶免許は実習船が流されてしまって取れるのか不明だし、ダイビングの免許は取らなくてもいいかな、という心境だった。あの津波の映像が脳裏に焼きついている上に、未だ五千人ほどの行方不明者がいる現状で、とても海に潜る気にはなれない。

「船舶？　ダイビング？　相変わらず陽キャだなぁ」

「陽キャ？　俺が？」

　また声が裏返る。

「豊平は小学生のころから陽キャじゃない。女子とも仲良いし、イケメンだし」

「はっ？　イケメン？　俺が？」

「どうせ彼女と一緒に潜るんでしょ」

「俺、彼女いたことねぇよ」

「いたじゃない、中学んとき」

「ん？　あぁ、あれ？　修学旅行のときだけっていう典型的なやつじゃん」

「それよ。そうやって修学旅行のときだけってノリで彼女作れるのが陽キャじゃない」

「いや、でも、マジでそんときだけだったし、高校でも大学でも彼女いたことねぇし、なんなら大学になんてあんま行ってねぇし」

訳がわからな過ぎて、自虐的になる。

「そうなの？　まぁねぇ、このもっさい頭じゃモテないでしょうね。小学校とか中学校のときはずっと小綺麗にしてたのに、どうしてこうなっちゃったわけ？　なんで大学に行ってないの？」

果瑠は本当に不思議そうだった。

果瑠の中で自分はどんなキャラに映っていたのだろうか。髪の毛を触る感触と明るい笑顔、優しい声に安心感を覚え、章敬は、誰にも言えなかった胸の内を吐き出したくなった。

「地震」

ボソッと呟く。

「えっ？」

果瑠の手が止まった。

「三月の地震だよ。あれから自分の周りの空気が薄くなった気がして、息苦しい。緊急地震速報もうんざりだし、毎日毎日被災地のニュースばっかりで。なんか、もう、なんもやる気が起きなくなった。けど、そんな状態が半年も続くとさすがにしんどい」

果瑠が何も言わないので振り向くと、ハサミを持ったまま目を丸くして立っていた。目が合って、果瑠は少し何かを考えるような素振りをしてから口を開いた。

「親戚とかが被災したの？」

「いや。そうじゃないけど、俺の大学のキャンパスって東京だけじゃなく三陸にもあるんだけど、二年からそっちに行くはずだったのに使えなくなってさ」

「そっちのキャンパスの知り合いが亡くなったとか？」

章敬は首を横に振った。

「幸い教員も学生も犠牲者は一人も出なかった。ただ……」

「ただ？」

果瑠が小首を傾げる。

「色々人生設計が崩れたっていうか……海事大学なのに船舶免許も取れないかもしれなくて、なんか、頑張る意味がわからなくなった」

その言葉を聞いて、果瑠はあからさまに不機嫌な顔をした。

「そういや関東も結構揺れたもんね。うちも外壁に何ヶ所かヒビが入ったわ。豊平ん家は？　壁崩れた？　穴でも開いた？」

あまりの刺々しさに、驚いてまた首を横に振る。

「うちより全然頑丈そうだもんね、豊平ん家（ち）」

果瑠は思い切り溜息を吐いた。

「つまりさ、自分や家族が被災したわけでもなく、怪我すらしてない。家も無傷で、大学もその三陸キャンパスは使えなくなったけど、東京にあるキャンパスは変わらず使えるのよね？　別に近しい人が亡くなったわけでもない。その状況で、なんでダメージ喰らってんの？」

たった今まで話していた果瑠とは全くの別人のような冷たい表情と悪意のこもった口調にたじろいだ。

「馬鹿がつくほどのお人好し？　それともその程度でダメージを受けるお豆腐メンタルですか？」

キツイ言葉が胸に刺さった。

「なんでそんな言い方するんだよ」

章敬は唇を震わせながら反論する。

「お前にそんな言われ方する筋合いないだろ。被災した人じゃなくても、あんな悲惨な状況をニュースとかネットとかで毎日見てたらダメージを受ける人間だっているんだよ。知り合いじゃなくたって一万人以上の人が亡くなったんだぞ？　それに、描いていた人生設計が崩れたら、どうしたらいいのかわからなくなるだろ。人間、そんなに強くないんだよ。お前みたいに平気な人間ばかりじゃないんだよ」

「いるいる、そういうの共感疲労って言うんだっけ？　なんでも共感共感ってキッモ。被災者だって頼んだわけでもないのに無関係な人間に勝手に共感されて勝手にダメージ受けられてもイミフだよね。てか共感って何？　被災した人の気持ちなんて被災した人にしかわからないでしょ」

「お前、いい加減にしろよ」

章敬は我慢できずに立ち上がった。

「いい加減にしない」

章敬が睨むと、果瑠の目からは大粒の涙が滴っていた。果瑠の涙を見て焦った章敬は、腹が立ったのも忘れ、おろおろする。

「自分と自分の周りのことでいっぱいいっぱいの人間は、他人に共感する余裕なんてないから。共感疲労なんて、所詮余裕のある人間の自己満でしょ」

声が小刻みに震えていた。

「死んだ人が一万人だろうが、一人だろうが、死に方がどんなんであろうが、命が失われたことには変わりはないじゃない。でもさ、地震が原因で死んだってだけで、生前どんな人間だったとか関係なく世間から同情されて、遺族も可哀相にって優しくされるんだよ。だけど、不倫して心中するような人間の死は蔑(さげす)まれて、遺族も世間からバッシングされるの。確かに、不倫した挙句に心中した本人たちは何言われても仕方ないし、自業自得だと思うよ。けど、なんで遺族まで晒し物にならなきゃならないわけ？　この半年、毎日毎日地震の報道を見てて、どうせならうちの母親も、もう少し生きてさ、不倫相手と東北に旅行にでも行ってる最中に地震に遭って死んでくれれば良かったのにって、ずっとそう思ってた。あれだけ大規模な地震なら不倫中に死んでもバレないじゃん。地震で亡くなった人たちの遺族が羨ましいとすら思ったよ。私と同じくらいの子が、津波で親を亡くしたって言ってみんなに同情されてる映像を見たときは、お前の親だって不倫してたかもしんないのにって……。もう最悪。母親も、母親と死んだ男も、世の中も、そんな風に思う自分もクソだと思った。人生設計なんて、そんなもん、地震以前にとっくに崩れてたわよ。自分の母親に人生設計崩される子どもの身にもなってよね。それでも落ち込んでる暇なんてなかったから」

果瑠は機関銃のようにそこまで言うと、はぁはぁと息を切らした。

唖然としていた章敬は、果瑠が黙ったので脳味噌をフル回転させて考える。地震で亡くなった人たちの遺族が羨ましい……それは、被災地や被災者たちの状況を目の当たりにしていないからだ。

だけど、それを言ったら自分も同じ。しかも、母親が弟の学校の児童の父親と、よりにもよって学校内で練炭自殺をした果瑠が、母親の死後置かれてきた状況も、俺はどれだけ理解しているといえるのだろう。弟は父親の実家で生活しているとか、果瑠は父親と一緒に住み続けているとか、聞いてもいない章敬の耳にまで友成家の情報が入ってきた。〝可哀想に〟と言いながら、他人の家の不幸ネタを吹聴して回る人間が、章敬の周りだけでも複数人いた。

自宅のパソコンで閲覧したネットの掲示板には、辛辣な書き込みが匿名で何度もされていた。練炭自殺はラクに死ねると言われているが実は苦しみながら死んでいくのだと、その根拠を羅列し、二人がその苦しみの果てに死んだのは不倫の代償だと、ざまあみろと罵る書き込みで虫唾が走った。消されても通報されても繰り返し書き込まれていたから、パソコンさえあれば恐らく果瑠も目にした可能性は高い。

「同情……されたかったのか？」

果瑠の顔を覗き込んだ。首をふるふると横に振る。

「ただでさえ一人欠けた家族を、それ以上バラバラにさせないで欲しかっただけ。もちろん誰かにそうしろと言われたわけじゃないよ。でも、世間がそうせざるを得ない状況に追い込むんだよ。家族で引っ越せばいいと思うかもしれないけど、悪いことをしたわけじゃないうちらが引っ越さないと今まで通り暮らせないなんておかしいでしょ。私はこの家が好きだったから、そんなの絶対に嫌だって言った。母親とか世の中に振り回されるのも嫌だった。だから、いくらお金を積まれてもテレビ局とか週刊誌の取材も一切受けなかったし。取材を受けないと世間から勝手な憶測で色々言われますよって言われたけど、あの状況で取材を受けたら静かに暮らせるなんて思えなかった。だけど、どう足掻いても追い込まれて、自分もどんどん嫌な奴になっていって……」

章敬は唇を噛んで視線を逸らした。どんな表情を彼女に向ければいいのかわからなかった。

逸らした視線の先に、家族四人が写った写真が飾られていた。果瑠も章敬の視線を辿り、使っていたハサミを一度シザーケースに収めた。

「私、あの女に似てる？」

「ええっ？」

章敬は間の抜けた声を出した。

「母親に……似てる？　似てきた？」

果瑠の表情は真剣だ。

「声が？」

咄嗟に言うと、「いや、顔」と返された。

必死に果瑠の母親の顔を思い出そうとしたが、どうにも思い出せない。もう一度写真に目をやるが、この場所からだと顔まではわからない。頑張って思い出せたのは声と……揺れる豊満な乳房、今にも乳首が見えそうな胸元。そんなこと、口が裂けても言えない。久々に朝の巨乳挨拶運動をする果瑠の母親の乳房を思い浮かべ、章敬は一人赤面し、俯いた。

「すまん……顔、覚えてない」

申し訳なさそうに言う章敬の肩を叩き、果瑠はさっきまでの怒りが嘘のように大笑いを始めた。もう涙も止まっていた。

「豊平、サイコー。マジウケるんだけど。何年？　えっ？　十年以上よね？　あれだけ毎日せっせと早起きして、朝ご飯も作らないで化粧バッチリしてエロいかっこしていってらっしゃいしてたのに、顔も覚えられてないとか、傑作だわ。マジ、あの女に聞かせてやりたい」

ひーひーと呼吸が乱れるほど笑っている。

「いや、早起きしてって、他の奴にも同じようにやってたんだろ？」

果瑠は胸を押さえて呼吸を整えながら「小学校のときはね」と答えた。「登校班だったからね。でも、あの女のことだからそんときから豊平目当てだったのかも」と付け加える。

「俺目当て？」

「だってさ、中学になってからは『あきのりくーん』て名指しだったじゃん」

果瑠が自分の腕で胸を両側から寄せてくねくねしながら言った。母親の真似をしているのだろうが、明らかに馬鹿にしている。

「私も他の同級生も名前呼ばれたりしないから。あの女、豊平がお気に入りだったんだよ。章敬くんはイケメンよねぇって、小学校の高学年くらいからずっと言ってたし。娘の同級生相手にマジキモい。高校生のころなんて、完全に女の目で見てたじゃん。あわよくば付き合いたいとでも思ってたんじゃない？　知らんけど」

今度は「おえー」と吐く仕草をして章敬を見た。

「俺？　それ、ほんとに俺のこと？」

理解が追いつかなくて眉間に皺を寄せ、壊れたロボットのように聞いた。

「そうだよ。結局自分の息子の学校の保護者と不倫して心中したんだから、どっちにしてもやっぱりキモ過ぎるんだけどね」

果瑠は視線を落とし、しばらく黙り込んだ。

「ごめんね、うちの母親が長いこと迷惑かけて。……嫌だったでしょ」

声色が変わった。

「なんでお前が謝るんだよ」

頬にはまた涙が一筋伝っていて困惑する。

「泣くなよ。俺はさ、別に挨拶されてただけで、迷惑なんてかけられてないから」

情けない声で必死に言う章敬のカットクロスを果瑠は黙って外した。立っていた章敬の肩を上から押して椅子に座らせ、徐に膝の上に跨る。

「何？」

驚いている章敬を他所に、首に両手を回して顔を引き寄せた。

「友……」

名前を呼び切る前に唇で口を塞がれ、章敬の意識は自分の身体に押しつけられた果瑠の乳房の感触に奪われた。

クーラーのルーバーが動く音と何度も繰り返されるキスの音。耳障りがいいそれらの音に鳥肌が立つ。果瑠の唇の感触が心地良くて、されるがままになっていると、やがて果瑠の舌が章敬の口の中に入り舌に絡まった。章敬は無意識に果瑠の背中に手を回し、ぐっと自分のほうへ引き寄せていた。

ホットパンツから出ている果瑠の太腿が章敬の太腿と密着し、厭らしい音を立てたのを合図のように、果瑠は自らサマーニットを脱いでブラジャーを外した。章敬のTシャツも脱がせる。

「首のって、それもピアス？」

耳朶だけでなく、襟に隠れていた首筋にも銀色の小さな二つの球体が、白い肌に儚げに光っていた。

「うん。可愛いでしょ？」

果瑠は中指で自分の首筋をなぞりながら言う。

「そんなところにつけられるもんなの？」

「ピアスの穴なんて、どこにでも開けられるよ」

耳元で囁いてから章敬の首筋にキスをした。

「ここにするピアスはヴァンパイアって言うんだよ」

ここはマディソン、ここはチェスト……そう囁きながら、それぞれのピアスホールを開ける場所にキスをしていく。果瑠の唇が首から鎖骨、胸へと移動していくたびにゾクゾクして身震いした。

「痛くないの？」

「耳とヴァンパイアしかしてないから他は知らないけど、私は痛くない。でも、ずっと絶え間なく首を軽く絞められてる感じがする。その感じが落ち着くの」

「だからヴァンパイア？」

「ヴァンパイアは首を絞めたりしないでしょ。ピアスを取った痕が吸血鬼に血を吸われた痕みたいだから……ヴァンパイアキッスとも言うんだよ」

果瑠はもう一度章敬の首筋にキスをして身体を軽く仰け反った。

目の前に露わになっている果瑠の乳房を少しの間凝視してから手を伸ばす。掌では覆いきれない豊かな膨らみと、少し陥没気味の乳首が愛らしい。柔らかいというよりは、掌を跳ね返すような弾力と、それとは真逆の吸いついてくるような肌の感触。

クーラーで冷えて薄い産毛が逆立っている乳房に興奮し、章敬のペニスが反応した。

唾を飲み込むと、その飲み込んだばかりの唾が食道を流れていく音と喉ぼとけが上下する音が耳の奥に木霊する。

駄目だ、これ以上したら駄目だ。

必死に理性を働かせる。だけど、下半身が言うことを聞かない。固さが増して痛いほどだった。

「友成……降りて……マジでやばい」

懇願するように言った。

「降りない。さっき息苦しいって言ってたじゃん。私が息しやすくしてあげる」

キスをしてまた舌を絡ませる。

「駄目だから」

章敬は顔を背けた。

「何が駄目なの？」

駄目と言っている割に、やる気満々の章敬のペニスを見て果瑠が笑みを浮かべる。

「ゴム持ってきてないし」

章敬の言い訳に、軽く噴き出した。そして、ホットパンツのポケットから出したコンドームを章敬の顔の前にチラつかせる。

「ここにあるから大丈夫」

まるで経験豊富な風俗嬢のようで、一瞬このまま流されていいのだろうかと考えた。でも、やりたい気持ちが勝ってすぐにそんなことはどうでも良くなり、果瑠の乳首に口をつけて吸った。容易に顔を出した小さな乳首を見たら、もうその後は無我夢中だった。

章敬は女性の裸を見るのは初めてじゃなかったし、セックスだって初めてじゃない。でも、いわゆる素人童貞だった。大学に入り、新歓でたらふく飲んだ先輩たちに早朝連れて行かれたソープランドで童貞を卒業した。その後も先輩や友だちと何度か通ったけれど、今目の前にある果瑠の裸は今まで見た誰よりも綺麗だと思った。

「ごめん、一回自分で抜いていい？」

我慢しきれなかった。

「どうしてそんなこと言うの？　ゴムつけてるんだから挿れてよ」

「もう出ちゃいそうなんだよ。でも、まだ挿れたら痛いだろ？」

爪が伸びたまま指を挿入したり、濡れていないのに無理やりペニスを挿入したりして、女の子の膣内を傷つけたり痛いことをするような男にセックスをする資格はない。ソープ嬢に言われたセックスの極意だ。章敬はそれを忠実に守ろうとした。

果瑠は、「もう十分濡れてるから大丈夫」と耳元で囁き、再び章敬の膝の上に跨った。そして、左手を章敬の首に回し、右手でペニスを持ち、自分の陰部にあてがいゆっくりと挿れ始めたのだ。

自分がリードしなきゃという思いとは裏腹に、先端が彼女のナカに入っただけで章敬の全身には快感が走り、また、されるがままになっていた。果瑠が上下に動くたびに椅子が軋む音と粘液が絡み合う音がして、章敬はあっという間にイった。

その後は暫くクーラーのルーバーが動く音だけが聞こえていた。

「豊平はやっぱりいい奴だね」

洋服を着ながら果瑠が言う。

「別にいい奴なんかじゃないよ」

章敬もパンツを穿きながら言った。

「ううん、いい奴だよ。私、豊平とエッチしてやっとあの女に勝てた気がする……ていうか、あの女の呪縛から解き放たれた感じ」

「意味わかんないんだけど」

「わからなくっていいの。私とあの女の問題だから」

果瑠は着替えを終えると飾ってある家族写真の前に立った。

「この人は、駄目な母親ではあったけど、悪人ではなかったと思うんだ。ただ、精神的に弱い人だったから、いつもそういう系の薬を飲んでた。そういう系の薬を飲むとフラフラするみたいで、寝てばっかりいて。パパは眠り姫って言ってたけど、そんな可愛いもんじゃないでしょって、私はいつも心の中で思ってた。私が小学生や中学生のころは人付き合いが怖いって言って学校行事に来られなくって、私はしょうがないと思ってたんだけど、弟はお母さんに学校に来て欲しいってせがんでさ。わがままだなぁって思いつつ、ちょっと羨ましかったんだよね、自分の気持ちを素直にぶつけられる弟が。弟を見ていて、初めて自分がどれだけ我慢をしていたのか、諦めていたのかを思い知った。この人も精神状態が落ち着いているからって弟の小学校の学校公開や保護者会にも出るようになって。でも、そうしたら今まで一度もやってないんだからって強制的にＰＴＡの本部役員にならされて、この人なりに一生懸命やってたんだと思うよ。……だから、壊れちゃったのかな。

家族でもわからないことだらけだよ。私、小学生のとき、豊平のことを好きだった時期があったんだけど、この人が必死に手を振ってるの見てたら冷めちゃった。でもその途端、いつか、私が付き合う男はきっとこの人に奪われるんだろうなって思うようにもなった」

「なんで？」

「なんでって……やっぱりこの人みたいな女が男好きするんだろうなって、子どもながらに思ったんだよね。だから……いろんな意味で死んだらホッとすると思ってたのに、あんな死に方されちゃホッとなんてできないじゃない」

章敬は顔を顰めて、「うーん」と唸りながら首を傾げた。

「お前にはお前の考えがあるんだろうけど、ドラマとかAVの世界じゃあるまいし、同級生の母親が恋愛対象になるとか、ましてや付き合ってる彼女の母親と、なんて考えられないけどな。少なくとも俺は無理。お前とだからこうなったけど、お前の母親とは絶対にやらない自信がある」

うんうんと頷きながら、どんな自信だよと自分にツッコミを入れたくなって、「たぶん、そう考えるのが多数派だと思うぞ」と言い足した。

果瑠は章敬にカットクロスをもう一度被せ、後ろから抱きついた。

「ありがとう。豊平が抱いてくれなかったら、殺してってお願いしようと思ってた」

「殺して？」

ギョッとして振り返ると、果瑠はシザーケースから取り出した一番大きなハサミを見せて口だけニヤリと笑った。

「なりたくもない大人にどんどん近づいて、しかも、生きるべきだった人が地震で沢山死んで私が生きてるなんておかしいじゃない」

「お前だって生きるべき人だろ」

果瑠は力なく笑った。

「生きるべき人は、死んだとき泣いてくれる人がいる人。地震のあと、亡くなった人のことを思って泣いてる人をテレビで沢山見たけど、私は……クソだから死んでも誰も泣いてくれる人なんていないんだよ」

「俺は泣くよ」

思わず怒ったようにそう言って、もう一度、「俺は泣くから、自分のことクソなんて言うなよ」と普通の口調で言い直した。咄嗟に出た言葉だけど、嘘でもなかった。

果瑠はそんな章敬の顔をまじまじと眺めてクスッと笑った。

「豊平、やっぱあんた面白いわ。こういうときは大抵、あなたのご両親が泣きますよ、とか言うんだよ。〝いのちを繋ぐ電話〟のおばさん相談員ですらそうだったんだから。親より先に死ぬのは最大の親不孝とか言っちゃって、私の家族のことなんてなんも知らないくせにさ、所詮他人事なんだよね。そりゃそうなのよ、他人なんだから。でも、俺は泣くからって……なんだろ、めっちゃ嬉しい。知らないおばさんにでも、私が泣くからって言われたら嬉しかったのかも……」

「なんだよ、それ。俺でも知らないおばさんでも一緒みたいじゃねぇかよ、それじゃ」

果瑠は声を出して笑うと、「前向いて、続きやるから」と言って再び章敬の髪の毛を切り始めた。

「豊平もＡＶなんて観るんだ」

「は？」

唐突に言われてまた後ろを振り返る。

「だって、さっきＡＶの世界じゃあるまいしって」

「それは……駅前のＭＡＲＵＹＡＭＡでバイトしてたんだよ俺。だから、多少知識はあるっていうか」

「ＡＶの知識って何よ」

ハサミを止めて、また噴き出した。

「いや、だから、観てなくてもＡＶのタイトルとか女優とかを知ってるってことだよ」

「ふぅん」

「いや、マジで」

まったく取り合わない果瑠に念を押していると、言い訳をしているようだった。

「じゃあさ、あの人が昔ＡＶに出たことあるって知ってた？」

「あの人？」

それが果瑠の母親のことだと気がついて無言で果瑠の顔を見た。

「知らないか。そうだよね。嘘かもしれないし、ほんとでも大昔のことだし」

「本人から聞いたの？」

果瑠は首を横に振った。

「あのことがあったあと、ＳＮＳの掲示板でご親切に教えてくれた人がいたのよ」

「そんなもん、ネットの書き込みなんて、ほぼほぼデマだろ」

不快感を露わにして言い捨てた。

「そう……ね。パパもそう言ってた。でも、火のない所に煙は立たぬ……でしょ？」

「いやいや、火のない所に煙が立つのがネットの掲示板だと思うぜ、俺は」

「そっか。豊平にそう言われるとそんな気がしてきたよ。もっと早く話せてたら良かったな」

寂しそうに目を伏せる果瑠を励ます言葉を探す。

「専門ってことは、来年の春卒業して就職？」

「うん、そう」

「じゃあさ、俺、友成の最初の客になる。友成が働くことになった床屋に髪切りに行くよ」

その言葉に、これからも生きてくれという思いを込めた。

「私が働くのって床屋じゃなくて美容室だよ？」

果瑠の口元が、笑うのを堪えて歪んでいる。

「なんか違うの？」

「高いよ？　カットだけでたぶん四千円くらい。どうせ豊平が行ってる床屋はカットで二千円しないでしょ？　下手したら千円とか」

「うん……千三百円」

「それに、最初はアシスタントだもん。資格を取っても当分はシャンプーとかリンスとかトリートメントとかマッサージしか担当させてもらえない。カットさせてもらえるようになるまでだいぶかかるんだよ」

「そう……なのか」

章敬はバツが悪そうな顔で頷いた。

「はい、こんな感じに仕上がりましたけど」

ワゴンの下の棚から大きめの手鏡を章敬に渡すと、果瑠は章敬の後ろ姿を折り畳み式の三面鏡に映して確認させた。

「すげーさっぱりした」

髪の毛の重みが軽減され、まるで心も軽くなったように感じた。

「ありがとう」

お礼の言葉には色々な思いが詰まっている。

「どういたしまして」

「あっ、俺財布持ってねぇ」

持っていたところで百円玉が一個入っているくらいだったと、言ってから思い出す。

「なんで？　代金は要らんよ。練習台からお金は取れません」

「やっぱり練習台だったのか」

「就職してからのことはわからないけど、逆にそれまでは、たまにこうやって髪切らせてよ」

　カットクロスを外した。

「練習台にか？」

「そうそう」

　もちろん快諾する。

　章敬は、二つ並んでいるビーズクッションの上にMARUYAMAからレンタルされたDVDが置かれているのを見つけて、タイトルを見た。観たことのあるサメ映画だった。

「友成、サメ映画好きなの？」

　少し運命を感じたが、果瑠は右手を横に振った。

「違う違う、快に頼まれて、あっ快って弟ね。弟、パパの実家に住んでて、毎月うちに泊まりに来てるんだけど、サメとかワニとかヘビとかそういうの好きで、泊まりに来るときは必ず借りておいてって頼まれるのよ」

「自分で借りさせればいいじゃん」

「まだ中一だから会員証作るのに親の同意書がいるでしょ？　面倒でさ」

ＭＡＲＵＹＡＭＡのスタッフだったから当然知っているので頷く。

「豊平がＭＡＲＵＹＡＭＡでバイトしてたなんて知らなかった。月に一、二回、弟が来るときしか行ってなかったけど、もしかしたら会ってたかもね」

「そうだな」

月に一、二回来てセルフレジで会計を済ませて店を後にする客の顔などスタッフはいちいち見ていないし、客だって同じこと。まして、同級生だったといっても、中学卒業して以来会っていなかった異性だ。お互いに気づかなかったとしても無理はない。

「友成は弟が借りた映画は一緒に観ないの？」

「観るよ。てか、無理やり観させられてる」

無理やりと言いながら笑った果瑠の顔が、今日一、嬉しそうに見えた。

「無理やり？」

「自分が観たいって言うくせに、一人で観るのは怖いのよ」

章敬も笑って頷いた。

「なるほどね。でも弟と一緒に観てやるなんて優しい姉ちゃんだな」

「私は血が駄目だからほんとは嫌なんだよ。血が出るシーンは大抵目を瞑(つむ)っちゃう。

基本自分で借りるとしたらラブストーリー。一番好きなのはタイタニックだし。でも……可愛いんだよね、弟。目に入れても痛くない」

「孫かよ」

今度は二人で笑った。

「うちに来ると、ここで髪の毛を切ってあげて、このビーズクッションに座って並んで映画を観るの。それが私の楽しみ。何を観るかじゃなく、快と観ることが重要なの。豊平のお陰でこれからも弟の成長を見届けられそうよ」

そう言う果瑠の顔は、姉というよりは母親のように見えた。

『これからも弟の成長を見届けられそうよ』というセリフは、さっきの『殺してって頼もうと思ってた』に掛かるものだと思った。つまり、あれは多少なりとも果瑠の本心であり、俺とセックスをしたことで生きようと思ったからこれからも弟の成長を見届けられるということなのか。そう考えると複雑な気持ちになって、口をもごもごさせた。

そりゃ果瑠に誘われなければ章敬からセックスを迫るなんてことは絶対にしなかった。だけど、我慢できずに反応してしまったことに罪悪感もあった。だって、果瑠は彼女でもなければ、幼馴染とはいえ五年振りに会ったその日に……だったのだ。それを、その行為を果瑠は感謝すらしてくれている口振りで、章敬には今日の出来事を全くもって昇華しきれなかった。

ただ、章敬は一人っ子だから、兄弟のいる感覚はわからないが、お姉ちゃんがいたらいいなと思ったことはあって、果瑠の弟が少し羨ましく思えた。果瑠は弟にとって姉であるのと同時に母でもあるのかもしれない。

飾ってある写真に近づいて果瑠の家族四人の顔を順に見た。果瑠がまだ子どもで、母親とお揃いのワンピースを着ている。弟は父親に抱かれていた。弟が就学前で、母親がまだ一緒に心中した男と出会う前の写真なのだろう。その写真を見ても、果瑠の母親が『あぁ、そういえばこんな顔だったたっけ』とはならなかった。

「弟とは似てるな、友成」

「えっ？　あぁ、うん、そのころはね。大きくなるにつれてあんまり似てなくなっちゃったけど。でも身長は辛うじてまだ抜かされてない。小柄だし幼いからいつまでたっても子ども扱いしちゃうけど、もう中一だし、そろそろ私も弟離れしないとなぁ」

やっぱり姉ではなく、母親の顔をしてそう言った。

「ねぇ」

不意に果瑠が声をかける。

「うん？」

「私にもしものことがあったら、快と仲良くしてやってね」

思わぬ頼みごとに章敬は当惑した。

「もしものことってなんだよ」

「また、いつ生きてるのが嫌になるかわからないからさ」

何と答えたらいいのかわからず、「何言ってんだよ」と小声で言いながら曖昧な感じで頷いた。

「それと……私のこと、忘れないで欲しい」

「だからぁ」

もう一度、〝何言ってんだよ〟と続けようとして果瑠の顔を見る。

「忘れるわけないだろ」

縋るような目を見たら、そう言っていた。

そのまま果瑠に見送られて友成家を出た。時計をしていなかったので時刻はわからないが、日が傾きかけていた。

「やべっ、急いで車洗わねぇと」

ソープで初めてセックスをしたときは、特に感動はなかった。想像していたよりもあっさりしていて、ああこんなものかと思った。でも、今日は違った。素人童貞から抜け出せたことで浮かれていた章敬は、友成家へ行く前よりも身も心も軽くなったような気がして、不登校になる前によく聞いていた曲を口遊みながら洗車を再開した。

バイトリーダー

お盆が開けてバイト復帰が二日後に迫り、嫌なのか不安なのか、ともかく胃がキリキリと痛んだ。

胃が空っぽだから痛むのかもと思い、章敬は冷蔵庫を漁った。取り出した魚肉ソーセージを食べようとしてフィルムを剝がすのに手間取りながら携帯を開き、新着メールが届いてないか確認する。センターに問い合わせると、数秒時間を置いて、画面に〝メール一件〟と表示された。油井から夜飲みに行かないかという誘いのメール。

油井は二十七歳のフリーターで、章敬がバイトを始める前から週五で遅番に入っている。章敬がバイトに入った時点で勤続三年目だと言っていた。大卒らしいし、どんな業務もそつなくこなすし、人当たりもいい。映画マニアを自称しているだけあって、ありとあらゆるジャンルの作品に精通している。

清潔感もあって見た目も悪くないので、バイトやパートのスタッフからはもちろん、客からのウケもいい。章敬も信頼している。でも、だからこそ、どうしてフリーターなんてやっているのだろうと不思議に思っていた時期がある。その理由を章敬なりに考えて、唯一の欠点というほどのことではないにしても、店長や社員に頼りにされていて自分がいないとこの店は回らないと思っている節があり、それが心地良くて就職活動をしないのだろうと勝手に納得していた。

黛から章敬のバイト復帰の話を聞きつけたようで、メールには、『復帰祝いをしようぜ』と書かれていた。油井はバイトが休みらしい。

バイトリーダーとしての責任感からなのか、それともただの飲み好きなのか、油井は、MARUYAMAのパートやバイトのスタッフたちに声をかけて、歓迎会や送別会、忘年会など年に何回か飲み会を開催していた。章敬も二度参加したことがある。

正直、最初は親とそれほど変わらない年齢のパートの人たちと飲むことに抵抗があったが、思いのほか大きな収穫を得た。章敬は基本的に大学の授業の後にシフトに入るから遅番だった。早番は主婦のパートの人が多く、中番だと入れ違いになるのだが、遅番だと全く顔を合わせない。顔の知らない相手を同じ店で働いているからといって仲間だとは思えないのが心情だ。

MARUYAMAはパートやバイトのスタッフがミスることの抑止力として、店長や社員に報告するだけでなく、本社にまでスタッフからミスの連絡をしなければならないケースが幾つかあった。そして、遅番に入っている章敬が勤務中に自分のミスに気がつかず、翌日の午前中に判明し、早番のスタッフに本社に連絡してもらうなんてことが何度かあったのだ。そうすると、章敬の代わりに本社に連絡をした早番スタッフから、決まって章敬宛にお怒りモードのメモが残されていた。

当然章敬からもその早番スタッフ宛に謝罪のメモを残すが、顔を見て謝れないことで蟠(わだかま)りが残っている感がどうしても拭えない。でも、飲み会で話をしてからは、メモが残されることがあっても、〝これからは気をつけてください〟とか〝こうすればそういうミスはしにくくなりますよ〟といった注意モードやアドバイスモードのものに変化した。章敬は、そういう場を設けてくれた油井に感謝の気持ちを覚えた。

そんな油井からの誘いだ。食欲はまだそれほどなかったが、これからまたバイトで世話になることを考えて行くことにした。

『章敬、どっか行きたい店ある？』

油井からそう返事が戻ってきて、午後六時に赤羽のモツ鍋屋『漁夫の利』で待ち合わせをした。油井は、赤羽西口のアパートで一人暮らしをしていると以前聞いたことがあったので、場所的にも丁度いいと思った。

『漁夫の利』は、日海大の卒業生の両親が経営している日海大生行きつけの店だ。モツ鍋屋としてはどうかと思う店名は、その卒業生の座右の銘らしい。日海大の学生が行くと、いつでも歓待してくれ、少人数でも大人数でも多少の無茶にも対応してくれる。

待ち合わせの十分前に駅に着いた章敬は、商店街をぶらぶら歩いてから『漁夫の利』の暖簾(のれん)を潜って引き戸を開けた。既に満席で、「いらっしゃいませ」という店員の声を聞きながら店内を見回す。まだ来ていないのかと思ったが、「章敬、こっち」と奥の座敷から油井に手を振られた。

「お座敷二番さん、お待ち合わせのお客様ご来店でーす」とカウンターの中のご主人に言う奥さんの横を通り過ぎて座敷に向かった。

『漁夫の利』の座敷は大人数で予約をすれば全てのテーブルを繋げて貸し切り状態にしてくれるが、普段は二人から四人で八組が利用できるようになっている。

誘われたとき、他に誰か来るのか聞かなかったが、靴を脱いで座敷に上がると油井は一人で座っていた。

「お疲れさまです」

「おう、お疲れ」

何もしていないから疲れてないか……いや、何もしていないことに疲れてるか。なんてくだらないことを考えながら、章敬は油井の目の前のくたびれた座布団に座った。

既に注文してあった瓶ビールをコップに注いで乾杯をする。

「章敬、復帰おめでとう」

「ありがとうございます。またよろしくお願いします」

『漁夫の利』名物明太ポテトサラダとお通しのモツポン酢を摘まみながらビールを飲んだ。久し振りに摂取するアルコールが喉から食道にじわっと染み込むように吸収される。ビールってこんなに旨かったっけ。章敬はコップのビールを一気に飲み干した。

初めてMARUYAMAの飲み会に参加した日を境に、油井から『章敬』と名前で呼ばれるようになった。だけど、二人で飲むのは初めてだ。

「モツ鍋屋なんて渋いな」

MARUYAMAの飲み会は、いつも戸田公園駅周辺で開かれていたから、この店に一緒に来るのも初めてだった。

「この店の存在は知ってたけど、俺、モツ鍋にいいイメージがなくて来たことなかったんだよ」

「えっ、すいません。モツ鍋じゃないほうが良かったですか？」

章敬は二杯目のビールを注いでいた手を止めた。

「いやいや、だったらメールでここって言われたときにそう言うよ。ガキのころに食った実家のモツ鍋が癖強くてさ。それきり食ってなかったから、旨いモツ鍋ってもんを食ってみたかったんだよね」

本当に楽しみだと言わんばかりの表情で言うので、章敬も、まるで自分の店のよう

に、

「それなら任せてください。マジで旨いですから」

と、得意気に言い返す。

「油井さんて、一人暮らしなんですよね？」

「おう、そうだよ。逆側の西口な。チャリで坂道を十分ぐらい上がったところにあるアパートに、もう九年住んでるよ」

「赤羽、家賃高くないですか？　一人暮らししてる大学の友だちは川を越えるだけで安くなるからって、川口とか戸田とかに住んでる奴多いんですよね」

「選り好みするからだろ。俺が住んでるアパートは安いよ。月三万」

「三万？　マジですか？」

「マジマジ」

「もしかして事故物件ってやつですか？」

油井は咽(むせ)て口からビールを零した。

「なわけないじゃん。俺、そういうの無理だし」

口元とグラスの底を布巾で拭く。

「でも、結構ホラー映画とか好きですよね」

「映画と現実は別だよ。なんなら心霊ものだって映画なら観るよ？　でも、あくまで映画だからいいんであって、実際に事故物件に住むとか、心霊スポットに行くとか、絶対に無理無理無理」

「じゃあなんでそんなに安いんですか？」

「共同トイレで風呂なしだからだよ」

「共同トイレで風呂なしですか？」

衝撃を受けて思わずリピートする。

「そうだよ。だから一日おきで銭湯に行ってる。いいぞ、銭湯。赤羽は銭湯も充実してるし、回数券買えば一回分お得になるしな」

油井は満面の笑みで言った。石巻で章敬が住むはずだった部屋は、アパートとはいえトイレも風呂場も室内にあったしユニットバスでもなかった。毎日湯船に入る派の章敬に、ユニットバスじゃないほうがいいよと母親から助言があったのだ。銭湯はたまに行くのは悪くないが、毎回は嫌だし、一日おきなのも許容できない。共同トイレも汚いイメージしかない。想像すればするほど、何とも言えない表情になる。

「油井さんて、実家どこなんですか？」

軽くカルチャーショックを受け、ふと聞いてみた。油井は映画の話になると何時間でも語り続けるが、プライベートな話はほとんどしない。強いて言えば、彼女いるんですか？　と、飲み会のときに聞いたら、今はいないと返されて終わりだった。

そのアパートじゃ……彼女いても呼べないよな、なんて思ったら、フリーターをしながら、そんなアパートで一人暮らしをしている、その理由に興味が湧いた。今は年齢的にまだ未来はなんとでもなると思っているのか、悲壮感は漂っていない。三十を超えたら就職を考えたりするのかな、と、二月にバイトを辞める前の章敬は、どこか油井を斜めから見ているところがあった。でも、震災のあとの自分の不甲斐無さを顧みると、人のことを斜めから見ている場合じゃないと痛感していた。

震災の影響で海洋系水産系の就職は被災地以外も採用を見送るところが多いと言われていて、今年の四年生の就活は相当苦戦していると聞いている。早期採用で決まっていた内定が取り消されたり、現時点で内定が一社も出ていない学生もかなりいるそうだ。キャンパスの移転が決まり、一年留年する道を選択した先輩も多い。そうなると、章敬たち現二年生の就活のときにも影響が及ぶことは必至。大学に入学したころは考えもしなかったが、自分も就活に失敗したらフリーターにならないとも限らないと思えてきた。

「実家なぁ」

油井は途端に真顔になり、しきりに口元を手で擦った。本人が気づいているかはわからないが、油井は仕事中もよくこの仕草をしている。

「仙台」

章敬も真顔になって油井の顔をまじまじと見る。

「えっ……あの……俺、二月に辞める前、宮城に行くって話しませんでしたっけ?」

「話してたね」

「ですよね」

油井は少しの間黙り、ビールの瓶が空になっているのを見て、手を挙げて奥さんを呼んだ。冷や奴と瓶ビールをもう一本注文し、また沈黙する。

「何で話してくれなかったんですか? 知ってたら住む場所とか相談したり、色々話聞きたかったです」

戸惑っていると、油井は、

「ごめんごめん。でもさ、東京と違って宮城って言っても広いから、北と南、山側と海側でも大違いなんだよ」

と苦笑する。

「そりゃそうですけど、同じ宮城県内じゃないですか」

奥さんが運んできた冷や奴とビールを受け取った。

「でも、結局震災で行かなくなったんだろ?」

「はい」

油井は、まだ腑に落ちない顔をしている章敬の機嫌を取るように、ビールをコップに注いだ。

「どこに行く予定だったの？」

「石巻です。あと、気仙沼も」

それを聞いてクックックッと肩を揺らして笑った。

「映画だけじゃ満足できずに本物のサメを追って気仙沼まで行くつもりだったんだ？」

「まぁ、そんなところです」

「そりゃ残念だったな、行けなくて。でもな、俺はあんまり宮城にいい思い出がないんだよ」

意味ありげな言葉に、章敬は油井を見た。油井は口元を何度か擦り、ビールを飲みながら、ポツポツと話しだす。

「うちの両親、仙台中央卸売市場の近くで和食料理屋をやってたんだよ。でも、俺が小学生のときに母親が病気で亡くなって、父親は店畳んで卸売市場で配送とか青果の仕分けの仕事に就いたんだ。俺、元々母親とはよく喋ってたんだけど、父親はさぁ、無口で頑固で、母親が亡くなったら親子の会話は皆無。俺が気ぃつかって一生懸命喋りかけても男のお喋りはみっともないとか言われるしさ。高校に入って父親のウザさがピークだったころ、知らない女を家に連れてきて、この人と再婚したって事後報告されたんだよ」

「はっ？　事後報告？」

思わずタメ語になるほど仰天した。

「驚くだろ？　再婚したいんだけどっていう相談でもなく、再婚するんだっていう報告でもなく、再婚したっていう事後報告なんだぜ。家族だよ？　息子だよ？　おかしいだろ。しかも、父方も母方も親戚みんな宮城に住んでてさ、みんな可愛がってくれて好きだったのに、どいつもこいつも父親がその女と付き合ってんの知ってて俺に隠してたんだよ」

よほど腹立たしかったのか、油井は一度ふんっと鼻を鳴らした。

「俺が知らない女を家に入れるのは嫌だって言ったら、男手一つで俺を育てた父親がどれだけ偉かったかって寄ってたかって言ってきて、その女と付き合っていたのを俺にバレないようにしてたのも、俺が高校生になるまで再婚を待ったのも、全部全部俺のためなんだぞって……何が俺のためだか、ぜんっぜん意味わかんね。ガキだからわかんないんだって言われたけど、違う違う。だって今もわかんねぇもん。別に女がいるのはいいけどさ、俺、知らない女と一緒に暮らすなんてマジで無理だからって断固拒否したわけよ。でも、誰一人俺の味方についてくれる人なんていなかった。親戚中にわがままだって責められて、父親の幸せも考えてやれって説教されたよ。そんなに嫌なら、高校卒業したら家を出ろって言われて、そういうことかって吹っ切れた。田舎なんてそんなもんだよ」

思わぬヘビーな内容に、相槌を打つのも忘れていた。以前飲み会で油井がした『俺も父親とめっちゃ仲悪かったですし』という発言は、黛の話題で暗くなった雰囲気を切り替えるためにしたもので、本当だとは思わなかった。本当だとしてもちょっと仲が悪い程度のことだと思っていた。でも、親と不仲だということが本人不在の場で話題に上がることを、自分もそうだから不快に感じ、止めたかったのかもしれない。

油井が今度はビールではなくハイボールでいいかと聞いた。

「そろそろモツ鍋も頼みます？」

我に返って、章敬がハイボールとモツ鍋を注文する。この店では二人前からモツ鍋を注文することができる。選んだのは一番人気の味噌味で、〆はちゃんぽん麵。

「高校卒業して、東京に行きたかったから推薦もらえた埼玉の大学に進学して、学費は父親が出すっていう約束だったから、生活費は自分でバイトしてやり繰りした。住む場所はどうしても埼玉じゃなくて都内に住みたかったから、予算内で、しかも埼玉に通いやすい場所を探したら赤羽になった。バイトは基本はカフェで働いて、入れるときはコンビニの夜勤もやってた。カフェはなんか憧れだったたし、休憩時間にサンドウィッチとか安く食べられるんだよ。コンビニの夜勤は時給もいいし、期限切れの弁当をもらえたしな。しかも客が来なきゃ椅子に座って雑誌読んだりもできたから、ジャンプ買わなくて済んだし。卒業してからは家具メーカーに就職したんだけど、工場勤務で酷い木材アレルギーになって、一年で退職した」

油井の話をひたすら聞きながら、章敬は目の前のコンロで鍋に汁と具材を入れてモツ鍋を作っていく。木材アレルギーなんてあるのか。一瞬、昔自宅の前にあった材木屋で嗅いだ木材の匂いが鼻腔に広がった。

「それから転職活動を始めたんだけど、立ってられないくらいのめまいがするようになって、病院に行ったら栄養失調と精神的なものだって言われてさ。一か月くらい病院に点滴しに通って、その間やることがなかったから、病院とうちの間にあったMARUYAMAに寄って……って、MARUYAMA赤羽店な。家で横になってればめまいが治まってたから、横になっててもできることって映画を観るくらいだったんだよ。で、映画を借りて観るようになったら、なんかめちゃくちゃ楽しくて。あれも観たい、これも観たいってなって、めまいが治ってからも、時間がちょっとでもあるときは借りてきた映画を観るようになったの。でも、レンタル代バカになんないじゃん？それで、どうせならMARUYAMAで働けば映画は格安で借りられるし、ずっと映画に囲まれて仕事できるし、一石二鳥だと思ったんだよね。でも、調べたら最初から正社員で中途採用されるのは難しそうで、バイトから社員雇用に移行っていう枠があるみたいだったから、とりあえずバイトで入ったんだよ。それからは体調も悪くない。

映画鑑賞は心のデトックスだな」

「えっ？　油井さん、ＭＡＲＵＹＡＭＡの社員になりたいんですか？」

　映画鑑賞が心のデトックスということには賛同する。でも、その話が霞むくらい社員のくだりに驚いた。

「そもそも最初の面接でもそういう意志があることを話した上で採用されているし、雇用の更新のたびに店長にも一応伝えるようにはしてる。三年以上バイトを継続していることが条件だって言われたから、そろそろだとは思うんだけどね」

「でも、なんで赤羽店じゃなく戸田公園店だったんですか？」

「それは、赤羽店でバイト募集してなかったし、戸田公園店でも交通費出るからいいかなって思ってさ」

　章敬はすっかり感心して、口を開けたまま何度も頷いていた。

　それなりに膨れてきていた腹が、味噌とニンニクとニラの香りに刺激される。できあがったモツ鍋を器に取り分けて、油井に渡した。一味唐辛子をかけて、ふわふわのモツを噛み締め、濃厚な味噌のスープと一緒に胃袋に流し込む。

「旨っ。めっちゃ旨いよ、このモツ鍋」

　その言葉を聞いて、ホッとした。二人ともいい具合に酔っぱらってきて、トイレが近くなって交代で行った。

「ごめんな、俺の話ばっかりで」

トイレから戻ってくると、先にトイレから戻ってちゃんぽんを作っていた油井が言った。

「いえ、俺が話振ったんですし、むしろ、聞けて良かったです」

章敬が座ると菜箸を受け取り、交代する。

「油井さんの実家は震災、大丈夫だったんですか？」

油井はちゃんぽんの入った器を受け取りながら、一度溜息をついた。

「津波で流された。家も、家にいた父親も、父親の再婚相手も」

さらっと言ったが、伏せた瞼が少し震えていた。

「親戚から改葬が終わったから一度来いって言われて、先月行ってきたよ」

言葉を失った。何て言葉を掛けたらいいのか考えるが何も浮かばない。

「改葬ってわかる？」

油井に聞かれて、首を横に振った。耳慣れない言葉だ。

「俺も初めて聞いたんだけど、遺体が多過ぎる上に火葬場も被災して火葬が追いつかなくて、だからといってそのまま遺体を放置しておくわけにいかないから一旦土の中に仮埋葬して、落ち着いてからその遺体を掘り起こして火葬したんだって。それを改葬っていうらしい」

章敬は、「へぇ」とだけ言って、ちゃんぽん麵を啜った。油井も黙々と麵を啜っている。

自分も大学のキャンパスが被災したことで大きなダメージを受けたと思っていたが、こんなに身近に、実家や家族を亡くしたリアル被災者がいるとは思いもしなかった。受けたダメージの規模が違う。

「近所の人とかで亡くなったはずの人を見かけたって言う人が結構いてさ。俺は帰省中なんも見なかったし、幽霊とか信じてるわけじゃねぇんだけど、事故物件とか心霊スポットとか、もっと無理になっちゃったよ」

油井は、おどけた表情をして笑った。

「もう一杯飲もうか」

ちゃんぽん麵を食べ終え、油井に言われ頷く。

「なんだけどさ」

言い掛けて、また手で口元を擦った。

「あれから、グロい映画ばっかり観てるんだよ、俺」

章敬がバイトをしていたときも、スタッフ特典でDVDをレンタルする油井の対応をしたことが何度もあったから、油井の好みは知らないこともない。……と言うのも、油井は一度にレンタルする枚数も多かったし、幅広いジャンルのものを観ていたから、正直何が一番好きなジャンルなのか判断がつかなかったのだ。ただ、スプラッター系のグロい映画をレンタルするところはあまり見たことがない。

「ハマったんですか？」

運ばれてきたハイボールを一口飲む。

「いや、まぁ、ハマったっちゃあハマったのかな。なんか、九年振りに宮城に帰って、変わり果てた酷い光景を見てきたらさ、なんでだか無性にグロい映画観たくなって、店で面陳になってたヤツ借りたんだよ。章敬、観たことある？」

油井がタイトルを挙げる。面陳になっているだけあって、マニアには定評がある人気の作品だが、章敬は観たことはなかった。

「いいえ。面白いんですか？」

章敬はバイトの経験上、自分が好きではないジャンルの映画にも偏見はない。グロい映画もそう、好きな人は結構多い。でも、サメ映画ならB級でもC級でも、グロい描写があっても観るが、他のスプラッター系の映画はむしろ苦手だ。

「それがさ、これでもかってくらいグロかったわけ。俺、今までもさ、シリーズものとかコメディ要素があるものはグロいものでも観てきたし、めっちゃ気に入ってマイベストに入れたものもあるんだけど、なんだろう……グロ過ぎて頭がバグったのは初めてだったんだよ。頭がバグるくらいグロ過ぎる映画観てたら、現実のグロさが忘れられたっていうかさ。たぶん、今の俺の心が欲してんのかなって思って、しばらく己の欲求に従うことにしたんだわ。まぁ、映画マニアとしてはそういうグロ映画も開拓したいところではあったことだし」

そう言ってまた笑った。完全に理解することはできなかったが、そういうこともあるんだろうな、とは思えた。映画を観ている間は他のことを考えずに済むというのは自分もそう。それに、映画は一般的に娯楽や趣味として扱われ、実際ほとんどの人にとってそうなんだろうけど、鑑賞する理由なんて人それぞれでいい。

割り勘を申し出たが、今日は章敬の復帰祝いに自分が呼んだんだからと言って油井が奢ってくれた。

「じゃあ、またバイトでな」

「また、よろしくお願いします」

店の前で別れると、章敬はすぐ立ち止まり、後ろを振り返った。そして、油井の背中が人混みで見えなくなるまで眺めていた。

MARUYAMA

九月末から大学の後期授業が始まり、章敬は初日から休まず通っていた。

夏休み中は一年のときと同様週四で入っていたバイトも、週三に減らしはしたが続いている。月曜日は中番、木・金は遅番でシフトに入っていた。

若さ故か、早々にその生活リズムに慣れ、すっかり震災前のモチベーションを取り戻していた。

＊十月十四日＊
「かしこまりました。『六畳一間の僕の部屋に淫乱エルフがやってきたので痙攣するまで中出ししてみた』と『父親の後妻に混浴で大きいおっぱいを揉ませてもらって吸わせてもらって、もう我慢できない。不徳義母との絶倫セックス』の二本でお間違えないでしょうか？」

章敬は入荷登録を済ませた新作のＤＶＤとＣＤのパッケージと透明ケースそれぞれ

に、番号シールをひたすら貼っていた。客からの電話を受けている黛の声が耳に入る。目の端でチラ見すると、黛は電話を保留にしてパソコンで在庫を調べていた。章敬は目線を戻し、再び黙々とシールを貼り続ける。働き始めた当初は、こういうとき、『俺が代わります』と声をかけていた。でも、黛が『じゃあ、お願い』と言うことはなかった。だから今は心の中で『またか』とうんざりするだけで、何も言わない。

MARUYAMAの他の店舗や同業のレンタルビデオ店もそうなのかは知らないが、この手の電話が月に数回かかってくる。今回は、黛の対応から察するに、恐らく自分が借りたいアダルトビデオの在庫の問い合わせ。商品のタイトルを間違えられると困るから声に出して復唱して欲しいとでも言われたのだろう。

他にも自分がレンタルしたアダルトビデオの中で、延滞している商品の題名を教えて欲しいとか、何かと理由をつけてはアダルトビデオのタイトルをスタッフが読み上げるように仕向けてくる迷惑電話だ。決まって女性スタッフにかかってくるのは、男性スタッフが電話を受けたら無言で切ってしまうから。まだ入って日の浅い学生バイトの女の子が受けたりすると怖くて泣いてしまうこともあった。カスハラ以外の何ものでもないのだから、『そういったご要望にはお応えできません』と断固拒否すればいいと思うのだが、客とのトラブルを異様なまでに避けたがる本社の意向で、邪険にはできないのが現実だった。だから黛は社員として、率先してそういった電話に対応していた。もしアルバイトやパートの女性スタッフが電話を受けた場合は自分に交代するようにとも指導していた。

「またですか？　AVのタイトルって長いの多いですけど、絶対特に長いのを狙って言わせてきますよね」

油井が電話を切ったばかりの黛に言った。

「ああ、そうかもね。前回の電話で言わされたウェディングプランナーと新郎が結婚式場でどうのってやつなんて、長過ぎて舌が回らなかったわよ」

黛が苦笑いをした。話している二人の後ろを通り過ぎ、章敬は番号シールを貼り終えた新作のDVDを詰めた段ボールを運んだ。翌日朝一で早番が棚に陳列する商品を置いておく所定の場所がカウンターの裏にある。同じように番号シールを貼り終えた新作CDも段ボールに詰め、DVDと区別するために『CD』と油性ペンでデカデカと書いてから同じ場所に運んだ。

「章敬、雨降ってきたから幟(のぼり)、中にしまってくれるか」

カウンターから油井に言われ、入り口を見た。この店で外が見えるのはカウンター横の自動ドアとその両隣のガラス窓からだけだ。暗くて雨が降っているのかはわからないが、外を歩いている人が傘を差しているのが見えた。

「了解です」

自動ドアから外に出る。

幟は三本。来月から開始する動画配信のお知らせ用のものが二本と、新作DVDの宣伝用のものが一本。章敬は台座から引っこ抜いて傘のようにクルクルと巻いて倉庫にしまった。

動画配信サービスの導入については、昨年、黛からそんな話が出ていると聞いてはいたが、あまり興味は持てなかった。章敬が使っているワンセグ携帯では電波の悪い屋外だととても観られたもんじゃないというし、パソコンでもOSやブラウザのバージョンなどの環境によっては視聴できない可能性があるそうだ。それでも本社はかなり力を入れていて、ITに疎(うと)い社員はやんわりと肩叩きをされているんだよね、と黛が嘆いていた。

元々真面目な黛は、それからかなり勉強したようで、今回の動画配信サービス導入にあたり、客から質問を受けたときに全員が対応できるようスタッフたちに概要を説明して回っていた。だからといって案外男社会のMARUYAMAに女性の店長は一人もいない。二十代のころの黛は初の女性店長を目指していたそうだが、基本全国転勤ありきのMARUYAMAでは、甥っ子を心配して埼玉南西部の店舗に限定しての勤務希望に切り替えた時点で店長になる可能性はなくなったんだと言っていた。「時代錯誤気味の会社だからそうしなくてもどうせなれなかったろうしね」と空笑いをした。

幟をしまいながら、ふと油井のことを考える。あれから、油井が社員になるような気配はない。実家が被災し、社員のような保障もなく賞与もない今の状態が長引くのはキツイだろう。バイトリーダーという肩書きがあったところで、時給はせいぜい章敬よりも百円多いくらいだ。ＭＡＲＵＹＡＭＡは本当に油井を社員にするつもりがあるのだろうか、なんて心配になってみたりする。

章敬は、幟を仕舞うと腕時計を見た。午後八時五十二分。

「はぁ」

溜息をして肩を落とす。この前の体育の日を絡めた三連休中に店長がぎっくり腰になった。そのことで章敬は今週から十月中のみ土日も中番でシフトに入ることになっていて、昨日から五連勤。でも、溜息の理由はそれだけじゃない。

バイトの日、章敬は決まって毎回午後九時から日中連絡が取れなかった延滞者たちに電話をかける担当だった。スタッフの間では延滞担と呼ばれている仕事。中番でも遅番でも午後九時にいるときは必ず延滞担。バイトを始めたころから章敬に任せられていた。連勤二日目にしてこの仕事を五日連続でやらなければならないことが、溜息のもう一つの理由だった。

カウンターに戻り、引き出しから延滞者リストを取り出してまた憂鬱な顔を浮かべる。黛は休憩に入っている。油井は売り場の作業をしていて、有人レジには一つ年下の大学生のバイトの女の子が立っていた。

有人レジの担当、レジ担の仕事は、レジに来る客の対応と、レンタル会員の会員証の発行・更新手続き、セルフレジを初めて利用する客への使用方法の案内だ。でも、大抵の客はセルフレジを利用するし、会員証の更新手続きもセルフレジでできるようになっている。だから、返却ボックスからDVDやCDを回収し、ディスクの破損の有無をチェックしていることが多い。破損がなければ専用の布で拭き、破損があればチェッカーや研磨機にかける。そうやってまたレンタルできる状態にしてそれぞれの棚に仕分けして置いていく。

彼女は今年四月に唯一入った我妻（あがつま）という新人スタッフで、一応フォローするつもりで気にかけていたが、章敬が気にかけるまでもなく、仕事をテキパキとこなしていた。章敬は延滞者への電話が終わったら我妻がチェックし終えたディスクをレンタルフロアの陳列棚のパッケージに戻す作業に入る予定で、溜まった返却ディスクの量を一通り目で確認してから延滞者リストのファイルを開いた。

延滞者、つまり、レンタルした商品の返却予定日を過ぎても返却していない会員のこと。まずは延滞初日、入会時に登録したメールアドレス宛に、〝延滞してますよ〟という趣旨のメールが自動的に送信される。その後、五日目の開店時間までの返却処理を終えると、午前中に早番の延滞担が電話をかけ、留守電ならメッセージを残す。そして、早番の電話で連絡が取れなかった会員には、中番か遅番の延滞担が午後九時から電話をかける。昼間は仕事中でも、夜なら電話に出るかもしれない。そういうことだ。

　うっかり忘れたまま延滞料金が嵩(かさ)んでしまうのを、会員に直接お知らせすることで最小限に防ぐため。とまぁ、それは建前。そもそも延滞初日にメールで連絡がいっているのに五日間も音沙汰がないような客だ。延滞料金がいくら嵩もうが店にとっちゃ知ったことではない。どんな理由であれバックレられないように追い駆けるというのが本音。『お客さん、借りたものは返しましょうよ』と、要は取り立ての電話のようなものなのだ。だから、章敬はこの仕事があまり好きではなく、五日連続はさすがにエグいと思っていた。

　家電(いえでん)にかけて家族が出て本人不在の場合、お伝えしたいことがあるので本人から折り返しの連絡が欲しいとお願いするのだが、これもまた厄介な展開になることがあった。いくら家族だからといっても、レンタルした商品を延滞していることやその商品のタイトルを教えてはいけないことになっている。そりゃそうだ。ただでさえ家族に自分がレンタルしているものなんて知られたくないのに、趣味や性癖全開なものだったりしたら死にたくなる。個人情報の観点からクレームに繋がることにもなるため、絶対に教えられないのだ。だけど、用件をしつこく聞いてきて、教えないと逆ギレされることも少なくなかった。

「はぁ」

電話をかける前にもう一度溜息をつく。早番の延滞担が電話をかけるのは五日目だけ。そのときに連絡がつくケースはさほど問題がないことが多い。『忘れていました』とか『えっ、そうでしたっけ?』とか言いながら返す気がある客がほとんどで、自分が延滞したことを受け入れるから。

五日目に連絡が取れなかった会員には、午後九時の連絡だけ延滞七日目まで続ける。夜のほうが連絡が取れる確率が高いからということは理解できるが、そこまでいくと、既に返す気がない場合が多かった。『返した』『知らない』と言い張る、居留守を使う。そんな会員が、たった一日や二日で驚くほど急増する。

ＤＶＤの場合一日延滞すると三百円の延滞料金が発生するので、五日で千五百円、一週間で二千百円になる。延滞したのは借りた本人の不徳なんだから二千百円くらい払えよと思うのだが、電話の向こうでなんとかして払わないで済む方法を考えているのがわかるだけに毎度げんなりするのだ。

病気で寝込んでいたとか、本当か嘘かわからなくても体調不良が延滞理由の場合は、店長や社員に報告した上で、一度だけなら大目に見て延滞料金は免除になることが多い。『延滞初日のメールも五日目の延滞連絡も来ていない、留守電にも入っていなかった』と主張し、店側のミスだと言い張って延滞料金を免除しろと言ってくる客は、やっぱり店長や社員に報告し、場合によっては客の言いぶんを呑む。MARUYAMAはつくづく客に甘いと、よく思っていた。

バイトをする前、子どもだった章敬でさえ、借りた物は返却日までに返すのは当たり前だと思っていた。でも、章敬よりも年上の大の大人が平気でそういうことをするということに引いた。そして、それを結構な確率で良しとするMARUYAMAにも引いた。店長や社員の考えではなく、これもまた客とのトラブルを異様なまでに避けたがるMARUYAMA本社の意向なのだ。

だけど、そんなMARUYAMAにもレンタル会員ブラックリストは存在する。

「ちょっと、これ、画質悪くて観れなかったんだけど」

有人レジのほうを見ると、恰幅(かっぷく)のいい中年女性が立っていた。後ろには若い女性が、まだ歩くのも拙(つたな)い男児と三、四歳くらいの女児を連れて立っている。

レジ担の我妻の姿を探すが、セルフレジの不具合を直している最中で、章敬は、慌てて延滞者リストを電話の横に置き、「はい。いらっしゃいませ」と言いながら女性たちの元へと向かった。中年女性はなんとなく見覚えがあるので、自分が二月に辞める前にも来ていた客だと思った。

有人レジのカウンターに二枚のＤＶＤを置いて、「こっちは観れた」と言って一枚を長い爪で弾いた。

「かしこまりました。ご迷惑をおかけして申し訳ございません。只今確認いたしますので少々お待ちくださいませ」

章敬は観れなかったという一枚のＤＶＤを手に取った。幼児向けの作品。ディスクが入った透明ケースからは、パラパラとスナック菓子の粉が零れ落ちた。全て払い落としてバーコードを読み込む。そうすることでレジ内のパソコンで現在その商品をレンタル中の会員情報が表示されるシステムになっている。

個人情報の取り扱いが厳しくなり、バイトやパートのスタッフが見られる会員情報は年々限られたものになっていた。でも、ブラックリスト登録者やブラックリスト候補者の情報は関係者であれば誰もが見られるスタッフの共有情報。切り替わった画面の中年女性の会員情報には、ブラックリスト候補者のマークがついていた。備考欄のところには、『ＤＶＤが観られなかったと言ってきた場合、店長か社員を呼び対応を仰ぐこと』と注意書きがされている。

章敬は理由を調べるために、その他の閲覧可能な会員データを見ていく。すると、その中年女性が五回連続で無料クーポンを利用していることがわかった。セルフレジでレンタルされた商品だと、章敬のような下っ端のスタッフには現在レンタル中の商品しか確認できないのだが、無料クーポンでのレンタルは有人レジでの対応となるため、全てデータ上に残っているのだ。

ちなみに、こっちは観れたと弾いたDVDは無料クーポンでレンタルしたもので、観れなかったと言ったほうは料金を支払ってレンタルしたもの。通常、無料クーポンで商品をレンタルするということは、何かしらご迷惑をおかけしたということなので、再度ご迷惑をおかけすることがないように有人レジでちゃんと観られることを確認してからお渡ししている。恐らく五回も連続で使っているこの中年女性はそのシステムを熟知していて、無料クーポンでレンタルしたものにはクレームをつけなかったのだ。

章敬は観られなかったと言われたDVDをディスクチェッカーにかけようと透明ケースを開けた。取り出したディスクの裏側にはチョコレートを食べた手で触ったと思われる茶色い小さな指紋がいくつもついていた。指紋をティッシュで拭いながらスタッフの呼び出しボタンを押す。

「ねぇ、何してんの？　急いでるんだけど」

後ろの若い女性が、それまで見ていた携帯の画面から顔を上げて言った。女児が中年女性のことを「ばば」と呼んでいたので、若い女性と中年女性は親子なのだろう。

「只今不具合があったと仰られたディスクのチェックをしておりますので、もう少々お待ちください」

「もうそれはいいからさ、無料券でいいよ。また時間があるときに借りるから」

中年女性は明らかに苛立っているような言い方をした。

「申し訳ございません。決まりですので」

「決まりってどんな決まり？」

「お客様が観たいと思って借りてくださったものですので、別の商品を観ていただくよりもやはりちゃんとした状態の同じものをご提供できるように最善を尽くすという決まりでございます。こちらの商品は当店に一点しか置いていない商品で代わりがございませんので、チェックをした上で研磨もさせていただきます」

「だからぁ、もうそれはいいって言ってんじゃん」

「今度別の借りるから無料券でいいんだよ」

若い女性と中年女性が交互に声を荒らげた。

「申し訳ございません。こちらのお子様たちのご家族の方でいらっしゃいますか？」

横から声がして、三人が一斉にそちらを見る。そこには、男児を右手で抱きかかえ、左手で女児と手を繋いでいる黛がいた。

「うちの子たちだけど」

若い女性が携帯を閉じ、面倒臭そうに答える。

「迷子になられていたようでしたのでお連れいたしました。お子様たちだけですと危険もございますので、店内では目を離されませんようお願いいたします」

丁寧に言いながら子どもたちを渡す黛に、若い女性は目を剝いた。

「はぁ？　この店員が無料券出し渋ってもたもたしてるから悪いんでしょ。子どもなんてじっとしてらんないんだから、この子たちが怪我したらこの店のせいだから」

「豊平くん、あとは私が引き継ぎます」

黛はレジに入り、すっと章敬の前に立った。

章敬が後ろに下がると、油井が口元を擦りながらやって来て、彼女たちについて耳打ちする。大方はデータから予想した通り。中年女性のほうは元々よく来ていた客だったが、娘と孫たちも一緒に来店するようになったのはここ最近。先々月初めて無料クーポンを渡してから味を占めたのか、今回と同様のクレームを繰り返すようになったのだという。二か月間、毎回無料クーポンでレンタルしたものは観られたが普通にレンタルしたものは観られなかったという不自然さ。そこからのブラックリスト候補者入り。

「私は、こちらの店舗の副責任者でございます」と挨拶をし、「お客様におかれましては、先々月からレンタルをされるたびに不具合が生じるディスクがあるということで、大変ご迷惑をおかけして申し訳ございません。そこで、当店の責任者が、お客様のご自宅の再生プレイヤーと当店のＤＶＤの相性が悪いのではないかと申しておりまして」と冷静に言う黛。

「ん？　何？　どういうこと？」

　中年女性が思い切り顔を歪めてレジ台から身を乗り出した。黛は動じずに話を続ける。

「実際先ほどお客様が観られなかったと仰ったＤＶＤも、チェッカーでは問題なしと出ております」

　章敬は自分がセットしたディスクチェッカーを見た。ディスクに問題がなければ緑のランプが、問題があれば赤のランプが点滅する。ディスクチェッカーには緑のランプが光っていた。

「つまり、恐らく当店でレンタルされたＤＶＤですと今後もお客様のお持ちの再生プレイヤーでは鑑賞できない可能性が高いということでございます。ですから、お客様にこれ以上ご迷惑をおかけしないためにも、お客様のお持ちの再生プレイヤーで鑑賞できない商品が多い当店ではなく、お近くの別の店舗をご案内するようにと申しつけられております」

　黛の言葉に中年女性の顔がみるみる紅潮し、鼻の穴が倍くらいの大きさに開かれていく。

「なにそれ、どこの店で借りようが客の勝手だろ。借りる店を選ぶのは客の権利なんだから、店側に指図される筋合いはないだろ」

普段からそうなのか、かなり乱暴な口調だった。

「それを仰るのであれば、店側もどのようなお客様であっても受け入れなければならない義務はございません。何度も鑑賞不可のＤＶＤをお客様にお貸しするのは当店にとってこの上なく不本意であり、是非、別の店舗の商品でＤＶＤ鑑賞をお楽しみいただきたいと願っております」

傍で聞いている章敬はハラハラしているが、黛は落ち着き払っていた。

「ただ、全国のＭＡＲＵＹＡＭＡで取り扱っているディスクに変わりはございませんので、次の店舗でも同じような状況になってしまわれた場合は、残念ですが、ＭＡＲＵＹＡＭＡ以外のレンタルビデオ店をご利用いただくことになるかと思いますので、ご了承くださいませ。では……」

レジカウンター内の棚から店舗一覧が書かれた表を出して案内をしようとすると、中年女性は、「観られるものもあるからいいよ」と不貞腐れたように言って、開ききらない自動ドアの隙間に無理やり身体をねじ込ませ、逃げるように出ていった。

その衝撃で変な音を出しながら開いた自動ドアから、若い女性と子どもたちも出ていく。女児は振り向き、黛を見てニコッと笑い手を振った。

「しばらく来ませんかね」

手を振り返している黛に章敬が聞くと、「ああいうのはケロッとしてまたすぐ来るのよ」と答えて、「でも、もう無料クーポンを要求してくることはないんじゃない」と店舗一覧の表を片付けながら言い足した。

「もう、酷いなぁ。子どもは容赦ないですよね」

今の子どもたちが、陳列棚から落として齧ったり触ったりしていたDVDのパッケージやディスクの入ったケースを元に戻していた我妻が言う。

「悪いのは親であって、子どもたちに罪はないから仕方ない」

そう言って、「ふう」と大きく息を吐き、黛は事務所に戻っていった。

「お疲れさまでーす」

自動ドアが壊れなかったか確認しながら油井が黛に声をかけた。

レンタルしたDVDが観られなかったとか、一部画像が乱れるとか、途中で止まっちゃったといったトラブルはよくあることだ。対応マニュアルでは、まずは章敬が言ったように、レンタルした同じ商品で不具合のないものを提供できるように最善を尽くす。

店内に複数枚在庫がある商品なら同じタイトルの別のディスクをお客様がレンタルされた日数と同じ日数で無料で貸し出すのが最速だ。一点しか在庫がないときでディスクチェッカーに赤いランプが点滅した場合、ディスクに傷がついて不具合を起こしていることが多いので、研磨機にかける。それでも赤ランプが点いたら、他店から取り寄せたりもする。

それができない場合などオールマイティーに事を治める手段が無料クーポンなのだ。ただ、たまにその無料クーポンに味を占め、さっきの客のように毎回観れなかったと言ってくるようになるケースがあるのも事実で、そうなると店長案件になる。客に甘いMARUYAMAでも、クレームが過ぎるとブラックリストに入れられ、下手をすれば日本中のMARUYAMAでレンタルができなくなるのだ。さっきの客も、あれ以上ごねたら間違いなくブラックリスト入りだった。

というか、もうブラックリスト入りでよくねぇか?

それがスタッフ一同の本音。

章敬は騒動から気持ちを切り替えるために思い切り伸びをした。そしてようやく延滞者リストに目を通し、順に電話をかけていく。今日は六件。連休後の週だからか結構多い。今日が延滞五日目の新規のリスト入りした会員が四件、昨日からリスト入りしている会員が一件、今日で電話をかけるのが最後になる延滞七日目の会員が一件。

昨日もかけている二人は、どちらも厄介なパターンだった。一人は登録されている電話番号が自宅と書かれているが、本人はもちろん家族も出ないし留守電にもならない。もう一人においては、呼び出し音は鳴るのに毎回途中でプツッと切れる。どうしてそうなるのか、よくわからない。ともかく、どちらも登録してある電話番号が正確なものなのかもわからないのだ。そして、どちらも今日も同じ状況だった。

たまに、夜中こっそり返却ボックスに返しに来て料金を踏み倒そうとする客がいる。その場合、商品は店に戻ったので延滞料金が上がることはないし、この時点ではブラックリストにも載らない。が、その客はＭＡＲＵＹＡＭＡのどの店舗に行っても、一度発生した延滞料金を支払わない限りセルフレジではレンタルの利用ができないようになっている。それを更に踏み倒そうと有人レジのスタッフにクレームをつけてくると、もうそれはブラックリスト入り確定だ。

一年以上返却しなかったら三百円×日数で延滞料金が十万円を超えると思い込んで、その恐ろしさからなんとかバックレようとする客もいる。確かに章敬もバイトをする前はそういうシステムだと思っていた。でも、その点でもＭＡＲＵＹＡＭＡは良心的なのだ。延滞料金が商品の販売価格を上回ると、それ以上料金は上乗せされないようになっている。

ＤＶＤ一枚だいたい五千円から一万円。つまり、長期で延滞した場合、その商品を買い取る形になり、その料金を支払えば返却の必要もなくなるようになっている。紛失したときと同じ対応だ。損害賠償も発生しない。レンタル落ちの商品を新品と同じ料金で買い取らなければならないということにはなるが、それは、自業自得。

とはいえMARUYAMAでは販売は行っていないから、客から受け取った料金はMARUYAMAを通してメーカーやリース会社に支払われる形になる。そう、面白いことに、レンタルビデオ店も多くの商品をリース会社からレンタルしているのだ。入会時に渡す規約にはそのシステムについても書かれているが、そんなもの読む会員のほうが珍しい。そして、長期延滞者ももちろん読まずにバックレる。なんならバックレたまま引っ越す。そして、ブラックリスト入り確定。

どんなケースにせよ、MARUYAMAがブラックリストに入れるということはよほどのこと。だけど、トラブルのないレンタル会員がほとんどの中で、〝延滞〟はブラックリストの入り口のようなものだ。そして延滞担はその入り口の番人のようで、学生バイトには荷が重かった。

「ラストは……」

今日から新たに加わった延滞者四人に順に電話をかけていき、ようやく最後の一人になって電話番号を確認する。

延滞しているDVDが二本。どちらもこの前の連休初日の十月八日から一泊でレンタルしていて、今日の開店時間を過ぎた時点から延滞五日目。それ以外にレンタル中の商品はない。

同時に、延滞しているDVDのタイトルが目に入って二度見した。二本中の一本が十月八日にレンタルが開始されたばかりのサメ映画の新作だったのだ。S級やA級ではなく、いつも通りのB級……いやC級のサメ映画で、安定の一本入荷。十日にバイトのシフトが入っていたから、そのときに借りればいいだろうと思っていた。でも、いざ出勤して確認すると既にレンタル中になっていた。しかも、なかなか返ってこないと思ったら延滞かよ。自分の運の悪さに小さく舌打ちをする。だが、そのDVDをレンタルしている会員の名前を見て、目を見開いた。

——友成果瑠。

章敬は軽くパニクった。このバイトを始めてから、知り合いに延滞連絡をするのは初めてだった。きっと弟に頼まれて借りたのだと思った。でも、どうして五日も延滞しているのか。他人だと思うと腹立たしかったのが、果瑠だとわかって心配に変わる。

会員情報に果瑠の自宅と携帯、両方の番号が登録されているのを見て鼓動が速くなった。二か月前のあの日以来果瑠には一度も会っていない。あんなことをしたのに携帯番号やメアドすら交換しなかったから連絡も取っていない。

章敬は緊張しながら電話をかけた。まずは自宅にかけ、留守電になったのでメッセージを入れた。MARUYAMAのスタッフとしての事務的な内容だ。次に携帯にもかけてみるが応答はなかった。少しだけホッとしている自分がいた。

次の日もその次の日も、延滞者リストには果瑠の名が載っていて、章敬は午後九時に自宅と携帯に電話をかけた。でも、繋がることはなかった。家電は留守電になるので毎日メッセージを残したが、折り返しの電話もかかってこなかった。

＊十月十七日＊

大学の講義が午前中だけなので、章敬は一度家へ帰ってバイトへ行く前に果瑠の家に寄ることにした。

お盆明けに果瑠に散髪してもらってから一か月ほど過ぎたころ、髪が伸びてきたなと感じた。果瑠の家に行って切ってもらおうかと思ったが、どこかでまたセックスができるかもと考えている自分がいて、そんなヤバい思考の自分から彼女に接触するのはやめた。外で偶然会ったり、果瑠から接触してきてくれないかな、と思っていた矢先の果瑠の延滞者リスト入りだった。昨日で延滞七日目を過ぎたので、もう延滞担として連絡をすることはない。

返却日を一週間過ぎても音沙汰がないことが気がかりだったし、果瑠が借りたままになっている新作のサメ映画も観たかった。それこそ体調を崩したとか、何か事情があるのならこれ以上延滞料金が嵩む前に自分が預かって返却してもいい。そんなお節介な考えで友成家のインターホンを押した。

家からたった数メートルの距離を歩いてきただけで、緊張して手が汗でびっしょりだった。その汗をズボンで拭ってもう一度インターホンを押す。応答はなかった。

自分の携帯から店で暗記した果瑠の携帯の番号にかけてみる。故意に暗記しようと思ったわけでなく、三日間も連続でかけていたから覚えてしまったのだ。とはいえ、誰の番号でも覚えるわけじゃないから、無意識に覚えようという気持ちが働いていたのは事実だと思う。

どこからか微かに音楽が聞こえる気がしたが、友成家の中から聞こえるような気もするし、違う気もする。そもそも携帯の着メロだとも限らない。やっぱりいないか。章敬は諦めてＭＡＲＵＹＡＭＡに向かった。

連勤最終日だから本当ならウキウキのはずなのに、バイト中も果瑠のことが気になって仕方がなかった。延滞者から連絡が来たときは、その会員の会員情報のデータを見ればわかるようになっている。果瑠のデータを確認するが、連絡は来ていない。

章敬は、ここにきてようやく自分が今の果瑠のことを何も知らないことに気がついた。しかも、五年振りの再会といっても中学のときは一言も会話を交わしていないし、ほとんど顔も合わせていない。つまり、章敬がよく知っているのは小学生までの果瑠だ。

もしかしたら果瑠は延滞常習者だったのか？　返却するにはするけれど毎回必ず延滞をする会員のことを延滞常習者と言っている。章敬は事務所に行って延滞常習者リストを引っ張り出した。社員が管理するリストだが、スタッフも閲覧可能だ。返却はしているし、発生した延滞料金も支払っているのでブラックリストではないから各店舗で要注意として把握しておく用のもの。リストに載っている人数は、せいぜい十人ほど。指で名前を辿っていくが、果瑠の名前はなかった。

果瑠が現在レンタルしているのはＤＶＤ二本。章敬は改めてサメ映画ではないほうのＤＶＤのタイトルを確認した。今まではサラッと流し見をしていたが、タイトルをよくよく見て頬が引き攣る。すぐにパソコンでそのタイトルの商品の詳細を調べた。察した通り、アダルトビデオだった。しかもジャンルはＳＭ。

慌てて油井に頼んで果瑠の過去のレンタル履歴のデータをパソコンの画面に出してもらった。常連客がシリーズものの商品をレンタルするときに、前に借りたものと同じものを借りたら困るから自分がどこまで観たか調べてくれとかいう問い合わせに応えたりするために、バイトリーダーは閲覧することができるもの。問い合わせを受けたスタッフもバイトリーダー同席の上で見られるようになっていた。

同席でといっても油井はたいていパソコンに自分のＩＤを打ち込みデータを出すと、スタッフに見終わったら声をかけてくれと言って別の仕事をする。今もそう。

油井が開いた画面を一人で前にして、章敬は思わず下を向いた。問い合わせを受けたからと油井に嘘をつき、果瑠の個人情報を勝手に見ようとしていることに躊躇(ためら)いが生じたのだ。でも、数秒後にはズラリと並んだ果瑠の今までレンタルしてきた作品名に目を通していた。そこにあったのは、人気のラブストーリー映画と生物パニックものの映画のタイトルだった。あの日果瑠が章敬に言っていたことと一致する。アダルトビデオは一本も見当たらなかった。延滞したこともない。

たまたま初めてアダルトビデオを借りたときに初めて延滞した？　別に有り得ないことではないけれど、章敬は腑に落ちなかった。一体誰が観るために借りたんだろうか？　そんな疑問が浮かんだ。

章敬はタイトルをメモに走り書きするとアダルトビデオコーナーに行き、果瑠がレンタルしたＤＶＤのパッケージを探した。だけど、さほど広くないＳＭコーナーの棚で、探しているパッケージが全然見当たらない。特設コーナーが設けられている大手制作会社の作品でもない。だとすれば個々で棚が設けられているほどの人気のセクシー女優の出演作かと確認するが、そこでもない。

章敬がそうこう悩んでいると、どこからともなく女性が鼻を啜る音が聞こえてきてギョッとした。アダルトビデオコーナーのＤＶＤをレンタルする女性客は見かけたことがなかったから、また果瑠かもしれないと思った。章敬は淡い期待を胸に、そっと足音を立てずに音がした棚を覗いた。

そこには、セクシー女優が載ったＤＶＤのパッケージのジャケットをまじまじと眺めて涙ぐんでいる黛がいた。しかも、熟女もの。相当熟した老婆もの。

「えっ？」

あまりの衝撃で思わず声が出てしまい、黛は章敬に気がついて咄嗟に目を擦った。見てはいけないものを見てしまった。章敬はどうしていいかわからず、とりあえず引き返そうと背を向けた。

「何？　私に何か用？」

黛に聞かれ、仕方なく振り返る。黛の目は明らかに潤んでいた。右手にアダルトビデオのディスクが入った透明ケースを何枚か持っているから返却に来ていたのだろう。

「いや、だい……」

大丈夫ですと言おうとして、手に持ったメモを落とした。

「このタイトルって、確か延滞リストに入ってたやつよね？」

さすがだ。黛が全ての延滞商品を把握していることに感心しながら「そうです」と返事をすると、「それ、マニアックの棚にあるわよ」と歩き出す。

ついて行くと、アダルトビデオコーナーの中でも、最も入り口から遠いマニアックの棚に到着。だけど、マニアックとＳＭでは明らかにジャンル違いだ。黛は、その棚の一番下の段からパッケージを一本抜き取って、訝しがっている章敬に差し出した。貸し出し中なので中身は入っていない。

「えっ……そこ？」

章敬は絶句した。その段は、このアダルトビデオコーナー全体の中でも一番関わりたくない場所だった。

勘違いしないで欲しい。マニアックの棚だからといって、全てが悪い意味でマニアックな作品ばかりというわけではない。ただ、個性的な作品が多いのは事実だ。しかも、一番下の段は、そんな生ぬるい作品ではなかった。ありとあらゆるアダルトビデオのジャンルの超過激作品だけが集められている。キングオブマニアック。

置いてあるＤＶＤの数は常時二十枚から三十枚程度と少なめだが、妊婦の腹部に暴行を加えながらレイプをしたり、いわゆるスカトロと呼ばれる類の吐瀉物や排泄物に塗(まみ)れてのプレイだったり、獣姦ものだったり、嬲(なぶ)りに特化したＳＭだったり。ただでさえアダルトビデオを借りない章敬にとって、返却のときにそういったシーンが載ったジャケットを見かけるだけで、どれもこれも胸糞が悪くなった。天下のＭＡＲＵＹＡＭＡで違法な作品は扱っていないから、汚い部分や残酷な部分にはモザイクがかけられているそうだ。これでもネットで出回っているそういう類の動画よりもだいぶマシなんだと油井が言っていたことがある。

黛に渡されたＤＶＤのパッケージの中にも残虐シーンを全面的に宣伝しているジャケットが入っていて、章敬は思わず顔を顰めた。

「マジかよ」

口にも出た。

「何よ今更。何にそんなに驚いてるわけ？　豊平くん、この棚の返却に来たこと何回かはあるでしょ？」

そう、需要があるから存在しているわけで、こういう趣向の作品があることにショックはない。ただ、この段の商品はレンタルをする客が決まっているというか、観る人間を選ぶものだと思っていた。章敬が把握しているだけで、新作が出るたびに借りていく常連客が二、三人。それを……そんなＤＶＤを、果瑠が借りたということがショックだった。

顔面蒼白になっている章敬を、黛は怪訝そうな顔で見た。

「ねぇ、大丈夫？　こういうのジャケット見るだけで駄目な人だったの？」

「あっ、いやっ違うんです」

気持ちを落ち着かせるために右手で顔を拭った。

「黛さん、ちょっと……相談したいことがあるんですけど、いいですか？」

意を決して事務所のほうを指差して言う。

「何？」

「いや、ここじゃちょっと」

そんなやり取りをしている間に男性客が一人、アダルトビデオコーナーに入ってきた。

「わかった。ちょっと早いけど私休憩取るから先に行ってて」

黛は他のスタッフに休憩に入ることを伝えるため、いそいそとカーテンを潜って出ていった。

章敬はもう一度手にしているパッケージのジャケットを眺めて顔を曇らせる。どこかで自分の初体験の相手がこんな……悍ましい作品を観るような人だとは思いたくない自分がいた。でも、果瑠が観るのでなければ、考えられるのは弟。サメ映画は弟に頼まれて借りているんだと言っていた。だとすると、これもか？　これも弟が観たいと言ったから借りた？　いや、でも弟はまだ中一だと言っていた。しかも、中一にしては幼いとも言っていた。幼い中一が観るか、これを？　幼くなくても観るか、中一が？

タイトルは『だるまおんなころんだ』。ジャケットの後ろには「ダルマ女亀甲縛り」と書かれていて、全裸の四肢のない女性が紐で縛られている画像が写っていた。ＣＧなんだろうか。平仮名のタイトルを見ただけでは到底想像できなかったハード過ぎる内容。吐き気すら覚えた。似たようなタイトルで若い女性たちがエッチなだるまさんが転んだをやるというアダルトビデオがあるのは知っていたから、パッケージを見るまではそんな類のものにSMプレイを取り入れた感じの作品だと思い込んでいた。だけど、パッケージの後ろには『達磨女殺んだ』と、タイトルが漢字で書かれていて鳥肌が立つ。

章敬は事務所に入ると電気を点けてスタッフの休憩用の椅子に座った。震災のあと、節電が徹底されるようになり、店内の照明は以前より暗くなった。事務所の電気は一部取り外され、震災の前は点けっぱなしだったが、出入りの際に点けたり消したりするようになった。それは良いことだと思う。でも、十月から冷房の使用も禁止になって、窓がないから換気扇が回っていても空気が澱んでいた。

アダルトビデオコーナーと同じくらいの広さに、店長と社員用のパソコンが置かれたデスクと椅子、スタッフの休憩用のテーブルと椅子、コピー機とスタッフが交代で使うロッカーが置かれていて、壁にはコート掛けが取りつけられている。トイレと洗面台も事務所の中にあるが、もちろん節電なので、誰も入っていないときは真っ暗だった。以前はここで食事休憩をするスタッフが多かったが、暑いし暗いので、今は皆外に出るようにしている。

すぐに黛が事務所に入ってきて社員用の椅子に座った。章敬に隣の店長用の椅子に座るように促す。

「で、何？」

椅子を章敬のほうに向け、足を組んだ。さっきアダルトビデオのジャケットを見て涙ぐんでいたのが嘘のように、いつも通りの黛だ。

「実は……」

章敬は、今手にしているアダルトビデオとサメ映画の新作をレンタルし、延滞しているのが、自分の幼馴染なのだと話し出した。しかも、金曜日から延滞担としてその幼馴染に電話をし続けていたけれど連絡が取れず、留守電にメッセージを入れても折り返しの電話もない。心配になり、今日バイトの前に家にも寄ってみたが留守だったということを伝えた。

「返却するのを忘れて旅行にでも行っちゃったんじゃない？　そうやって半月、一か月返し忘れる会員もいるでしょ」

それはわかっている。わかっている、が。章敬は首を縦に振って、

「でも、女なんですよ、その幼馴染。女がＡＶって……」

章敬の幼馴染と聞いて男だと思っていたらしい黛は一瞬眉をピクリとさせたが、すぐに「女が観ちゃいけないってルールはないしね」と返す。

「黛さんも観るんですか？」

「はぁ？」

二人の間に少し気まずい空気が流れた。

「いや、だって、さっき……」

章敬が言葉を選んでいる間に黛が何か言い返そうとしたが、章敬がそれを遮った。

「泣いてたじゃないですか、黛さん。もしかして、本当は黛さんもあのコーナーの返却が泣くほど嫌だったんですか？」

鳩が豆鉄砲を喰らったような顔をした黛は、「いやいや」と片頬を引き攣らせる。

「違う、違う。まず、私はアダルトビデオコーナーを観たことはない。だいたいMARUYAMAに就職するまでアダルトビデオコーナーに入ったことすらなかった。新人研修のとき初めて入って、各コーナーに流されているサンプル動画でアダルトビデオがどんなものか初めて知ったんだから。次に、私は返却作業を仕事だと割り切っているから、アダルトビデオコーナーの作品も他のコーナーの作品となんら変わらない。だから、アダルトビデオコーナーの返却が嫌だと思ったこともない」

「じゃあどうしてさっき泣いてたんですか？　あのお婆さんのセクシー女優さんが知り合いだったとか？　まさか、黛さんのおかあ……」

黛は右掌を章敬の口の前に突き出し、それ以上は黙れというポーズを取った。

「あのお婆さんは私の母でもなければ知り合いでもない。泣いてた泣いてたって言うけど、ちょっと涙ぐんだだけ」

躊躇いの表情を浮かべながら、「私が涙ぐんでいた理由は……まぁ、どうでもいいでしょそんなこと」と言い捨てて視線を逸らし、デスクに肘をついた。

「すいません。言いづらいならいいんですけど、もし本当に俺の幼馴染が借りたんだとしたら、女の人がＡＶを借りる目的……みたいなのって何だろうって思うんです。だから、黛さんがあのジャケットを見て涙ぐんでいた理由を教えてもらえたら何かわかるかなって……男がＡＶのジャケットを見て泣くなんて……涙ぐむなんて有り得ないですし、涙ぐむ理由も想像つかなくて」

少し怒っているようだった黛は、章敬の真剣な声色を聞いて、チラリと顔を見た。

その黛の目を見て、今度は涙の別の理由が浮かんできて毛穴から冷や汗が噴き出した。

「あ……もしかして俺、盛大に勘違いしてますか？　甥っ子さんがまたいなくなって泣いてたとか？　それを、たまたま黛さんが手にしていたＡＶのジャケットを見て泣いてる……いえ、涙ぐんでいるように見えたとかだったらマジですいません」

章敬の慌てように、また「違う、違う」と言って肩を叩いた。

「甥っ子は震災以来落ち着いてるから大丈夫よ」

そう言って溜息をついた。

「そうね、豊平君には甥っ子のことで何度もお世話になったし、バイトに復帰してもらった恩もあるからね。ここはひと肌脱いであげようかな。年齢も違うし、何の参考にもならないと思うけどね」と前置きをして、「私は、あのジャケットに還暦女優って書いてあるのを見て、自分が情けなくなって泣けてきたの」と言った。

「情けない？　黛さんが？」

「まぁ……流行りのレスなのよ、うち。私まだ三十代なのにって思ったら……ねぇ」

章敬はイマイチ理解できず、『流行り』と『レス』という単語を頭の中でググってみる。そして、

「セックスレス……ってことですか？」

と、馬鹿正直に聞いた。

「ハッキリ言わないでくれる？」

般若のような顔で睨まれて、章敬は一気に血の気が引いた。椅子から飛び降りて、床に正座をし、頭を下げた。

「すいません。そんなこと言わせてマジですいません」

「ホントだよっ。こんなとこ見られたらモラハラだと思われるから椅子に座って」

章敬は立ち上がり、再度店長用の椅子に座った。

「て言うか、この話必要なかったんじゃない？　だって、どう考えても豊平くんの幼馴染がアダルトビデオを借りた理由とは無関係よね？」

黛が更に憤慨する。

「いや、そんなことないです。俺の幼馴染に彼氏がいて、その彼氏と……その……レ

スだから借りた……とかかもしれないですよね？」

　慌てて取り繕った。

「ああ、プレイの研究のためにってこと？」

　納得したようで、黛の表情と口調が通常運転に戻る。

「ないとは言えないわね。若いんだからレスかどうかはさて置き、プレイの研究のためにカップルで観るっていうのもよく聞くからね。彼氏と一緒に観るために女性のほうが借りるってパターンも有り得るだろうし」

「でも……女の人がＡＶをレンタルするところなんて見たことありますか？」

「ないけど」

「ですよね？　十年以上働いてる黛さんが見たことないんですよ？　やっぱりおかしいですよ」

「そうとも限らないと思うよ。今はラブホ女子会ってのもあるくらいなんだから、カップルに限らず女性同士で観るって考えたら、女性が借りてもなんら不思議じゃないでしょ」

　章敬はなんとも言えない表情で、

「何ですか？　ラブホ女子会って」

と聞く。

「私も別の店舗のバイトの子に聞いた話だけど、こんなご時世でラブホも商売上がったりなんだって。だから、平日の昼間とか、客が入らない時間限定で女子大生とかのグループに部屋を貸してるんだってさ。ラブホ見学をしながら飲食して、カラオケして、結構需要あるらしいわよ」

「それとAVになんの関係が？」

今度は黛が章敬に怪訝な顔を向ける。

「もしかして豊平くん、ラブホ行ったことない？」

「ないです」

即答。

「あ……そう。観れるのよ、ラブホで。部屋に設置されてるテレビでアダルトビデオが観れるの。それを、ラブホ女子会に来た子たちがワイワイ？　キャーキャー？　言いながら観るみたい」

「なるほど」

「その幼馴染もそんな感覚で借りたのかもよ。彼氏とか女友だちとかと一緒に観るんじゃないの？」

「にしてはドギツくないですか？　ワイワイ、キャーキャー観れるようなものじゃないですよね、これ」

章敬は手に持ったＤＶＤのジャケットを黛の目の前に突き出した。ご丁寧にひっくり返して後ろ側も見せる。

「知らないわよ。性癖は人それぞれだし、怖いもの見たさってこともあるだろうし、実際借りたのは事実でしょう？」

困ったように、また溜息をつく。

「いや、でも女の人が借りるにはハードルが高いですって。借りてるとこ誰かに見られたら嫌ですよね？　普通」

「ササッと目にも止まらぬ速さで借りたんじゃない？」

「ないですないです。入り口付近のものならいざ知らず、あんな奥地の棚の一番下の商品ですよ？　わざわざ目的を持って借りに行かなきゃ借りないでしょう。女子同士で観るんだったら何もＡＶじゃなくても普通の映画でエロいのいくらでもありますし、グロいのだって、それこそエログロどっちもっていうのもあるじゃないですか」

「豊平くんの幼馴染じゃなく、一緒に観る相手の趣味かもしれないでしょ」

黛は半分呆れている。

「それこそ罰ゲームとかの可能性もあるんじゃない？　ゲームで負けた人がアダルトビデオを借りてくる、とか？　で、ネットで調べて、このＤＶＤに決まったとかなら可能性ありそうじゃない？　案外女子のほうが残酷描写が平気だったりするからね。

わざと特にグロいやつを選んだなんて、女子同士ならありそうな話よ」

そこまで言ってから章敬に顔を近づけて、「それよりさ」と声のトーンを下げた。

「幼馴染ってことは彼女の家、うちの会員データを見なくても元々知ってたのよね？」

質問の意図がわからず章敬は、「はい。斜向かいなんで」と答える。

「じゃあ家に行ったのは良しとして、問題は行った目的なんだけど」

〝問題〟というワードに胸騒ぎがした。何？　俺、なんかヤバいことやらかした？

「まさか、延滞しているＤＶＤのことを伝えに行ったわけ？」

「はい……」

半信半疑に返事をする。

「それはアウトだ。豊平くん、今の世の中個人情報の取り扱いが厳しいのは知ってるよね？　うちでも本社から会員情報の管理について厳しく言われてるじゃない。バイトをしている中で知り得た会員の情報を、バイト以外で漏らしちゃ駄目だから。たとえ会員本人にであっても、スタッフとしてじゃなきゃだめ」

ようやく黛の言わんとしていることを理解して蒼褪めた。

「すいません……俺、幼馴染が心配で」

「結果的に会えなくて良かったわ。今後そういったことは絶対にやめてよ」

「はい」

「わかったら仕事に戻って。私、夕飯食べなきゃだし。カップラーメンならロッカーに入ってるんだけど、この部屋じゃとても食べられないから外に出るから」

「はい」

今更ながら自分のやったことの浅はかさにうんざりしながら席を立った。

「失礼しました」

項垂(うなだ)れながら事務所を出ていこうと扉のノブに手をかけて、そもそも黛に頼みたかったことを思い出して振り返る。

黛はまた戻ってきた章敬に露骨な迷惑顔を向けた。

「どうした？」

「黛さん、幼馴染の会員証を使って別人が借りたってことはないですかね？」

まだ言うか、というような表情をする。

「少なくともうちの会員証は家族であっても本人以外は使用不可って規約にも書いてあるから、本人が使っていると信じたいけど、まっ、実際のところセルフレジだと別の人が借りてもわからないってのは残念ながらあるからね。それを借りたのが豊平くんの幼馴染本人だったかはわかりようがないでしょ」

「防犯カメラの映像を見れば誰が借りたのかはわかりますよね？　家族ならまだしも、拾った他人が悪用しているのかもしれません」

MARUYAMAの防犯カメラの録画映像は、店長や社員の許可がなければ見られない。

「うちの防犯カメラの映像の保存期間は一週間。それ、レンタルされたのはそれより前でしょ。それに、紛失したってその幼馴染本人から届け出がなけりゃこっちは動けないから」

完膚なきまでに現実を突きつけられて、渋々レジに戻るしかなかった。

黛に説教をされていたと思っていた油井が、暗い表情で戻ってきた章敬に心配そうに声をかけた。

「大丈夫だったか？」

「大丈夫です」

章敬はこの時間自分が担当になっている有人レジに入った。心此処に在らずの状態で、返却ボックスから回収したディスクを流れ作業のようにチェックしていく。

最近はアダルトビデオがこの店の主力商品になりつつあって、返却されるDVDの三分の一を占めている。この時間も多くのアダルトビデオのディスクが返却されていた。恐らくコピー目的にレンタルしたと思われるものはレンタル専用の袋パンパンに二十枚くらいのディスクが入れられていて、クリーナーにかける必要もないくらい綺麗な状態で返却されることが多かった。

それとは真逆で、正当な？　目的でレンタルされたディスクは汚い状態で返却されることが多い。つまり、アダルトビデオのディスクは返却時の状態の差が最も激しい商品でもあった。タバコの灰が大量に付着しているものもあれば、酷いときは精液らしき粘着液がついていることもある。

たった今章敬が開けた透明ケースの中のディスクには、一本の陰毛が付着していた。太さ、形状からして間違いなく陰毛だ。別に珍しくもないから、ほんの少し頬を歪めただけでティッシュで取り除いて研磨機にかけた。女性スタッフに迷惑電話をかけてくる客と同様、わざとスタッフを困らせたくてやっているのか、それともうっかりなのか。そう考えて手を止める。

（うっかり陰毛をディスクに付けて返却するってなんだよ。うっかりなわけないだろ）

ムカついた章敬の頭の中に、セックスをしているときの果瑠の顔がチラついた。どうしても、あのＤＶＤを観ている果瑠の姿が想像できない。血が怖いっていう奴が観るようなもんじゃないだろ。

あのアダルトビデオを観たのが果瑠でも果瑠の弟でもないとしたら……そう考えたとき、果瑠が会員証を落としたのではないかと閃いて黛に防犯カメラの映像を確認してもらおうかと思った。でも、黛にはああ言われてしまった。それでも、今もその可能性は捨てきれていない。こうやってわざと陰毛をディスクに付けて返却するような奴が拾ったら、悪用しかねないんじゃないか。章敬の頭の中は、そんな偏見に塗れた思考が占めていた。

少し冷静になると、今度は油井の、『頭がバグるくらいグロ過ぎる映画観てたら、現実のグロさが忘れられた』という言葉が脳裏を過った。

黛と話して、万が一果瑠本人があのアダルトビデオを借りたのだとしたら、女友だちとのゲームに負けて借りに来たという理由が一番しっくりくる気がした。彼氏がいる可能性もなくはないが、母親や弟の話をしていた果瑠を思い出すと、彼氏がいるのに自分にセックスを仕掛けてくるような女だとは思えなかった。

だとしたら、油井のように、自分の見てきた現実を、不倫や心中という生々しい母親の行為を、忘れられるほどの作品があれだったということはないだろうか。そんな考えが浮かんで凍りついた。映画に救いを求めた果瑠と弟が、二人並んであの残虐AVを観ているところを想像したからだ。

殺人事件

俺、どうかしてるな。

章敬は自分が果瑠のことばかり考えてしまうのは欲求不満だからなんじゃないかという結論に行きついた。

果瑠が延滞しているＤＶＤにアダルトビデオがあるのを知り、しかもそれがかなりハードな作品だとわかって動揺し、欲求不満に拍車がかかったのかもしれない。黛にも要らぬカミングアウトをさせてしまい申し訳ないことをしたと思っていた。章敬は頭の中をクールダウンさせようと、冷たい缶コーヒーを飲み、今日の自分の行いを猛省しながら自宅に向かって歩いていた。

ふと見上げると、夜空の一部が不自然に赤く染まっているのが見えた。章敬の自宅の方角で、生まれて初めて見る気味の悪い空の色に胸騒ぎを覚えた。火事かもしれないと思い、足を速める。角を曲がって、いつもと変わらない自宅が見えてホッとした。でも、そこにはいつもと違う光景も広がっていた。回転灯を点けた警察車両が何台も止まっていて、警察関係者が大勢いたのだ。

集まっている野次馬に交ざり様子を窺っていると、何人もの警察官が友成家に出入りしている。制服を着ている警察官や私服の刑事らしき人が何十人もいた。何か、大きな事件でも起きたのだろうか。

友成家は、玄関だけでなく全ての窓が開いていて、ありとあらゆる場所の電気が点けられていた。太陽光がモロに当たるからブラインドは閉めっぱなしなのだと言っていた屋根裏部屋の窓もブラインドも開けられて、やはり電気が点いている。章敬は、しばらく茫然と屋根裏部屋の窓を見上げていた。

午後十一時半近いというのに野次馬は増え続けていき、その中から、『何があったの？』『死体が見つかったらしいよ』『殺人事件みたい』という声が聞こえてくる。

死体？　殺人事件？

どれも〝らしい〟〝みたい〟という語尾がついているから不確かなのだろうが、不穏な感じが否めない。

「またあの家？　二年前のことといい、呪われてるんじゃないの？」

章敬の家の近くから中年の女性の声が聞こえた。

「そんなわけないでしょ」

別の中年女性の声がして、章敬は野次馬たちの隙間から女性たちの顔を覗き見た。

そんなわけないでしょと言ったのは、章敬の母親の声だったのだ。

母親が話している相手は二人。どちらも母親と同年代の女性で、近所に住んでいる人なんだろうが、顔は見覚えがあっても誰だかわからない。

「まぁこんな近くに呪われた家があるっていうのも嫌よね」

「いや、そういうことじゃなくて」

母親は眉根を寄せた。もう一人も、「よしなって」と、呪われた家発言の女性を軽く窘(たしな)める。

「だって、私たち友成さんのところと上も下も一緒で、二年前はほんっとに大変だったじゃない」

そう言われると、窘めた女性は、「うん、まぁねぇ」と口籠った。

「私たちあのときは一緒に五年生のクラス理事をやってたのよ。そしたら、私たちが友成さんと上の子も同じ学年だったってどこから聞きつけてきたのか、警察には色々聞かれるし、テレビとか週刊誌の記者に取材させてくれって頼まれて。でも、亡くなった二人は深い仲だったんですかとか聞かれても、友だちじゃないんだからどこまでの関係とか知るわけないじゃない。もう、たぶんとしか言いようがないよね」

「知らないなら、たぶんじゃなくて知らないって言えばいいんじゃない？」

母親が言う。

「でも、飲み会とかでいっつも隣に座ってベタベタしてたのは事実だし」

「ベタベタ?」

「いつも会長と二人でつるんで、他のお母さんたちとは喋ろうともしなかったし。ねぇ」

　突然話を振られて、もう一人の女性がギョッとした顔をした。

「お母さんたちの集団には入りにくかったんじゃない?　精神疾患があるみたいだったし」

　おずおずと言う。

「女とは喋れなくて男とは喋れる精神疾患って何?　ウケるんだけど」

　同調されるどころか思わぬ反論を受けた呪われた家発言の女性が、若干喧嘩腰に言い返した。でも、ちょっと言い過ぎたと思ったのか、すぐに「そんなことより」と口調を変える。

「校長と当時の五、六年のクラス理事が、代表で会長と友成さんの葬儀に出席して、緊急保護者会のセッティングの手伝いもしたりしたんだけど、会長の奥さん、ずっと鬼の形相でめちゃくちゃ怖かったんだから」

「それは大変だったわね」

「まぁね。なんの関係もない他の児童への影響が心配で、私が学校側に心理カウンセラーを臨時で配置してくれるように提案したのよ」

「へぇ……さすがだね」

もはや得意気ですらある女性に、母親は一応調子を合わせているが、もう一人の女性と共に困り顔を浮かべている。母親に至っては、どうにかして話を切り上げて家に入りたくて仕方ないようで、体をソワソワさせていた。

そのとき、様子を窺っていた章敬と目が合い、一瞬気まずいような表情を浮かべたが、すかさず、

「お帰り」

と言って手を上げた。母親はそのまま、

「じゃ、またね」

と二人に言うが早いか、章敬に駆け寄ると、腕を掴んでそそくさと玄関に入った。

「ふう」

母親は、どっと疲れたように息を吐いて式台に座り込む。

「大丈夫？　友成ん家でなんか事件でもあったの？」

母親が上を向いて章敬の顔を見た。

「それがね、詳しくはわからないんだけど、ブルーシートを被せられた人が警察車両で運ばれていたから殺人事件なんじゃないかって」

「救急車じゃなくて？」

「うん、上にパトカーと同じようなライトが点いてるワンボックスカーだった」

「そうなんだ。でも、珍しいね、母さんがそういうのわざわざ見に出て井戸端会議って」

そう言いながらスニーカーを脱ぐ。

「パトカーが凄くて、お爺ちゃんに様子見てこいって言われて出たら摑まっちゃったのよ。章敬が高校行ってから一度も会ってなかったんだけど、覚えてる？」

二人ともそれほど仲がいい同級生ではなかったから苗字を言われてようやく思い出す。一人は四人兄弟の一番上が同じ学年で、もう一人はそいつの親戚だ。母親同士が従妹なんだと言っていた。土地柄か、親戚関係にある子どもたちが同じ小中学校に通っているケースは意外と多かった。

「ああ、あいつらの母ちゃんか」

「話、聞こえてた？」

階段に片足をかけたところで後ろから母親に聞かれる。

「ちょっと」

「ごめんね。あんな話聞きたくなかったよね」

「別に」

母親の井戸端会議の内容よりも果瑠のことが気がかりだった。母親の情報も野次馬が言っていたこととさして変わらない。

階段を上っていると、突然ポケットの中の携帯が振動した。携帯を取り出し、画面に表示されている着信番号を見て心臓が止まりそうになる。果瑠の番号だった。果瑠が助けを求めているのかもしれない。章敬は方向転換をして慌てて階段を下り、スニーカーを履き直すと再び外に出て発話ボタンを押した。

「もしもし？」

周りが騒がしいようで、人の話し声や怒鳴り声は聞こえるが、何も言わない。あの警察官だらけの家の中にいるのだろうか。

「もしもし？　友成？」

そう聞くと、こちらから〝友成〟という苗字が出てくるのを待っていたかのように、『こちら埼玉県警の伊達（だて）と申します。友成果瑠さんの携帯からかけさせていただいております』と、男性の低い声がした。

『本日午後四時三十二分にそちらの番号から友成果瑠さんの携帯に着信履歴がありましたので、ご連絡いたしました。失礼ですが、友成果瑠さんのお知り合いの方ですか？』

立て続けに言われ章敬が放心していると、『もしもし？　聞こえてますか？』と返事を催促された。

　章敬はもう一度友成家を見て、出入りしている警察官たちの姿を見ながら「はい。聞こえています」と答えた。視界に入っている警察官たちの中に携帯で話している人物を探してみる。

『お名前をお伺いしてもよろしいですか？』

「豊平……章敬です」

『友成果瑠さんとのご関係は？』

「幼馴染です」

『直接お会いして少しお話をお伺いしたいのですが』

「今からですか？」

『ご迷惑でしたら明朝でも構いません。ひとまず、ご住所を教えていただけますか？』

「斜向かいの家です」

『えっ？』

「私の家は友成さんの家の斜向かいで、今、玄関の前にいます」

『えっ？』

　今までの尋問のような口調から打って変わって素っ頓狂な声が続くと、玄関から慌てて出てきた二人の私服の刑事が辺りを見回しているのが見えた。反射的に携帯を持っていない左手をそっと上げる。

『豊平さん、どちらにいらっしゃいます?』

「道を挟んだ向かい側です」

野次馬たちの注目を浴びたくはないから、やっぱり手は下げて刑事たちに視線を送ることにした。

ようやく二人のうちの一人と目が合うと、その目が合ったほうの刑事がもう一人の刑事に声をかけ、章敬に近づいてきた。悪いことをしたわけじゃないのに何だか背中がムズムズする。

「豊平さんですか?」

「はい」

刑事は携帯を切って直接話しかけてきたが、章敬は携帯越しに返事をした。刑事の一人に指摘され、ようやく携帯を閉じる。

刑事が手にしているのが果瑠の携帯らしいが、果瑠の家に行ったときには見かけていないから言われなければ果瑠のものだとはわからない。ただ、付いているストラップが可愛いし、プリクラも貼ってあるので、とても男性の、しかも刑事の持ち物とは思えなかった。

父親くらいの年齢に見える刑事と、それよりは少し下に見える刑事。どちらも若くはない。見せてきた手帳で、少し下に見えるほうが伊達だということがわかった。

周囲に野次馬がいない場所まで移動して、伊達が改めて質問を始める。

「豊平さん、あなた、友成果瑠さんの携帯に電話をかける少し前に友成さん宅のインターホンも押していますよね？　モニターの録画にあなたの姿が映っていました」

「……はい」

今までに警察官と喋った記憶は、家に巡回調査に来たときと、自転車の乗り方で交番から出てきた警察官に注意を受けたときの二回。どちらも小学生のときだった。どちらも制服を着た警察官で、テレビドラマのように私服の刑事に質問をされるのは今回が初めてだった。緊張して口の中が乾いていく。

章敬が友成家を訪れたことと、果瑠の携帯に電話をかけた理由を聞かれた。まずは自分が駅前のＭＡＲＵＹＡＭＡでバイトをしていることを伝える。そして、果瑠がレンタルしたＤＶＤを延滞していることを仕事上で知り、延滞料金が嵩むことを危惧してバイトへ行く前に家に寄ったのだと答えた。

「留守だったので携帯にもかけました」

家電（いえでん）なら卒アルを見れば誰でもわかるし、幼馴染が携帯の番号を知っていること自体は不自然じゃない。章敬は、発言に矛盾がないように自分で自分に注意を促す。バイトで使っているＭＡＲＵＹＡＭＡのスタッフ証はいつも事務所に置きっ放しだから、大学の学生証で身分を証明した。

「なんのＤＶＤですか？」

伊達がメモを取りながら聞いた。どうやら家電(いえでん)に残っていたＭＡＲＵＹＡＭＡのスタッフからの連日の留守メッセージを確認済みだったようで、今日の章敬の行動はとりあえず納得したらしい。章敬は果瑠が借りたＤＶＤのタイトルをうっかり答えそうになったが、

「個人情報なので私からはタイトルまでは言えないです。もし知りたかったら店長に聞いてください」

と咄嗟に言った。さっき黛と話していなかったら恐らく答えてしまっていた。

「友成果瑠さんと最後に会ったのはいつですか？　そのときどんな話をしましたか？どの程度親しかったんですか？」

質問は続いた。その圧に、章敬は自分が事件の容疑者として疑われているのかもしれないと思い始めた。だいたい、友成家で何が起こったのかも知らないのに。

「あの……友成さんのお宅で何があったんですか？　質問ばかりされても、俺、何があったのか全然知らないんですよ」

カラカラの口を唾液で湿らせながら、ムッとしたように言う。顔を見合わせて伊達ではないほうの刑事が口を開いた。

「友成さんのお宅で女性が亡くなられているのが発見されまして」

意外に簡単に教えられ面食らう。

「女性？」

亡くなっていたというだけで、殺人事件だとは限らない。現在、友成家の住人で女性は果瑠しかいないから、弟が一緒に暮らしているお祖母さんとか知り合いが友成家を訪れていて心臓発作とか脳梗塞で亡くなったということもあり得る。でも、これだけの警察官が捜査しているということは、その女性の死に事件性があるからだろうし、そうなると空き巣に入った女が何らかのアクシデントがあって死んでしまった？　この辺りで、空き巣や車上荒らしの被害をたまに耳にしていたから、章敬は頭の中で勝手に推理を始めた。

不思議なもので、果瑠の家だというのに果瑠が死んだとは微塵も思わなかった。たった一度セックスをしただけでその後付き合うどころか会ってもいない相手だけど、果瑠と〝友成家で死んでいた女性〟とは一致しない。

「友成は……友成果瑠さんは今どこにいるんですか？」

章敬が尋ねると、刑事二人はまた顔を見合わせた。

「友成さんのご家族は今どこにいるんですか？」

果瑠との関係を怪しまれたくなくて言い換える。

「ご家族とも親しくされていたんですか？」

墓穴を掘った。

「いえ、友成さんのお父さんとはもう何年も会っていませんし、弟さんとは会ったこともありません」

「弟さんと会ったこと、ないんですか？　一度も？」

刑事たちは目を見開いた。

「はい。年が離れていたので小中学校が被ることもなかったですから。もしかしたら外で会ったことはあったのかもしれないですけど、顔がわからないので気づかないです」

「なるほど」

刑事たちはようやく頷いて、果瑠の携帯に貼ってあるプリクラに写る女性を指し示した。

「ここに写っているのは友成果瑠さんで間違いないですか？」

章敬は「そうです」と答えた。

「隣に写っている少年に見覚えはありませんか？」

と聞かれ、首を捻る。

「彼が被害者の弟で、友成快くんです」

伊達が章敬の反応を窺うように顔を覗き込んだが、章敬はそれよりも被害者という言葉に引っかかった。

「見覚えはないですけど……あの……」

「何ですか？　些細なことでも構いませんので、気がついたことがあれば何でも言ってください」

何か情報を得られると思ったようで、伊達は前のめりになって言った。

「いや、被害者って……亡くなった女性って……友成……果瑠さんってことですか？」

普通に話しているつもりなのに、言葉に詰まって途切れ途切れでしか喋れない。伊達は少し落胆した表情を浮かべ、「はい」とだけ答えた。

果瑠が、死んだ？

「どうして……どうして、死んだんですか？　自殺……だったら、こんなに警察が来たりしないですよね」

思い通りに喋れないもどかしさで、握った右手の拳の爪を掌に食い込ませる。

「どうして自殺だと思われるんです？」

「あ……いや……別に深い理由はないです」

咄嗟にそう答えると、刑事たちは特段怪しむ様子もなく、

「まだ捜査中ですので詳しいことは申し上げられませんが、なんらかの事件に巻き込まれた可能性が高いと思われます」

と言った。自殺という言葉が出てきたのは、果瑠が、『いつ生きてるのが嫌になるかわからないから』と言っていたのを思い出したから。でも、そのことは言わなかった。事件に巻き込まれたということは、野次馬や母親が言っていたように殺人事件ということか。

時間も遅いので後日また話を聞かせてもらうことになるかもしれませんという言葉を残し、刑事たちは章敬の家の表札を確認してから友成家へと戻っていった。

結局、その夜は一睡もできなかった。小学校に上がる前に引っ越してきて、同じ小学校に同じ登校班で通った。中学校を卒業してからは会うこともなく、五年振りに再会。つまり、章敬の中で中学時代で止まっていた果瑠の姿が五年振りに更新されたとき、セックスをした。それを最後に果瑠の姿が更新されることは二度となくなってしまったのだ。

そう思った途端に果瑠の死が現実味を帯びてきて、章敬は鳩尾がキューッと誰かに鷲摑みされたような感覚を覚え、ベッドの上で身体を丸めて布団を被った。

＊十月十八日＊

章敬はベッドから一歩も起き上がらずに、リモコンを片手に一日中テレビを見ていた。地上アナログ放送が終了することで、章敬の部屋のテレビも昨年新調したばかりだった。二十型の液晶テレビで、下のリビングにある半分の大きさだが、六畳の部屋には十分だ。

『昨夜九時三十分ごろ、埼玉県戸田市内の住宅の屋根裏部屋で女性が亡くなっているのが発見されました。亡くなっていたのは、その家に住む友成果瑠さん二十歳で、複数の刺し傷があることなどから、警察はなんらかの事件に巻き込まれた可能性が高いと見て捜査を進めています』

朝のニュースで女性キャスターが言っていたことだ。昨夜刑事が言ったことと同じ。でも、夕方の報道番組では、『戸田市女子美容専門学校生殺人事件』と謳われていて、遺体が発見された状況や第一発見者が被害者と同居する五十代の父親だということも詳しく伝えた。

屋根裏部屋は十月に入っても日中三十度を超える日もあり、そこに放置されていた遺体は、かなり腐敗が進行していた。死因は失血死。上半身に複数の刺し傷があり、心臓にまで達していた二箇所の傷が致命傷となった。司法解剖の結果、死後一週間から十日。傷口の形状などから、凶器は美容師や美容師を目指す学生御用達の美容ディーラーから購入したオフセットハンドルの刃長十センチの大型シザーと特定。警察は殺人事件として捜査を開始した。そんな内容だった。

午後七時近くになり、トイレに行ったついでに両親の寝室に行き、カーテンを開けた。自分の部屋の窓からだと位置的に友成家が見えないのだが、ここからだとよく見える。昨夜と同じくらいの人数の警察官が友成家を出入りしていた。昨夜はいなかった警察犬を連れた制服の警察官も二人いる。警察犬を実際に見るのは初めてで、章敬は、しばらく犬たちを眺めていた。ポケットに手を突っ込んで、フリスクの箱を出し振ってみる。何も音がしない。蓋を開けてみるが、案の定中身は空だった。

「チッ」

小さく舌打ちをすると部屋から出て階段を下り、玄関に向かった。

フリスクを日常的に口にするようになったのはＭＡＲＵＹＡＭＡでバイトするようになってから。接客業だからかスタッフの多くがフリスクを持ち歩いていて、自然と章敬も食べるようになった。その習慣はＭＡＲＵＹＡＭＡを辞めたあとも抜けず、震災後は食べるペースが早くなった。口の中にフリスクを入れていないと落ち着かない。一日で一箱空けることも少なくなかった。

ドアの開閉の音で反応した警察官が何人か章敬のほうを見る。章敬は軽く会釈をして大通り沿いにあるコンビニに向かった。

フリスク二箱とエナジードリンク一本を買ってコンビニを出る。街灯の明かりが行き渡っていないだだっ広い駐車場を突っ切っていると、不意に後ろから肩を叩かれた。振り返って相手の顔を見ると、昨夜話をした伊達という刑事だった。

「昨日はどうも」

友成家の周辺で捜査をしていて、たまたま同じタイミングでコンビニに来たのだろうと思った。昨夜も感じたが、眼光が鋭く威圧感がある人だ。元々そういう目や雰囲気をしているのか、捜査の一環として章敬に接しているからそう見えるのか、どちらにせよ苦手なタイプだった。

「どうも」

横目で周囲を見たが、一人のようだった。章敬は挨拶だけして伊達の前をさっさと通り過ぎようとしたが、更に声をかけられた。

「お伺いしたいことがあるんですけど、少しお時間よろしいですか？」

穏やかな声色だが、有無を言わせない感じを漂わせている。伊達は、戸惑っている章敬をコンビニとドブ川の間の狭い通路へと誘導した。

「友成果瑠さんと本当はどんなご関係だったのか、正直に教えていただけませんか？」

警察は全てお見通しだと言われている気がして、セックスをしたことがバレたのかと焦った。

「どういうことですか？」

動揺しながらも、なんとかはぐらかして相手の出方を窺う。

「何年も会っていなかった幼馴染が、自分のバイト先で借りたＤＶＤを返さないからって、普通わざわざ家まで取りに行ったりしませんよね？」

あ、そのこと。それはそれで答えに困り、冷や汗が伝う。

「それは……」

「今日、MARUYAMA戸田公園店に伺って色々とお話を聞いてきたんですよ」

伊達は言葉に詰まっている章敬の顔に自分の顔を近づけ、腹の底まで探るような目を向けた。

「そもそも知り合いであったとしても、客の家に店員が商品を取りに行くという行為は規則違反だそうじゃないですか」

これほど威圧的に敬語を使う人を他に知らない。唾液を飲み込んだが、途中でつかえて上手く飲み込めず、咳ばらいをした。

「彼女がアダルトビデオを借りていたことに豊平さんがかなり執着していたって証言もあるんですよ」

もはや伊達の顔を直視できずに視線を逸らした。

「いや、それは……」

「それは？」

伊達は章敬に返事を急かす。彼女がアダルトビデオを借りたことに必要以上に狼狽えて、不可解な行動を取ったのは事実だ。そのことにどんな言い訳ができる？　どんな言い訳なら矛盾がない？　果瑠とセックスをしたい気持ちもあったことへのやましさが思考を鈍らせる。

「規則違反だって思わなくて……延滞料が嵩むから……家も目の前だし、バイトに行くついでに……俺が返してもいいかなって。それに……執着ってことじゃなく……女性客が……アダルトビデオを借りるのは、ただでさえ珍しいのに……幼馴染だったから余計に驚いて」

しどろもどろになりながら必死に言い訳を並べた。

「友成果瑠さんの携帯の電話帳には、豊平さんの家電の番号も携帯の番号も登録されていなかったんですよ。返し忘れたDVDを取りに来て代わりに返してくれるような親しい間柄なのに、連絡先の交換もされていなかったんですか？」

伊達は能面のように無表情のまま淡々と章敬に質問をぶつけた。章敬は誤魔化すことを諦めて目を閉じた。

「携帯番号は交換……してません。バイトで四日間連続でかけてたから覚えていて……昨日家に行ったら留守だったので……覚えていた番号にかけてみました」

「それも立派な規則違反ですよね？」

ぐうの音も出ない。自分が事件の容疑者として疑われているのかもしれないという昨夜の予感が再び頭を過る。俺、このまま逮捕されるのか？　逮捕されるって、何罪で？　まさか、友成を殺した殺人罪？　マジかよ、どうしよう。

そのとき、携帯の着信音が鳴った。章敬はバイブにしているから伊達の携帯だった。

「失礼」

そう断って電話に出た伊達は、目の前で短い返事を繰り返す。

「すぐに戻ります」

と、電話の相手に言って通話を終えた。伊達は携帯をポケットにしまいながら、再び章敬の顔を見る。目が合って章敬が身構えると、

「ご協力ありがとうございました。また、お話聞かせてください」

と言って忙しなく去っていってしまった。章敬はしばらくその場を動けなかった。

＊十月十九日＊

伊達とのことがあって、章敬はまた一睡もできずに朝を迎えた。一晩中パソコンに向かい、〝冤罪の晴らし方〟やバイト先の顧客の個人情報を持ち出した場合の刑事上の罰則や民事上の罰則をググっていた。

テレビをつけるとワイドショーがやっていた。昨日殺人事件と断定されたことで、朝から事件のことが大きく取り上げられている。

凶器に使用されたハサミは美容専門学校生だった被害者本人の持ち物だった。第一

発見者の父親は、九月末から約半月の間仕事で韓国へ出張していた。一昨日帰国して娘の遺体を発見し通報。家の中を荒らされたり、遺体に暴行を加えられた形跡がないことから、物取りや暴行目的などの流しの犯行の可能性は低く、怨恨や顔見知りの犯行と見られているという。

被害者が通っていた豊島区の美容専門学校の同級生にインタビューをしている番組もあった。七月に行われた理容師美容師の学生を対象にした関東大会で優秀賞を獲得した被害者は、十一月の全国大会に向けて猛特訓をしていた。池袋という場所柄深夜まで学校が開いていて、十月七日は、同じく全国大会に出場を決めていた同専門学校の生徒が、被害者と一緒に終電まで練習をしていたと証言していた。

翌八日から十日までの三連休は弟が泊まりに来るから家で練習すると言っていたが、連休が明けても学校に来ることはなく、無断欠席が続いていた。心配した同級生が何度も自宅と携帯に電話をかけたが、本人はおろか家族とも連絡が取れず、丁度一週間が過ぎたところに遺体発見の一報が入ったということだった。学校側は被害者が欠席していたことは把握していたようだが、通常一週間休んだくらいで連絡はしないという。

同級生の証言から十月七日は健在だったことになり、もしあのＤＶＤを本当に果瑠自身がＭＡＲＵＹＡＭＡで借りたのだとすると、レンタルをした八日以前は生きていたということだ。つまり、大雑把に考えれば、八日にMARUYAMAでDVDをレンタルして以降、十七日に遺体が発見されるまでの間に殺されたことになる。

章敬は大学の魚の鮮度についての授業の中で、腐敗の過程を学んだことがあった。『魚は人間とは異なり、種類や大きさによって、同じ氷蔵管理下であっても刺身で食べられる期間が数時間から数日までと大きく異なる。でも、魚も死後硬直をし、解硬から腐敗が始まるのは人間と同じだ』と教授が言っていた。そのとき、学生から質問が出たことで教授は人間の腐敗についても少し話をしてくれ、現在の法医学であれば二週間以上経過した遺体でなければかなり正確な死亡時期を割り出せるはずだとも言っていた。

つまり、果瑠を司法解剖した監察医が、遺体が放置されていた屋根裏部屋の気温や遺体の腐敗状況から下した死後一週間から十日という判断は極めて信憑性が高いと思われる。遺体が発見された一昨日から一週間遡ると、十月十日。せいぜい誤差が生じても前後一日として、果瑠が殺されたのは、八日にMARUYAMAでDVDをレンタルした後から十一日までの四日間に絞られると考えた。

「だとすると友成の父親にはアリバイがあるってことか」

ぼそっと呟く。章敬は自分の潔白を証明するためにも犯人を独自で捜そうかと思っていた。果瑠を殺した犯人を考えたとき、物取りや暴行目的の殺人でないのであれば、真っ先に浮かんだのが果瑠の父親だった。

——豊平が抱いてくれなかったら、殺してって頼もうと思ってたの。

——また、いつ生きてるのが嫌になるかわからないからさ。

果瑠が自殺ではなく殺されたと聞いて、そのセリフを思い出した。セックスをしたことばかりが印象に残っていてすっかり忘れていたが、改めて思い出すと、いのちを繋ぐ電話にも相談したようなことも言っていたから、かなり本気だったと思えてならなかった。

果瑠が誰かに自分を殺して欲しいと依頼した可能性があるとして、それが父親か弟のどちらかだとしたら、きっと父親だと思った。あれだけ可愛がっていた弟に、しかも中一という年齢からしてもそんな大それたことを頼む相手としては無理がある。でも、父親が娘を殺せるだろうか……とも考えると、家族じゃない線もあるとは思ったが、果瑠が友人や知人でそんな依頼ができそうな相手など、一人も思い浮かばなかった。何せ、果瑠の今の交友関係を章敬はまるで知らないのだ。こんなんで本当に犯人が捜せるのだろうかと、捜し始めたばかりだというのに不安になる。

そういえば、八日から十一日の俺のアリバイってどうなってる？

犯人が捜せなくても、自分が潔白だと証明できればそれも良し、だ。慌てて自分の四日間の行動を記憶から引っ張り出す。

十一日は平日で、二限から六限まで大学の講義を受けていたからその間のアリバイはある。

聞かれて答えに困るのはやはり休日か。八日から十日の三連休。確実にアリバイがあるのは十日で、曽祖父の十三回忌だった。本当は十一日だったのだが平日だから前倒しになったのだ。そういうわけで十日はバイトは休みにしてもらい、朝から豊平家のお墓がある東京の足立区の寺に行っていて、帰ってきたのは午後十時くらい。

夕方店長が病院から携帯に電話をしてきて、店でぎっくり腰になり早退して整形外科へ来ているんだけど夜遅い時間だけでもシフトに入れないかと聞かれた。寺の近くに住んでいる祖父の兄の家で会食をしていて帰る時間が読めなかったので断ったが、それもアリバイにはなるだろう。

連休初日の八日は、果瑠がうちの店に来ていたとして、アリバイが必要なのはその時間よりも後ということになるが、現時点ではそれが何時なのかわからない。

とりあえず午前中は大学で現二年生向けに行われたキャンパス移転と来年度以降の履修に関する説明会に参加していた。家族は全員終日在宅していて、昼前に帰宅した章敬は、家族と昼食を摂ってから夕食の時間まで自室で映画を観ていた。バイトに復帰してからサメ映画の鑑賞欲が再燃し、七日のシフトを上がるときに旧作のサメ映画ばかり五枚、七泊八日でレンタルしてきていたのだ。家族だとアリバイを証明できないと聞いたことがあるが、それでも一応自分の潔白を知る人たちがいるのは心強い。

問題は連休中日の九日。曽祖父の十三回忌に出席するために、親戚の夫婦が北海道から上京し、九日から浅草のホテルに二泊していた。章敬の両親は家に泊まってもらうつもりだったのだが、親戚夫婦が遠慮したのか、せっかくだから軽く東京観光もしたいからといってホテルを取ったのだ。そして、その親戚夫婦に一緒に東京観光をしようと誘われた両親と祖父母は、それならばと、自分たちもそのホテルに九日だけ泊まることにした。

「お爺ちゃんとお婆ちゃんの気晴らしにもなるでしょ」

震災後気が滅入っている祖父母を気遣った上でのことでもあった。だから、その日両親と祖父母が家を出たあと、章敬はずっと一人で過ごしていた。起きたときには既に誰もいなかったから、両親と祖父母が何時に出掛けたのかは知らない。午前十時から十一時の間に起床し、前日の午後と同様サメ映画を鑑賞していた。夜はゲームもやった。釣りゲーム。震災があってから一度も釣りへは行っていない。父親も行く気にならないようで誘われることもなかった。だからゲームで疑似釣りをしていた。ゲームをしながら寝落ちしたから、何時に寝たかも不明。翌朝、両親と祖父母は親戚夫婦と直接寺に向かい、章敬は自宅から一人で寺に向かった。

「九日、九日、九日」

そう連呼しながらベッドをごろごろと転がって床に落ちた。ドンッという音が階下に響いても誰もいないから何も言われない。

ふとツッチーのケージが目に入った。章敬が床に落ちた振動で驚いたのか、顔を上げてケージの外を窺っていた。

「そうだ、ツッチー」

床に寝転がったまま携帯に保存してある動画の一覧を見る。容量が少ないからそれほど多い数ではない。

「あった」

九日、ツッチーに餌をあげようとケージの中を覗いたら、久しぶりに脱皮をしているところに出くわしたのだ。五年間飼育しているが、脱皮を見たのは片手で数えるほどもない。飼い始めたころは月に二度くらいは脱皮していて、なんとなくシェルターの中でもぞもぞやっているのを見かけることはあったけれど、それでも一部始終を見るのは困難だった。アダルトになると頻度がめっきり減り、久々の脱皮観察に興奮して携帯で動画を撮った。脱皮が終了するまで一時間弱。その間とぎれとぎれで撮影して、合計十分ほどの動画になっていた。

いくらなんでもこんなんじゃアリバイにならないか。でも、少なからずその一時間は部屋にいたことになるかもしれない。藁(わら)にも縋る思いだった。

他に何かないかと携帯の受信履歴と通話履歴を遡っていて唐突に思い出す。九日、午後四時三分に母親からの着信履歴が残っていた。サメ映画を観ている途中でバイブ音に邪魔され、不機嫌になりながら発話ボタンを押した。

『ごめん、章敬、大事なもの忘れてきちゃった』

翌日の準備を全て揃えて持ってきたつもりが、袋を一つ忘れてしまったのだと言う。一階に下りてリビングの出窓の下を見ると、確かにビニール製の袋が一つ置いてあった。中身を確認すると数珠が入っている。ホテルまで持ってきてくれと言うので、数珠なんて明日現地で渡せばいいだろうと断った。だけど、数珠の下に入っている風呂敷の中身が今日必要なのだと言われ、開けると祖父母と母親の薬が入っていた。毎日飲んでいる薬だ。だから仕方なく、それを届けに浅草まで行った。サメ映画の続きが気になっていたから、寄り道をせず、ただ往復しただけだったのですっかり忘れていた。

その日の記憶が鮮明に蘇ってくると、もう一つ思い出した。戸田公園の駅の近くで黛を見かけたのだ。浅草からの帰りだったから、時間は午後六時ごろ。私服なので仕事上がりかと思ったが、あとで何の気なしにシフトを確認すると、その日黛は遅番を別のスタッフに代わってもらっていた。

若い男性と一緒にいて、例の甥っ子さんかなと思った。後ろ姿で年齢はわからなかったが、服装から、中学生か高校生くらいに見えたからだ。また家出してたのかな。だとしても見つかって良かった。そう思った。

バイト先の人と外で会うのはなんとなく気まずくて、話しかけずに足早に通り過ぎてしまったから黛は恐らく気づいていていない。

「一瞬で意味ないかもしれないけど、家族以外でアリバイを証明できる人をって言われたら、黛さんに頼んでみるか。でも、友成が借りたアダルトビデオに俺が執着してたとか、規則違反のこととか警察に言ったのって、たぶん黛さんだよな。協力してくれっかな」

ひとり言を言って、携帯を閉じた。四日間の自分の行動はだいたい把握した。

一時間ほどしてインターホンが鳴り、身体を硬直させる。

ピンポーン。

短い間隔でもう一度鳴る。

ピンポーン。

出るまで鳴らす気か。

ピンポーン。

仕方なく、のそのそと二階の階段に向かい横の壁にあるモニターを確認すると、そこに映ったのは案の定伊達だった。居留守を使おうかとも思ったが、伊達の隣に一昨日話したもう一人の刑事もいたので、一呼吸おき、インターホンの受話器を取って返事をした。

「すいません。またお話を伺わせていただきたいんですが」

伊達の声だった。

「わかりました」

一階に下りて祖父母の部屋を覗くと、祖母は留守で祖父はソファで転寝をしていた。

玄関に行き、ドアノブに手をかけると手が震えていた。左手で右手首を掴み、震えないように固定しながら鍵と扉を開ける。任意同行とか求められたらどうしよう。近所の人の目に触れないように、玄関の中に刑事たちを招き入れた。

「祖父が寝ているので小さい声でお願いします」

刑事たちが頷いた。

伊達は昨夜のことには全く触れず、三連休に何をしていたかを聞いてきた。

「三連休……ですか。アリバイですよね」

「形式的なもので皆さんにお伺いしているんですよ」

ドラマの中の刑事みたいなことを言った。まぁ、ドラマの中でもそれは建前で、本音では疑っている相手にしか聞いていないから警戒態勢は崩さない。

章敬は、前以て用意していた通りに答えていった。ところが、穴だらけのアリバイにもツッコミが一つも入らない。家族しか証明できないようなアリバイでも、ああそうですかとすんなり聞き流されてしまった。九日も黛の話をするまでもなく、ツッチーの十分動画と浅草のホテルに薬を届けたことだけで納得された。しかもツッチーの動画は最初の数秒だけ見て、もう結構ですと言う。

「三連休中ご自宅にいらしたとき、友成さんのお宅のことで何かお気づきになられたことはありませんでしたか？」

章敬を容疑者としてアリバイを聞きたいというよりも、その三日間のうち、章敬が在宅していた日にちと時間に関心を示しているようだった。

「いえ、何も」

本当に報告できるようなことは何一つ思い浮かばない。

「友成さんのお宅の周りをうろつく不審な人物を見かけた、とかは？」

章敬は首を横に振った。

「八月に友成果瑠さんと久々に再会されて話をしたと仰っていましたが、そのとき、弟の快くんについて何か言ってませんでしたか？」

果瑠から弟について聞いていることといっても、母親が亡くなってから父親の実家に住んでいて、月に一、二回友成家に泊まりがけで来ていること、弟が泊まりに来ると髪を切ってやり、好きな映画を一緒に観るのだと聞いている……くらいしか答えようがなく、そのまま伝える。

　刑事たちはそれを聞いて、二枚の写真を章敬に見せた。一枚は小学校の卒アルの写真。もう一枚は学ランを着ているから、恐らく中学に入学したときに撮影した写真。

「見覚えありませんか？」

　章敬はまた首を横に振った。プリクラではない、ちゃんとした友成快くんの写真だった。言われてみれば、友成家の屋根裏部屋で見た幼かったころの写真の面影が少し残っている気もする。

「バイト先でも見かけたことはありませんか？」

「えっ？　ＭＡＲＵＹＡＭＡでってことですか？」

　思わぬ質問に声が大きくなった。快くんの話にＭＡＲＵＹＡＭＡが出てくることが不思議だった。

「そうです」

「いや、ないです。会員証も弟の分は同意書が面倒で作ってないって言ってました」

「十月八日から十日までの予定で、快くんが被害者宅に泊まりに来ていたことはご存じでしたか？」

　快くんについての質問が続く。

「知りませんでした」

刑事たちはそうですかと低い声で言って小さく頷くと、十月十日に友成家の固定電話から祖父母の家に快くんから電話があり、そのとき、祖母が確かに快くんと話をしたと言っているのだが、それ以降快くんの行方がわからなくなっているのだと言った。

「誰かに誘拐されたってことですか？」

「わかりません。彼も事件に巻き込まれた可能性があると見て、今夜公開捜査に踏み切ることになっています」

それを聞いて胸の奥から不快な何かが込み上げてきた。

「ちなみに十六日の日曜日の夜は何をされていましたか？」

「十六日の夜ですか？」

果瑠の遺体が発見された前日だ。戸惑いながら、中番で十七時からバイトに入り、二十三時に上がってまっすぐ帰宅したと答えた。

「帰ってきたとき、友成さんのお宅のことで何か気づいたことはありませんでしたか？」

章敬は首を捻って考える。

「帰ってきて寝るまでの間に、何か物音を聞いたりとかしませんでしたかね？」

大事なことなのだろう、伊達ではない刑事も詰め寄る。

「いえ。その日はバイトが四連勤目でめちゃくちゃ疲れてて、夕飯は休憩時間に店の前の牛丼屋で済ませていたんで、帰ってきて速攻で寝ちゃいました」

刑事たちは、もし快くんを見かけたら連絡をくださいと言い残し、伊達の名刺を置いて帰っていった。埼玉県警刑事部捜査第一課の伊達保巡査部長と記されている。

刑事たちがいなくなると、章敬は台所へ行って水をがぶ飲みした。逮捕どころか任意同行も求められずにホッとしたのと、込み上げてきた不快なものを水で流し込みたかったのだ。果瑠が殺して欲しいと依頼した相手が弟だった可能性が高くなってきたこと。それが不快なものの正体だった。

アリバイについて突っ込まれなかったことや、果瑠の弟である快くんのことをしつこく聞かれたことから、今日は自分が容疑者として疑われているようには感じなかった。だとすると、昨日コンビニの駐車場で伊達が接触してきたのは、非常識な行動を取った章敬を刑事として窘める意図で接触してきただけだったのか、或いはあの時点では容疑者だったが、その後捜査に何らかの進展があって外れたのか。

どちらにしてもとりあえず良かったと胸を撫でおろすと、今度は殺された果瑠と一緒にいた快くんが行方不明になっている理由を考えた。思いつくのは二つ。快くん自身が犯人で果瑠を殺したのち逃亡を図ったか、犯人は別にいて目撃者である快くんを誘拐したか。素人の章敬にはそれ以外には浮かばない。十六日の夜について聞かれたことも引っ掛かる。

事件のことで頭がいっぱいで午後の講義にはとても行く気になれず、自分の部屋に戻った。そもそも今年の秋学期は章敬たち二年生は暇で、そのことも章敬を事件にのめり込ませた。

あれほど可愛いと言っていた弟に自分を殺してくれと頼めるものだろうか？　そこまで切羽詰まっていたということか？　快くんは快くんで、本人に頼まれたからといって母親代わりだった姉を殺せるだろうか？　次々と疑問が浮かんでくる。そして、やむを得ず殺したとして、逃亡というよりも、錯乱状態になったと考えるほうがしっくりくる気がした。

夜になって両親の寝室から外を見ると、警察関係車両も警察官も撤収していた。殺人事件なのにこんなに早く撤収するのかと驚いたが、一つの事件にそんなに時間を割くわけにもいかないのだろうし、事件現場でやるべき捜査は終わったということなのだろう。あとは、警察署内に設けられた捜査本部を拠点に捜査が行われる。ドラマだとそういう流れだ。ただ、友成家の周りに張られている黄色い規制線だけが生々しかった。

その規制線を眺めながらもう一つの可能性についても考えた。犯人が別にいる場合。その場合も果瑠がその人物に自分を殺してくれと頼んだのだろうか？　頼んだにせよ、頼んでいないにせよ、どちらにしても目の前で姉が殺された快くんのショックは計り知れない。でも、そうなると犯人が快くんを誘拐する目的ってなんだ？　口封じであればその場で快くんも殺せばいいわけで、連れて出たとすれば何か目的があって、快くんは生きている可能性が高いんじゃないか。

自ら逃亡しているのであれ、誰かに誘拐されたのであれ、考えれば考えるほど快くんの置かれている状況が危険に思えてくる。だから警察も公開捜査に踏み切るのだろう。

幼馴染の弟

＊十月二十日＊

昨日刑事から見せられた快くんの写真を思い浮かべる。果瑠の遺体が発見されてから三日が過ぎ、章敬は、今度は犯人ではなく快くんを捜す決意を固めた。

家を出ると、ミニパトとすれ違う。事件の影響で、この辺りのパトロールが強化されていた。一刻も早く見つかって欲しい。

『私にもしものことがあったら、快と仲良くしてやってね』

そう果瑠に頼まれたから。もちろんそれもある。でも、それとは別に、どこかで快くんを捜し出せば果瑠に対して抱いている罪悪感から解放される気がした。それに、あのときセックスを拒んでいれば、果瑠に殺してくれと頼まれたのは自分だったかもしれないのだ。そう思うと、警察が捜し出すまでじっとしてはいられなかった。

果瑠が誰かに自分を殺してくれと頼んだかもしれないということを、現時点で警察に話すつもりはなかった。そんな証言をしたら、また余計な誤解をされそうな気がした。万が一快くんが犯人として捕まったら、そのとき話せばいいと思っていた。それに、果瑠のあの悲痛な叫びを聞いた者として、その話がマスコミに漏れて友成家をこれ以上好奇の目に晒すことは避けたかった。

章敬は手始めにＭＡＲＵＹＡＭＡに向かった。木曜日なので章敬自身十九時からシフトに入ってはいるが、仕事中だと私用の話はしにくい。だからその前に一度行き、スタッフの誰かに警察が何を聞いたり調べたりしたのか聞ける範囲内で聞くつもりだった。

それに、あの二枚のＤＶＤを果瑠自身が借りたのなら八日の足取りがわかるし、他の人物が果瑠の会員証を使って借りたのならその人物こそ有力な容疑者だ。

店に入るとすぐに黛に声をかけられた。険しい顔で、「大丈夫なの？」と心配される。

「豊平くん」

「大丈夫です。バイトもちゃんと来ますんで」

「あっ、そのことなんだけど……ちょっといい？」

黛が事務所のほうを指差した。

「はい」

規則違反をしたことについて何か罰を言い渡されるのかと胸がざわついた。

「休憩に入ったら連絡しようと思ってたところでね」

椅子にも座らず、眉間に寄せた皺をより深くさせて黛が深い溜息を吐いた。沈黙が流れる。

「急で申し訳ないんだけど」

そう言って、黛はまた口を噤(つぐ)んだ。

「はい……」

「しばらくお休みして欲しいのよ」

「えっ？　休み？　大丈夫なんですか？　店長ぎっくり腰なのに」

「それは、こっちから休んでってお願いしてるんだから、豊平くんは心配しなくていいの」

「警察が店にも来たからですか？　それとも……規則違反をしたから処罰待ち……なんですかね？」

探るように尋ねると、黛は頷いて視線を落とした。

十八日の日中、警察が店に来たのだと話し出す。でも、事は殺人事件。それだけでは済まず、昨日、ＭＡＲＵＹＡＭＡ本社にも複数の捜査員が押しかけ、捜査協力を仰いだのだそうだ。

「万引きとかで警察と話をすることはよくあるけど、さすがに殺人事件の捜査に協力するなんて初めてだったし、警察の人数も多くて緊張しちゃったわよ」

わざと明るく言った。

「ご迷惑をおかけしました」

深々と頭を下げる。

「何言ってんの、豊平くんはもっと大変だったでしょ」

表情を緩め、章敬の腕をポンと叩いた。

「規則違反のことは私から言ったんじゃないのよ。警察から、被害者の家の電話にうちの店の電話から延滞連絡の伝言が十四日から十六日までの三日間と、十七日にはうちのスタッフが直接被害者の家のインターホンを押した録画映像が残っているって言われて、店からの延滞連絡は業務の一環だって証明できたけど、家に行ったことはこちらは関知していないと言うしかなくて。店の責任を問われることにならないように、『そういえば被害者が豊平くんの幼馴染らしくて、彼女が借りたアダルトビデオのこと気にしていました』って話しちゃったの。ごめんね」

黛は本当に申し訳なさそうだった。

「俺、警察に疑われてるんですかね」

再び不安が募った。

「それはないと思うよ」

「なんでそう思うんですか？」

「ずっと警察の応対をしていた私の勘」

黛が微笑んだので、章敬も愛想笑いを浮かべる。

「だって、豊平くんが彼女の家に行ったときには、彼女が亡くなって既に数日経っていたんでしょ？　しかも家に入ったわけじゃないから第一発見者でもないじゃない」

「そうですね」

「アリバイとかも聞かれてちゃんと答えたんでしょ？」

「はい」

「それなら大丈夫よ」

慰められているうちにハッとする。

「俺、家でこの間の三連休のアリバイを考えてて、九日に駅前のバスのロータリー付近で黛さんを見かけたことを思い出したんです」

「私を？」

「はい。午後六時くらいに、中高生っぽい感じの男の子と一緒にいるところを見かけました。甥っ子さんかなって思ったんですけど」

途端に黛は挙動不審になり、みるみる顔色が変わった。

「黛さ……」

呼びかけようとして、「違う！」という叫び声に遮られる。

「あれは甥っ子じゃない」

「そう……ですか」

急な態度の変化に面食らった。

「警察に話したの？」

「いえ、まだ。ただ、もしものときは黛さんに証言してもらえればって」

黛は少しホッとしたような表情をしたが、目は挙動不審のまま。

「それは無理。あのとき一緒にいたのは甥っ子じゃなくて……精子ドナーなの」

「精子ドナー？」

意表を突いたワードに困惑する。

「そう、精子ドナー」

「よくわかりませんけど、まだ十代くらいの男の子でしたよね？」

「そう見えただけでしょ。個人で精子ドナーを名乗っている人は大学生とかも多いし」

「そうなんですか？」

「主人とのこと、この前話したでしょ？　だから理由は察してよ。そういうことだから、私のことは他言しないで。アリバイの証言も無理だから」

話の内容とただならぬ様子に、これ以上詮索してはいけないと自分で自分にブレーキを掛けた。

「わかりました。なんか色々すいませんでした。俺、そろそろ帰ります。いつからバイトに復帰したらいいか決まったら連絡ください」

最後にもう一度頭を下げた。

「待って」

事務所を出ようとドアノブに手を伸ばしたところを呼び止められる。

「今晩、時間ある？」

「えっ？」

「アリバイの証言をしてあげられない代わりと言っちゃなんだけど、事件のことで豊平くんの力になれることがあるかもしれない」

「夜、店に来ればいいんですか？」

「いや、店はまずいから、ちょっと飲みに行こうか」

油井が主催する飲み会に店長や社員が参加したことはない。昨年末の忘年会にも来なかった。毎回一応誘いはするが、必ず断られるのだと油井が言っていた。だから、まさかの誘いに驚いた。

警察が来てどんな捜査をしていったのか聞きたくてここへ来たものの、仕事中のスタッフには聞けそうにはない雰囲気だ。しかも、警察に対応した黛に詳しく話を聞けるのは、むしろ願ってもないこと。他に快くんを捜す手がかりを得られそうな場所も人もいるわけじゃない。

　黛は章敬を休ませるつもりで今日はヘルプとして中番に入っていたようで、仕事が終わる二十三時過ぎに駅前で待ち合わせをした。

　バイトがなくなったのでかなり時間ができた。店を出た章敬は情報を得るためにコンビニに入り、週刊誌が並んでいる棚へと向かった。

　豊平家にとって週刊誌はなじみ深い代物だ。四年前に亡くなった父方の叔父が週刊誌の記者をしていた。近所に住んでいたので、祖父母の顔を見にくるたびに必ず自分が書いた記事が載っている週刊誌を手土産に持ってきた。章敬はあまり興味がなかったし、果瑠の母親のことがあって以降は毛嫌いしていたが、叔父が亡くなってからも祖父がその週刊誌を毎月買っているのは知っていた。

　今日発売の週刊誌の表紙を順に見ていき、快くんの公開捜査が始まったことを見出しにしているものを手に取った。警察が快くんの公開捜査を発表したのは昨夜で、今日発売の雑誌に記事として出ているということは、恐らく一昨日の時点でマスコミには情報が伝わっていて、警察の発表後なら発売してもいいことになっていたのだと思った。生前、叔父が発売の二日前が記事の締め切りなのだと話していたことがある。

　章敬は、そんなことを考えながら店員が近くにいないことを確認し、ページを捲った。

　記事の詳細はこうだ。

果瑠と快くんの母親が亡くなったことやその経緯を必要以上に悲劇的に書いた文から始まる。そして、死に場所に我が子たちが通う小学校を選んだことへの批判。二人が出会い、多くの時間を共に過ごした思い入れのある場所だったからそこを選んだのだとしたら、そんな不謹慎で身勝手な母親は類を見ない。そのことで快くんは学校へ通えなくなり、戸田市に住む父親や姉と離れ、一人、さいたま市の祖父母の家に引き取られた。

それから一年以上が経ち、今春祖父母の家が学区になっている中学校へ入学した。戸田市の自宅には毎月泊まりには行っていて、十月八日から十日もそうだった。父親が海外出張で留守にしていることは知っていたが、快くんが一人になることがないように姉がずっと家にいると言っていたから、祖父母はいつもと変わらず快くんを送り出した。

そして帰ってくるはずだった十日、午前八時ごろ快くんから祖父母宅に電話がかかってきた。その電話は警察の調べで、戸田市の自宅の固定電話からかけられたことがわかっている。

電話の内容は、『しばらくこっちの家にいたいからそっちには帰らない。学校も休むから担任に連絡しておいて欲しい』というものだった。電話を受けた祖母が、電話をかけてきた相手の声は間違いなく快くんだったと証言している。祖父母の家に来てからずっと気丈に振舞っていた快くんが、祖父母に対し初めて言ったわがままだと思った。多感な時期ということもあり、快諾した祖父母は、快くんに言われるまま中学校にしばらく休むと連絡した。

中学校側も快くんの家の事情は把握していたのですんなり受け入れた。長期で学校を休む、いわゆる不登校の生徒は一学年に少なくとも五人はいる現状で、特別問題になることもなかった。

祖父母からしてみれば、十七日には父親も帰国するから、今後のことは父親が帰ってきて家族三人で話して決めればいいと思った。三月の大震災や四月の中学入学で不安を感じているのであれば、自宅に戻すことも視野に入れてもいいのではないかと思っていたという背景もあった。

その後十七日に、海外出張から帰宅した父親により姉の遺体が発見されるが、そこに快くんの姿はなく、行方不明となっていることが判明した。県警は、快くんが事件に巻き込まれた可能性が高いと見て名前と写真を公開し、情報提供を呼びかけているとして、その週刊誌の掲載ページにも埼玉県警と管轄の蕨署の電話番号が記されていた。公開された写真は章敬が見せられたものと同じ。

隣に並んでいた品の無い代表のような週刊誌にも、小さい見出しで『戸田市女子美容専門学校生殺人事件の現場』と書かれていたので一応手を伸ばす。ページを捲ると、周囲をモザイク処理した友成家の写真に、デカデカと〝事故物件に登録〟という文字が被せられていて不愉快になり、その先に書かれた自称霊媒師の話は読まずに速攻で閉じて棚に戻した。

残りの一冊には、犯人の異常性を取り上げた記事が載っていた。こちらも友成家の母親が亡くなった経緯に触れた上で、元警察官と現役精神科医が犯人をプロファイリングしている。

『被害者は刃長十センチの大型のシザーで何十か所も刺されていた。そんな殺し方をする理由としては、被害者が生き返ってくるのが怖かったか、被害者に対し強い憎悪があったと考えるのが一般的な見方だ』とした上で、二人は、今回の加害者は刃物で人を刺すことや返り血を浴びることで快楽を感じるようなサイコパスの可能性が高いと語っている。

その根拠は、あのアダルトビデオだ。記事にはタイトルこそ伏せられていたが、『被害者宅で発見されたレンタルＤＶＤの中に、四肢のない女性との性行為や残虐なプレイのオンパレードを収録した悪趣味極まりない作品があった』と書かれていて、それが加害者の趣向、性癖なのではないかというのだ。

そして、〝被害者宅で発見されたレンタルＤＶＤ〟と書いてはいるが、その借り主は書かれていない。わざと書いていないのか、取材不足で知らないのかはわからないが、そうすることで、加害者は被害者の弟だと暗に読者を誘導しているようにも思えた。つまり、『小学五年生のとき、母親が自分と同じ小学校の一学年上の児童の父親と不倫をした末に、よりにもよって通っていた小学校の校内で心中されたことで、残虐な作品を好むサイコパスへと成長し、自分の性癖を満たすために姉を殺害した』と、かいつまんで言えばそんな短絡的な記事だった。

更には、平成の凶悪少年犯罪史までご丁寧に掲載している。サイコパスとか少年犯罪とか、いかにも売れそうな言葉を並べているようにしか思えない。

売れてなんぼの週刊誌なんだからそりゃそうだろ、と思わなくもないが、悪質だ。被害者本人がＤＶＤの借り主だと誰かが主張したとしても、弟に脅されて借りていたとか言い出しそうな書き方だ。元警察官とか、精神科医という肩書きを出して信憑性を持たせているところが、ますます章敬の不快感を煽った。

全ての週刊誌を棚に戻して、章敬はうんざりした顔を浮かべた。

友成家の母親と小学校の当時のＰＴＡ会長の死は、二年前のときよりも不倫の末の心中だったと断言されていた。快くんを明らかに犯人扱いしていると思える内容にも、もやもやする。快くんのことは、三冊中最後に読んだ一冊だけだが、他の週刊誌の記事も決してそれを否定するものではないし、明日以降に発売される週刊誌で増える可能性もある。警察も快くん犯人説を有力視しているということなんだろうか。もしそうだったとしても、サイコパスとか……。

「そういうことじゃないんだよ」

章敬は小声で呟いた。

元警察官や精神科医が語っていることは、大きな判断材料が欠けた上での見解だ。快くんが犯人だったとして、〝姉に自分を殺してくれと頼まれたかもしれない〟なんて、誰一人想像すらしていない。その情報が加味されれば事件の見方はガラリと変わる。どう変わるか？　どう変わるのか？　章敬は自分に問いかけてみた。少なくとも、サイコパスだなんて言う奴はいなくなるだろう。

――お忙しいところすみません。メールでなく電話で相談したいことがあります。都合がいい時間ありますか？

コンビニを出たところで油井にメールを送った。

さっき店では見かけなかったが、油井は今日もいつも通り遅番に入っているはずだ。イレギュラーな仕事が入ったりしていなければ、そろそろ十五分休憩に入る時間だった。油井は十五分休憩に入ると、決まって一人になれる場所で一服する。

果瑠が残虐なアダルトビデオを借りていることを知ったとき、彼女がそんなものを借りた理由を考え、油井の言葉を思い浮かべた。そのとき、映画に救いを求めた果瑠と弟が、二人並んであの残虐アダルトビデオを観ている姿も想像した。果瑠が快くんに自分を殺してくれと頼んだかもしれないということの裏付けになるようなことや、快くんを捜す場所のヒントが油井から得られる気がした。

章敬が一旦自宅に戻ろうと歩いている途中で、携帯に油井からの着信があった。

『改まってどうした？　章敬は大丈夫なのか？』

思った通り、休憩で外に出てきて一服するところだという。警察が店に来た十八日は、油井も出勤日。警察に何か聞かれたかもしれない。

「この度は、ご迷惑をおかけしました」

話しながら目に入った公民館の敷地内にある児童公園に入っていき、ベンチを探した。ブランコしか遊具がないから遊んでいる子どもは少なかったが、午後六時のチャイムが鳴ると、一人もいなくなった。

『警察の対応は黛さんがほとんどやってたから、俺は別になんも』

「油井さんは警察から何も聞かれなかったんですか？」

『何もってことはないけど、そんな大したことは聞かれてないよ。それより、章敬、マジで大丈夫か？　被害者の会員、知り合いだったんだろ？』

油井がどこまで知っているのかわからないから、どう答えるか迷った。でも、油井の口振りから、章敬が延滞担として連日電話をかけていた会員が殺されたこと、その会員が章敬の知り合いだったことは知っているようだと思った。

休憩時間は十五分。迷っている時間はない。聞きたいことの優先順位を考えながら本題に入ることにした。

「実は、知り合いというか、幼馴染なんですよ」

あくまで果瑠との関係はただの幼馴染ということで事件の概要を簡単に説明していく。広くはない公園内を一通り見渡して、結局ベンチがないのでブランコに腰を下ろした。子どものころに来たことはあったが、当時のベンチの有無までは覚えていない。油井はところどころで何かを喉に流し込む音とタバコの煙を吐き出す音をさせながら、黙って話を聞いていた。幼馴染が弟に自分を殺して欲しいと頼んだ可能性があるという話もした。

一通り話し終えて、果瑠が借りたDVDが何だったか知っているかと尋ねると、二枚とも把握しているという返事が返ってきた。それなら話が早い。

「あの残虐AV、幼馴染や幼馴染の弟が観たんだと思いますか？」

誰かに否定して欲しかったんだと思う。でも、その質問に対する油井の答えは、

『そりゃわかんないけど、借りたんだから観たんじゃん』

という身も蓋もないものだった。油井は、店に警察が来たことで事件のことをネットで調べたらしく、友成家の母親が亡くなった経緯も既に知っていた。事件の被害者が章敬の幼馴染だったということに驚きはしたが、その事実を知って、より親身にな

って聞いてくれた。

『父親が海外出張でいないのを見計らって借りたんじゃないのか？　実家暮らしだとAVは観にくいからな』

「幼馴染か弟のどちらかが一人で観るためにですか？　それとも、二人で？」

『そんなのわかんねぇよ』

「じゃあ、あんな残虐なAVを観る目的って何だと思いますか？」

　と食い下がる。

『いや、俺、シコる以外の目的でAV借りたことないから知らんけど、ああいうエグいエロビデオをその姉弟が観る目的っていったら……章敬の幼馴染が弟に自分を殺してくれって頼んで、中一でしかも怖がりじゃそんなん無理に決まってんじゃん。だから、慣れさせるため……とかかなぁ』

「何に？」

『何にって、だから、殺すことに……じゃねぇの？』

「殺すことに？　慣れるわけないじゃないですか、そんなんで」

　物騒な言葉を吐いて、慌てて周りを見回した。

「油井さんもいつも言ってますよね？　殺人を犯した人間の部屋から残酷な映画のDVDが押収されると、決まってその作品の影響を受けて犯行に及んだんだって話になるけど、そんなのあり得ないって。残酷な映画を観たから殺人を犯したんじゃなく、そもそも頭がイカれた奴がその映画を観たってだけの話だろ、それを映画のせいにすんなって、飲むといつも怒ってるじゃないですか」

『そうだよ、それはそうなんだけど、慣れるのと実際にやるのとでは天と地の差があるんだよ』

「どういうことですか?」

　章敬は半分怒り口調になる。

『この前観た映画でそんな話があってさ』

「映画の中での話ですよね」

『いやまぁ聞けって。アメリカじゃ昔から戦争ゲームが人気なのは知ってるよな? そもそもアメリカじゃ政府が戦争ゲームやシューティングゲームの普及をサポートしていて、オンラインのシミュレーションゲームをアメリカ陸軍のスカウトの場としても利用している話は有名だろ?』

「まぁ」

　曖昧に返事をする。

『映画では、そんなゲームの普及をサポートする目的は政府が国民に対して行っている戦闘ストレスコントロールの一つって設定で、要は、兵士っていったって人間なんだから、たとえ敵であっても人間を殺すことへの心理抵抗はかなり大きいわけよ。だけど、ゲーム内では戦場はアトラクションの一つで、敵を次々と撃ち殺す特殊部隊の隊員は英雄だ。そんなゲームの長時間プレイヤーたちを戦闘ストレス耐性強者と見越して軍がスカウトするわけだけど、スカウトされた奴らを待ち受けているのがハリウッド仕込みの超リアルな人形を使った戦闘訓練。ぱっと見人間にしか見えない血も出るリアルな人形を使うことで、実際に人間を殺すことに慣れさせるんだよ。戦地で敵を前に殺すことを躊躇していたら、慣れる前に殺されて戦力にならないからな。

で、戦地に送り込まれて殺(や)らなきゃ殺(や)られる環境下に置かれた兵士たちは敵を殺していくわけだけど、それでもやっぱり罪悪感に苛(さいな)まれる奴が少なくないわけ。しかも戦地での恐怖は別格で、そういった罪悪感や恐怖を紛らわせるためや、負傷した痛みを紛らわせるために軍はドラッグを与えるんだ。人間に人間を殺させるのはそれほど大変ってことだよ。いくつもの箍(たが)を外してやらなきゃならない。でも、一度全ての箍を外された人間は、もう元には戻れないんだ。兵士たちは帰還後も当然ドラッグがやめられない。やがてドラッグ浸けになった兵士たちが殺人への衝動も抑えきれなくなってシリアルキラー化し、アメリカの一般市民たちを惨殺していくって内容だった。

つまりな、殺人シーンのある映画を観たから人を殺すなんてことはあり得ないけど、そういう残酷な描写を繰り返し観ているうちに見慣れるってことは十分あり得るってことだ。これは俺の実体験も踏まえて言ってるんだぜ。ここ最近マジでグロ耐性つき過ぎだからさ、俺』

「幼馴染が弟にそういう耐性をつけさせるために、あのAVを観せたって言いたいんですか？」

『その可能性もあるんじゃないかって話だよ。でも、あくまで残酷描写に慣れさせるってだけのアイテムだけどな。最初は吐き気をもよおしたようなシーンでも、下手したらマジで吐いたシーンでも、何回も観てると平気になってくるんだよ。ものによっちゃそれも突き抜けて楽しくなってきちゃって、最近じゃメシを食いながらでも観れるようになってきたんだぜ』

「それは油井さんだからじゃなくてですか？」

『人を変人みたいに言うなよ。そりゃ個人差はあるだろ。でも、だからって自分も映像の中みたいな残酷な行為をしたいとは思わないよ。万が一思ったとしても理性が働くし、実行はしない、できないのが人間だろ？　だから、さっきの映画みたいに間髪入れずに次の一手を打って洗脳するんだよ』

「洗脳？」

その言葉に悪寒が走る。

『そう、洗脳だろ』

「あの、何回も言いますけど、中一の弟相手にですか？」

『尚更グロリミットがぶっ壊れるの早いんじゃね？　スプラッターもののグロい映画よりＡＶのほうが内容がないぶん、エログロ描写に特化してそうだしな。正直、中一の男子を洗脳するには最適だと思うよ。エロいことに興味を持ちつつ、まだ知らないことだらけの脳味噌に強烈なのをぶち込んでグロリミットをぶっ壊す。だからレイティングシステムってもんがあるわけだし。

さっきの映画だと、リアルな戦地の恐怖とドラッグが追い打ちをかけて洗脳を完璧なものにし、兵士たちを殺人マシンに覚醒させたけど、弟にとってその役目を果たしたのは姉の自分を殺してくれという懇願だったんじゃねぇの？　章敬の幼馴染が中一の弟に繰り返しＡＶの残虐シーンを観せながら自分を殺してくれと、死んでラクになりたいと懇願し続けたと考えれば……母親があんな死に方をしたショックを共有した姉弟だ、洗脳されてもおかしくないと、俺は思うけどね』

果瑠は弟を洗脳してでも自分を殺させたかったということか？　章敬はサーッと血の気が引いた。

もし油井の仮説が事実だとしたら、あまりに自分本位。さっきコンビニで立ち読みした週刊誌に書かれていた友成家の母親の所業とさして変わらない。それなら、いっそ俺に頼めば良かったじゃないか。それならいっそ……自分で死ぬという選択をするほうが……それは、できなかったんだろうか。

章敬はぎりぎりと歯ぎしりをした。まだそうと決まったわけじゃない。だけど、油井が話す内容を聞いていて、カチッカチッと歯車が合っていくような、そんな感覚に陥った。

『そういえば、そのAV、うちの店のは警察に証拠品として押収されたけど、それこその他のMARUYAMAの店舗からも本社の指示で回収されたってさ』

「『だるまおんなころんだ』がですか?」

『そうだよ』

そろそろ休憩時間を終える油井に礼を言って、電話を切った。

幼馴染の母親

「豊平さん」

公園を出ようとしているところを男に呼び止められた。

声がしたほうを見ると、伊達が立っていた。章敬は無意識に全身を強張らせる。

「何もしませんよ」

伊達は、そう言って軽く笑った。

「ちょっと座って話をしましょう」

二台あるブランコの片方に伊達が座った。章敬も仕方なくもう片方のブランコに座る。

疑いは晴れたと思ってたのになんなんだよ、と心の中で悪態をついた。

「刑事ってコンビで動くものなんじゃないんですか?」

浮かない顔をしながら言うと、伊達が「コンビって、お笑い芸人でもあるまいし」

と、今度は肩を震わせて笑う。

「確かに二人一組になって捜査をするのが鉄則です。でも、四六時中一緒にはいませんよ。今日はこの公園内にある公衆トイレに用を足しに来ただけで、この後合流しますし、一昨日はコンビニに行動食を買いに行って、あの後合流しました。いくらなんでも、トイレやコンビニまで二人一緒には動きません」

「コウドウショク？」

「パッと食べられる軽食のことですよ。私、大学のころ星を見によく山に登っていたので、つい行動食って言っちゃうんです」

「はぁ」

たまたまこのタイミングで公園のトイレに来たってことか？　一昨日のことを考えると疑わしく思う。

「そんなことより、電話で随分と興味深い話をされてましたね。まだ拘ってるんですか？　あのアダルトビデオに」

章敬は気まずそうに顔を背けた。いったいどこから聞いていたのだろうか。

何も答えないでいると、

「友成果瑠さんは死にたがっていたんですか？」

と、核心を突かれた。

「俺は殺してません」

咄嗟に伊達のほうに向き直って言う。

「わかってますよ」

「ほんとですか？　俺のこと絶対疑ってますよね？　だからずっとつけてるんですよね？」

ブランコに座ったまま伊達に詰め寄った。

「事件の捜査について詳しいことはお話しできませんが、現時点で豊平さんを疑ってはいません」

「でも、一昨日コンビニのところで言っていたことは……」

不安が拭えず、声が尻すぼみになる。

「あぁ、バイト先での規則違反のことですか？　あれが罪に問われるかどうかは店側の判断になりますから、その件については店長さんや社員の方とお話しされてください。警察は民事事件には介入しません。私はあくまで、そういった証言を踏まえて、豊平さんが友成果瑠さんとのことで警察にまだ話していないことがあるんじゃないかと思い、連日お話を伺いに来ているだけです。ですから、容疑者というよりは参考人ってところですかね」

嘘だった。正確にいえば、現時点で警察は、章敬が容疑者である可能性は限りなく低いと見ている。だから、今は参考人ということで間違いはない。でも、コンビニで声をかけた時点ではバリバリに疑っていた。

友成果瑠は自殺ではなく他殺。やり口から男の犯行だということは早い段階でわかっていた。でも、第一発見者の父親にはアリバイがあった。

被害者は美容師になるための技術を習得することに夢中で、付き合っている男や夜遊びなど浮いた話は一つも出てこない。美容専門学校で親しくしていた男友だちもいたが、皆アリバイがある上に、友成果瑠の自宅の場所を知らなかった。聞いても彼女自身が頑なに教えなかったという。

男友だちだけではない、女友だちにも彼女は住所を教えていなかった。住所を教えて何らかの拍子にネットで検索され、母親の亡くなった経緯が知られてしまうのを避けたかったのだろう。美容専門学校の友人たちは、彼女から母親が亡くなっていることは聞いていたが、まさか二年前に話題になった小学校の校内で心中した片割れだったとは誰も思ってもいなかった。

流しでなく怨恨か顔見知りだとして消去法で容疑者を絞っていき、ストーカーの線で章敬の名が浮上した。ＭＡＲＵＹＡＭＡから毎晩電話をかけて留守電を入れ、それは仕事だとしても、家にまで押しかけて自分の携帯から被害者の携帯に電話をかけていた。

親しい友人ならまだしも被害者の携帯に章敬の番号は登録されていなかったし、それまで連絡を取り合った形跡もなかった。しかも中学卒業以来会っておらず、二か月前に偶然一度会って話をしただけのただの幼馴染だと、章敬自身が警察に言ったのだ。それなのに、被害者が自分のバイト先でレンタルしたＤＶＤを延滞していたからといって、いくらなんでも連絡を取るのに必死過ぎる。

ＭＡＲＵＹＡＭＡで聞き込みをしたところ、やはり章敬が取った行動は規則違反であり、被害者が悪趣味なアダルトビデオをレンタルしていたことにかなり執着していたという証言も得た。被害者に交際を迫り、応じなければお前の性癖をＳＮＳでバラしてやる、或いは、お前の性癖をバラされたくなければ性行為に応じろとでも言って脅迫したのではないか、という意見が捜査会議で上がった。警察から目をつけられるには十分だった。

しかし、一昨日コンビニの駐車場で章敬と話している途中に捜査本部からかかってきた電話で、有力な容疑者が浮上したと知らされた。そこで章敬が容疑者である可能性は急落。もちろん、ゼロではない。ゼロではないから、今日も公園に入っていく章敬の姿を見かけて近づき、電話をしている声に聞き耳を立てていた。

でも、話している内容を聞いたところで、結局のところ、伊達の中で章敬容疑者説が更にゼロに近づいただけだった。豊平章敬は、被害者がレンタルＤＶＤを延滞していることや残酷なアダルトビデオを借りたことを憂慮し、悪意なく、無意識で規則違反を犯して殺人事件に巻き込まれた大馬鹿野郎なんじゃないかと思い始めていた。ただ、ただの幼馴染ではなく、章敬の被害者に対する好意が少なからず存在しているとも思っていた。

そして、電話で話していた内容でどうしても聞き流せなかったのが、被害者が死にたがっていたというような話。はっきり聞こえたわけじゃない。でも、伊達は個人的な理由から、刑事という立場を差し置いても、その話の詳細を聞かずにはいられなかった。

「友成果瑠さんは死にたがっていたんですか？」

伊達はもう一度聞いた。

「豊平さん、事件があった日の夜も彼女が亡くなったと聞いて自殺じゃないか的なこと言いましたよね？　彼女は死にたがっていて、豊平さんはそのことを知っていたんじゃありませんか？」

章敬は、観念したようにゆっくりと頷いた。

「なりたくもない大人にどんどん近づいて、しかも、三月の地震で生きるべきだった人が沢山死んで自分が生きてるなんておかしいって、自分は死んでも泣いてくれる人なんていないから生きるべき人間じゃないんだって、二か月前に会ったときに友成が言ってたんです」

伊達の目の下がヒクッと痙攣したように見えた。

「どうして同じことを……」

小さな声で口走る。いつものように鋭く威圧的だった伊達の目に動揺の色が窺えた。

「伊達さん？」

名前を呼ぶと、伊達は、はっと我に返った。

「同じことってなんですか？」

章敬は思い切って聞いてみる。でも、伊達はその質問には答えず、

「果瑠さんは、中学を卒業して以来会っていなかったあなたにそんなことを言ったんですか？」

と逆に尋ねた。

「会っていなかったから……言えたんじゃないですか」

章敬は訝し気な表情をしながら答えた。

「どういうことです？」

「俺、三月の震災の後ちょっと鬱っぽくなっちゃって。学校に行きたくないとか、なんもやる気が起きないとか、そんなふうになるのって人生で初めてで、自分でもどう

していいかわからなくて、誰かに話したくても近しい人に言うのは怖かったんです。引かれるんじゃないかって。今まで築き上げてきた人間関係を失ってしまったら、もう鬱になる前の自分に戻れなくなる気がしたんです。でも、それまでの人間関係とは違う次元にいた友成には話せたっていうか……ドン引きされましたけどね」

苦笑いをする。

伊達はコクリと頷いた。

「そう……いうものかもしれませんね。刑事をやっていると、世の中で生きづらさを感じてない人間なんていないんじゃないかと思えてきます。そして、極限まで生きづらくなった人間が、自ら命を絶ったり、犯罪に手を染めたりするのを何度も目の当たりにしてきました。でも、大半の人間はそうならないように、生きづらさに折り合いをつけながら生きている。仕事や趣味で紛らわせたり、誰かに聞いてもらったり、薬に頼ったりして。でも、その聞いてもらう誰かは、医師やカウンセラーのように近しいとは程遠い人の場合が多いんですよね」

伊達はそう言うと、ギィッという軋んだ音を立て、ブランコに乗ったまま隣の章敬のほうに身体ごと向けた。

「果瑠さんはどうしてそんなふうに考えてしまうのか、その理由も言っていませんでしたか？」

「えっ？」

章敬が答えに困り黙っていると、

「母親が同じようなことをいつも言っていたからとか？」

と、真剣な顔で言う。章敬は目を見開いた。

「母親……ですか？　友成の？」

伊達は口を一文字に結んで俯いた。

「同じようなことってなんですか？　さっきも同じことをって言ってましたよね」

章敬は伊達に迫った。一体なんの話をしているのか、何を聞き出したいのか、さっぱり見えてこなくて悶々とする。

「その……死んでも泣いてくれる人がいないから生きるべき人間じゃないと果瑠さんが言っていたということですが、母親がいつもそんなようなことを言っていたから果瑠さんもそう考えてしまうようになってしまったんじゃないかと思っただけです」

思いつめたような顔で言った。

「そんな情報があるんですか？　友成のお母さんが子どもたちの前でいつもそんなことを言っていたっていう」

章敬はブランコの鎖を強く握った。

「あっ、いえ、そういうわけでは」

伊達は慌てて否定した。

章敬は不審に思いながらも、

「伊達さんは、友成のお母さんが亡くなった経緯ってご存じですか？」

と聞く。伊達は「はい」と静かに答えた。

「友成は、母親に人生設計を崩されたって言っていました。母親があんな亡くなり方をしたせいで、遺族も晒しものになって酷いバッシングを受けて、弟とも離れて暮らさなきゃならなくなって。だけど、震災の後テレビを観てたら、親を亡くした子がみんなから同情されてて、そういう映像を観ると、お前の親だって不倫してたかもしれないのにって考えてしまうんだって苦しんでいました。そんなクソみたいな自分は死んでも泣いてくれる人はいない、だから生きるべき人間じゃないって」

思い出すと辛くなり、唇を噛んだ。

「自死遺族として計り知れないものを背負った上に、三月の震災が追い打ちをかけたんですね」

伊達が溜息交じりに言った。

「震災が追い打ち……ですか？」

ついさっき話していた油井も、追い打ちという言葉を使っていた。

「震災後のこの数か月、被災地では連帯感が強まる〝ハネムーン期〟といって一時的に自殺者が減っているのに対し、関東ではなぜか増加しているんですよ。警察は、災害報道が連日繰り返され疑似被災者になってしまっている人が多いのも一つの要因だと考えています。三月の震災は、精神状態によっては、画面越しであっても人間が心に深いダメージを受けるだけの衝撃的な出来事だった。豊平さんも少なからずそうだったわけでしょう？」

果瑠にはこっぴどく否定されたが、決しておかしいことではなかったのだ。それどころか、果瑠自身も震災によって追い打ちをかけられていた……いやいや。章敬は首を横に振ってまた鎖を握る手に力を入れる。

「震災が追い打ちをかけたって言っても、友成にとっては、お母さんの亡くなり方が全ての元凶だったんです。お母さんがあんな亡くなり方をしなければ、震災があっても友成はそんなふうに考えるような奴じゃなかったと思います」

怒りと憤りに声が震えていた。

伊達はそんな章敬を見てまた溜息をついた。

「豊平さん、私はね、友成果瑠さんの母親と一緒に亡くなった男性とは、不倫関係になかったと思っているんですよ」

思いもよらぬ言葉に困惑する。

「どういうことですか？」

章敬は前のめりになり、ブランコからずり落ちそうになりながら聞いた。

「二人が亡くなったあと、男性の奥さんがこれは殺人なんだと再三警察に訴えてきまして、世間の関心の高い案件でもありましたから警察も放っておくわけにはいかなかったんです。所轄の捜査に一時的に県警本部の刑事も加わることになり、その中に私もいました。でも、殺人だったという証拠はおろか、二人が不倫関係だったと裏付けられるものも何ひとつ出てこなかったんです」

「じゃあ、どうして二人は一緒に死んだんですか？」

「死にたいと思っている人のストッパーの役目を果たすのが死への恐怖です。ところが、最近はネットの同志がいとも簡単にそのストッパーを外させる。死にたいと考える年齢もバラバラの知らない人間たちがネットで繋がって、みんなで練炭自殺を図るんです。その件数は、年々激増しています。果瑠さんの母親にとっては、一緒に亡くなった男性がそういう存在だったんじゃないでしょうか。なんらかの事情で男性も死にたいと思っていた。その二人が運悪く出会ってしまったんだと思います」

「じゃあ、なんで学校で？　わざわざ自分の子どもが通う学校で死ぬことないですよね？　親として子どもたちのことなんか眼中になかったってことじゃないんですか？」

思わずムキになる。

「それは……自殺の名所と言われる場所は、基本的に樹海や崖や人通りのない橋といった人目につかないところが多いものですが、人目につくところを死に場所として選ぶ人は、一概には言えませんが、社会に対して何かしら訴えたいこと、抗議することがある場合が多いんです。それこそ、いじめとかパワハラとか社会的弱者とか。二人で、もしくはどちらか一方が、そういった理由で学校を選択したのかもしれません」

何が真実で何が嘘か、今の世の中で見極めることの難しさを痛感した。それでも、伊達の話は、刑事として捜査をしてきた上で言っていることだから、マスメディアで報道されていることよりも信用するに足るものに思え、スッと受け入れられた。

そのうえで、章敬に一つの疑問が湧き上がる。

「あの……伊達さんの話では、友成のお母さんも死にたいと思っていたってことですよね？　で、極限まで生きづらくなって同志と命を絶ったって、そういうことですよね？　それと同時に、生前、友成と同じように、自分は死んでも泣いてくれる人がいないから生きるべき人間じゃないと言っていたって証言が誰からかあったんじゃないんですか？　それこそ友成のお父さんから、家族の前でいつも言ってたとか。だから伊達さん、さっき俺にああいう質問をしたんじゃないんですか？」

章敬は、あの巨乳挨拶運動をしていた母親が、子どもだった果瑠や快くんに、私は死んでも泣いてくれる人がいないから生きるべき人間じゃないのだと言っている光景を思い浮かべた。

「子どもたちにそんなことを言っていたんだとしたら、たとえ精神的な疾患があったんだとしても、酷過ぎる。死にたいとか、生きるべきじゃないとか、子どもに親が聞かせる話じゃないでしょう。しかも、あの亡くなり方じゃ、不倫じゃなかったとしても、子どもはたまったもんじゃないですよ」

思い余って靴で地面を強く擦った。

「果瑠さんの母親に精神的な疾患があったと、噂で聞いたりされたんですか？」

「友成が言っていたんです」

「果瑠さんが」

そう言ったきり、伊達はしばらく黙っていた。

——章敬の幼馴染が中一の弟に繰り返しＡＶの残虐シーンを観せながら自分を殺してくれと、死んでラクになりたいと懇願し続けたと考えれば……母親があんな死に方をしたショックを共有した姉弟(きょうだい)だ、洗脳されてもおかしくないと、俺は思うけどね。

油井の言葉が脳裏を過る。やはり、果瑠はあれほど憎んでいた母親と同じことを最愛の弟にやっていたんだろうか。

「すみません」

唐突に伊達が謝った。

「冷静さを欠いた私の言動であなたを苦悶させてしまったようだ。刑事として不甲斐ない限りです。本当に、すみません」

もう一度謝って頭を下げる。章敬は訳がわからず目をしばたたかせた。

「決してそういうことではないんです。果瑠さんの母親がお子さんたちの前で言っていたとか、そういう証言や情報があったわけではなく、あくまで、そうじゃなかったらいいなという……彼女がお子さんたちの前でそんなことを言っていたんじゃなければいいなという、私の願望から出た質問だったんです」

「どういう……ことですか？」

余計に訳がわからない。

伊達は顔を上げると、太腿の上で祈るように手を組んで、「これは、私のプライベートな話です」と、前置きをしてから話し始めた。

「中学一年の二学期に、ある少女が私のクラスに転入してきました。彼女とは二年でも同じクラスになりましたがほとんど話す機会はありませんでした。でも、中二の夏休みに、私が当時住んでいたマンションの屋上で、私は投身自殺を図ろうとしている彼女と偶然出くわしたんです。彼女は酷いいじめを受けていたのでそれが原因かと思ったのですが、彼女に聞くと、もちろん切っ掛けとなったのはいじめだけど、唯一自分が死んだら泣いてくれると思っていた父親に、自分がいじめられていることを知られたらがっかりされてしまうからって、がっかりされて、父親にすら死んでも泣かれない人間になってしまうから自分は生きている意味がないんだと、だから死ぬんだと言ったんです。それが……」

　言葉が途切れたので、章敬は伊達の顔を覗き込んだ。言いにくそうに躊躇っている表情を見て、ふと思いつく。

「それが、友成のお母さんだったってことですか？」

　口に出して鳥肌が立つ。驚きの余り、自然と章敬はブランコから腰を浮かせていた。

　伊達は、一瞬章敬と目を合わせただけで、また話を続ける。

「私はなんとか思い留まらせようと、彼女を説得し続けました」

「えっと……あの……伊達さんと友成のお母さんは同級生だったんですか？」

「その少女と同じ中学に通っていたのは、たった一年だけでしたけどね」

　伊達からは問いに対する答えは返ってこなかった。『プライベートな話です』という前置きからも、立場上答えられないということなのかもしれないと考え、章敬はそれ以上そのことに突っ込むのをやめた。否定をしないことが肯定。ゴクリと唾を飲み込んで気持ちを落ち着かせ、ブランコに座り直した。

「そんなに酷いいじめに遭っていたんですか？」

　少し悩んでから別の質問を投げ掛ける。

「ええ、いじめという犯罪に」

伊達はそう言うと一度視線を地面に落としてから、

「相手は彼女がいつもつるんでいた上級生やその仲間で、彼女はグループから抜けようとしたために、リンチやレイプをされたようです。その様子を写真に撮られ、学校や公園の公衆便所にばら撒かれた日の夜に、彼女は私の住んでいたマンションの屋上から飛び降りようとしていました。写真を父親に見られたら、いじめられていることがバレてしまうと思ったみたいです」

と、続けた。あまりのむごさに章敬は思い切り顔を顰める。

「でも、伊達さんの説得で思い留まったんですね？」

「どうなんでしょう。親なんだからがっかりするわけない、捨てるわけないみたいな正論ではなく、がっかりするような親だったら、そのときはこっちから捨ててやれって言ってやれば良かったのかなってあとから思ったりもしました。どう声をかけるのが正解だったのか」

伊達は悲痛な表情で空を見上げた。章敬もつられて見上げると、さっきまでの夕焼けが夜空に変わりつつあった。

「彼女には、死ぬのを止めるなら責任を取れと言われました」

「責任？」

「生かす責任です」

「結局そのときは生きて転校していった彼女が、三十年も経ってあんな亡くなり方をして。私は彼女が言ったその意味を、今もずっと考え続けているんです」

章敬は、また言葉を失って呆然とする。

「今思えば、彼女もあまり接点がなかった私だから、そんなことを言ったのかもしれませんね」

伊達は切なそうにそう言うと、章敬のほうを向いた。

「昔話はこのくらいにして、果瑠さんから母親の精神疾患について聞いたと言っていましたが、他に母親について何か言っていたことはありませんか？」

章敬は屋根裏部屋での果瑠との会話を思い出す。

「駄目な母親ではあったけど、悪人ではなかったと思うって言っていました。精神的に弱い人だったから、いつも薬を飲んで寝てばかりだったって。だけど、弟にせがまれて学校行事に行くようになったら、ＰＴＡの本部役員を任命されて、それで壊れてしまったのかなって」

「ＰＴＡ」

伊達が口の中で呟いた。

「友成のお母さんが家族の前で言っていたんじゃないとしたら、友成が同じような考え方をするようになったのは、お母さんからの遺伝だったりするんでしょうか？」

　伊達と話しているうちに気になり始めたことだ。

「影響はあったとしても、遺伝はないでしょう」

　優しい口調で否定した。

「県警と連携してる精神科の医師に聞いた話ですが、生まれながらの悪人はいないとは言い切れなくても、生まれながらにして死にたいと思う人間はいないそうですよ。つまり、死にたいと思うに至るには何かしらの理由があるということです。しかも一時的にではなくその思いが長期にわたり継続するのは、心が死神に支配されている危険な状態。そうなると治療は極めて困難で、回復までに相当な時間を要するんだと言っていました。再発の可能性も否定できないため、完治という言葉は使わずに寛解という言葉を使う。その医師の言う死神というのは、重度の精神疾患を指していて、だとすると、果瑠さんの母親もマンションの屋上から飛び降りようとしていた時点で、既に心が死神に支配されていたんでしょう」

　そこまで話すと、伊達はブランコに座ったまま数センチ章敬に近づいた。

「彼女は父子家庭だったんですが、母親に捨てられたことで父親にも捨てられるかもしれないという不安を抱えていました。そこにいじめが追い打ちをかけた。いじめは、受けた者の人格や存在を全否定する行為で、心が死神に支配される最たる理由になり得ます。それでも、警察が検挙や補導に踏み切るようないじめの発生件数は毎年百件じゃききません。いじめが原因だと思われる小中学生の自殺も増え続けています。いじめは被害者の心身を崩壊させる。それをわからずにやってる小学生だろうが、わかっててやってる中学生だろうが、いじめは等しく悪質で被害者が受ける苦しみに変わりはありません。たとえそのときは死を選ばなかったとしても、環境が変わったあとも被害者の心身を一生蝕み、人生の足枷になり、何年後何十年後に被害者の大切なパートナーや子どもまでをも苦しめてしまう場合がある。その結果、被害者の子どもも心を死神に支配されたとしても、それは遺伝じゃありません」

「だとしたら、苦しめるにしても、せめて生きててくれれば……死ぬにしても一人でひっそり死んでくれれば、友成があそこまで追い詰められることはなかったんじゃないかと思っちゃいます。酷い言い方ですけど」

章敬はがっくりと肩を落とした。

「果瑠さんの母親も、ずっと通院して薬を服用して、死神に負けないように、家族を残して死ぬなんて選択をしないように必死に生きていたんだと思います。そして、ようやく寛解の兆しが見えたかと思えたとき、PTAの本部役員を担わされた。それ自体が問題だと言っているわけじゃありません。誰もがやらざるを得ないというルールの中で、ずっと欠席していた彼女がやることになるのは当然の流れだった。でも、そこで彼女を挫けさせるようなことがあったとしたら、彼女の心が再び死神に支配されるのは時間の問題だったんじゃないかと思います。そこに同志の存在も加わった」

「PTAで友成のお母さんを挫けさせるようなことってなんですか？　また、いじめですか？」

「それは、断言できません。何かをされたわけでなくとも、心が弱っていれば、沢山の保護者の中で孤立しているというだけで挫けてしまった可能性もあります」

伊達は、中学二年のあの夏休みのあとも彼女のことが忘れられなかった。ずっと思い続けていたというよりは、初恋相手のような存在で、彼女が心の中に留まり続けていた。同窓会があれば、彼女が来るかもしれないと僅かな期待を抱いて参加した。再会して、お互いに独身だったらあのときの話が切っ掛けで結婚することになるかもしれないなんて想像したこともあった。だからというわけではないが、何人かの女性と付き合ったことはあっても、結婚までは至らなかった。

そんなとき、思わぬ再会を果たす。埼玉県内の総合病院。地域課勤務から刑事課に異動したばかりだった伊達は、勾留執行猶予中に逃亡を図った男の入院先だった病院を調べに来ていた。彼女は、同病院に癌で入院中だった父親を見舞いに来ていた。最後に会ってから十年ほど経っていたが、すぐに彼女だとわかった。化粧品や健康食品の製造販売と輸出を行っている都内の会社に勤めているのだという。そのせいか、かなり垢抜けていた。

伊達が食事に誘うと、彼女は二つ返事で快諾した。食事の席で警察官になったことを話すと、彼女は大げさなほど喜んだ。

――実はね、私も警察官になりたくて警察官試験受けたのよ。筆記試験は通ったんだけど二次試験で落ちちゃったんだ。健康診断書に精神科への通院と服用している薬のことを記入したからだと思う。

現職の警察官だといっても、採用についての詳細はわからない。それでも、抗うつ剤や精神安定剤を現在進行形で服用している受験者が不採用になることは暗黙の了解。精神科への既往歴があっても不利になると聞いたこともある。

――高校のときの友だちが援交で補導されたことがあって、そのときに女性警察官が親身に話を聞いてくれたって言ってたから、私もそんな警察官になりたくて。

彼女は警察官を目指した理由をそう語った。

その話を詳しく聞きたいと言うと、少し躊躇しつつ話してくれた。その友だちは普段から性行為は自分にとって自傷行為なんだと言っていたが、周りの人間は自傷行為じゃなく承認欲求を満たす行為の間違いだろと思っていた。しかし、担当した女性警察官はその友だちの考え方に理解を示し、そう考えるに至った経緯（いきさつ）を時間をかけて聞いてくれたということだった。

　中学時代の話は二人とも避けていて、会話にのぼることはなかった。楽しい時間を過ごし、また食事をする約束をした。実際に二度目の食事も実現した。ところが、その後二か月ほど連絡が取れなくなった。ようやく彼女から連絡が来て三度目の食事に行った席で、父親が亡くなり四十九日を終えたのだと伝えられた。そして、その夜彼女から誘われてホテルに泊まった。

　その日を境に、彼女は姿を消した。諦めがつかずに彼女の勤め先に電話をすると、彼女は退職したと告げられた。また、からかわれたのか。たった半年ほどの間に、食事を三度、セックスを一度した、それだけの関係。会いたい、会いたいと思っていたから、彼女の幻を見ていたのかもしれない。そうやって自分を納得させた。

　でも、次に再会したのは彼女の遺体とだった。捜査の中で、県警と連携している精神科医や彼女の通院歴のあった総合病院の精神科、メンタルクリニックの主治医たちに話を聞けば聞くほど、彼女の言った〝生かす責任〟という言葉が重く圧し掛かった。

　あのとき再会した彼女は、学生時代のことを引き摺っているようには見えなかった。精神科への通院や薬の服用のことも、父親の病気が原因だと勝手に思い込んで詳しくは聞かなかった。病状が進行した癌患者の家族が、看病する過程で精神を病んでしまうことがあると耳にしたことがあったから。

何より、精神疾患を抱えた犯罪者を警察官として何人も目の当たりにしてきたが、伊達と過ごしている彼女はそいつらとは全く異なり、正常そのものに見えたのだ。

でも、あの半年の間も精神科への通院歴はあり、ホテルに泊まった翌日にはオーバードーズで入院した記録も残っていた。カルテには、胃洗浄と点滴、尿道カテーテル挿入と記載されていた。

『好きな人がいるけれど、彼と一緒にいるとどうしても中学時代のトラウマに苛まれて辛い。一晩一緒に過ごせば克服できるかもと思ったけど、逆に悪化してオーバードーズしてしまった。このままでは身が持たないから彼から離れようと思う』

当時の主治医の、彼女からの相談記録を見て愕然とした。彼女が精神を患ったのは父親の病気などではなく、中学のころのいじめが原因だった。そのことで警察官になることも諦めざるを得なかったのだ。しかも俺は、そんな彼女に対し、〝生かす責任〟を取らなかったどころか、大人になってからも傷を抉ってしまったのかもしれない。

その後、結婚、出産を経ても彼女の通院歴は命を絶つまで続いた。

それ以来、彼女が転校したと聞いたときのチクチクとした鈍痛ではなく、太い杭が刺さっているような激痛に近い痛みが胸から消えなくなった。

その舌の根も乾かぬうちに今度は彼女の娘が惨殺され、伊達は事件解決に躍起になった。そして、章敬から、果瑠が自分は死んでも泣いてくれる人がいないから生きるべき人間じゃないと言っていたと聞き、絶句した。あのとき彼女を生かしたことで、結果的に自分は彼女の子どもも苦しめることになったのではないかという恐ろしい疑念が頭をもたげ、冷静さを欠いた。

「果瑠さんの事件の情報を得ようとして声をかけたのに、つい喋り過ぎてしまいました。豊平さん相手に彼女に対する誤解を解いたところでどうしようもないのに……すみません」

伊達がブランコから立ち上がり、バツが悪そうな顔で言った。

言われてみれば、確かに刑事が事件に関する内容を一般人にこんなに話していいのだろうかと思えた。でも本当は、伊達は果瑠相手に母親に対する誤解を解いてあげたかったんじゃないかという考えが浮かんだ。

威圧的だと怖がっていたものの、よく考えれば恐らく二回り近く年下であろう自分にずっと敬語を使っているし、頭も下げる。警察官がみんなそうなのかは知らないが、信頼できる大人のように感じた。

「果瑠さんの事件のことで、他に何か警察に話していないことはありませんか？」

伊達が改めて聞く。

「すいません、ないです……あの」

章敬も立ち上がる。

「快くんが犯人なんですか?」

伊達は章敬の目の前に来てまっすぐ目を見た。

「それはお答えできません。でも、間もなく犯人は逮捕されるでしょう。だから、豊平さんは家に帰ってゆっくり寝てください」

「寝るんですか?」

「目の下、クマができてますよ」

伊達は人差し指で自分の右目の下を指す。そして腕時計を見て、「まずい」と呟くと、「では、失礼します」と言うが早いか、走って公園から去っていった。

あまりに衝撃的な話だった。油井の話も伊達の話も。家に帰って寝ろと言われても、とても寝られそうにない。快くんのことも気がかりだった。

章敬は自宅に戻り、パソコンで『だるまおんなころんだ』をググってみた。ネット住民たちが〝戸田市女子美容専門学校生殺人事件〟で被害者宅から押収されたアダルトビデオが『だるまおんなころんだ』ではないかと掲示板内で噂していた。

DVDの存在を記事にしていた週刊誌には、捜査関係者からの情報と書かれていただけ。MARUYAMAでレンタルしたことやDVDのタイトルは一切書かれていなかったから、現時点ではネット住民たちの憶測の域を出てはいない。でも、まぁ、店舗でＤＶＤのレンタル業を営んでいる会社はかなり限られるし、事件が発生した戸田市内となればＭＡＲＵＹＡＭＡ一択になる。

そして、事件が発生し、その犯人が映画やドラマ、漫画、小説を真似て犯行に及んだという話題が出ると、その名指しされた作品が批難や規制の対象になることは間々あることだった。

章敬も油井と同様、そういう風潮は好きじゃなかったが、黛の話では、警察の捜査はＭＡＲＵＹＡＭＡ本社にまで及んだということだった。だとすると、早々に全国のＭＡＲＵＹＡＭＡから『だるまおんなころんだ』が姿を消したことは十分頷けた。

・果瑠が誰か知人に自分の殺害を依頼
　←
・日程は父親が海外出張中を指定
　←
・依頼した相手が、指定された日のうち、たまたま快くんが泊まりに来ていた日に襲来
　←
・果瑠を殺害した現場を快くんに目撃されるのは予定外で、犯人は快くんを殺したくなくやむを得ず連れ去った

自分の願望のまま、犯人が快くんではないケースだったときの流れみたいなものをルーズリーフに書き出してみた。

でも、これだと『だるまおんなころんだ』を借りた理由が見当たらない。そもそも快くんが来る日は除外するだろうし、そうでなくても殺害を頼めるほどの知り合いであれば、快くんがいる時点で後日に変更してもらうこともできたはずだ。

だとすると、ネットとかで見ず知らずの人間に自分の殺害を依頼したとかか？　それならあり得る気もしたが、果瑠なら何としても快くんに危険が及ばないようにするだろう。快くんと最後に楽しい時間を過ごしたいと考えて、快くんが祖父母宅へ帰ってから父親が帰国するまでの十一日から十六日の間を指定して依頼するのが妥当だと思われた。それに、やはり『だるまおんなころんだ』を借りた納得できる理由が見当たらない。

『だるまおんなころんだ』が事件と全く関係なかったとして、今まで一度も借りたことのないアダルトビデオをたまたま事件のときに借りたというのは、あまりに都合が良過ぎる。友だちと一緒に観たんだとして、その友だちが果瑠に殺してくれと依頼されて犯行に及んだのだとしても、今度は快くんを誘拐する意図がわからなくなる。自分に言ったように『私にもしものことがあったら、快と仲良くしてやってね』とでも言ったのだろうかと考えたが、『だるまおんなころんだ』を一緒に観るような人間に大事な弟を頼めるか？

考えれば考えるほど、やはり油井が言ったことがもっともらしく思えてきて、章敬の中でも快くん犯人説が有力になってきた。

考えてみると、昨日と違い、今日は伊達から快くんの話は一度も出なかった。まもなく犯人が逮捕されると言ったのも、警察が快くんの居場所を大方把握したからかもしれない。

母親がパートから帰ってきた音がして、一階に下りていく。

「なぁ、ＰＴＡの役員って、やっぱ大変だった？」

「何よ急に」

母親はパートの帰りにスーパーで買ってきた食材を冷蔵庫にしまいながら振り返った。

「友成ん家で事件があった夜、話してたじゃん」

「ああ、あれね。小学校のときが一番大変だったわね。働いている人ばかりでなり手が少ないのに、集まる回数がやたらと多くって」

「だから友成の母親が弟のときに学校行事に行くようになったら、有無を言わせず本部役員にならされたのか」

「子ども一人につき一回は引き受けるのが決まりみたいになってるからね。それでも、人数が足りないと二回引き受ける人もいるんだから仕方がないのよ。そういう人だって、やりたくてやってくれてるわけじゃない。もちろん、やりたくてやってくれてる人もいるかもしれないわよ。でも、仕事をしていても、下に小さい子を抱えていても、親の介護をしていても、持病があっても、人付き合いが苦手でも引き受けているって人が大半なんだから」

「だけどちゃんと引き受けても、あんなあることないこと言われるんじゃキツイよな。同じ学校の保護者なのに、相手にも子どもがいるんだって考えらんねぇのかね」

母親は明確には答えず、ちょっと目を伏せて、

「本当は、これだけ子どもも減っているんだし、ほとんどの保護者が共働きなんだから、日本全国でＰＴＡを廃止すればいいと思うんだよね。先生が求めているならまだしも、先生の負担も大きいみたいで、それって意味あんのかなって。実際、廃止している学校も増えてるみたいよ。友成さんと一緒に亡くなった会長さんが生前ＰＴＡを廃止しようとしていたって話もあってね、この前会った二人は伝統を守るべきだって反対していたらしいし、結局会長さんが亡くなったから立ち消えになったようだけど、私なら大賛成だったわ」

と言って、いそいそと洗面所に入っていった。

情報提供

油井や伊達と話した内容が頭の中をぐるぐると回る。

章敬は、駅前で黛を待ちながら目ぼしい店を探そうと携帯を開くが、全く身が入らない。戸田公園駅の近くには飲食店も多い。ただ、大学の人と飲むときは赤羽や池袋、新宿を利用しているから、戸田公園でお酒を飲む店というと、思い浮かぶのは油井主催の飲み会で利用した居酒屋のチェーン店くらいだ。心ここにあらずの状態で調べると、どこも二十四時で閉店だった。

「お待たせ」

黛は急いで来たようで息を切らしていた。午後十時二十八分。

「ごめんね。だいぶ待たせちゃったね」

「全然大丈夫です。厄介な問い合わせでもあったんですか?」

「ううん。上がる直前に警察から電話が来ちゃって」

何の気なしに聞いてちょっと後悔する。

「あぁ……お疲れさまです」

事件のことでだろうと思うと、なんとなく心苦しく感じた。すかさず店をどこにするか相談しようとしたが、黛は「じゃ、行こうか」とだけ言ってさっさと歩き出す。章敬は携帯をしまい黛の後をついていった。道中、一言も話さなかった。

古いビルに到着し、慣れた感じで地下に続く階段を下りる。駅からそれほど離れてはいないが、普段章敬が来るような場所ではないので、全く知らない土地にやって来た気分だった。

階段を下りると、狭い入り口に『ＢＡＲ』と書かれたネオン看板が掛かっている。黛が扉を開けると、重低音の音楽が外に漏れてきた。

中に入ると、ど派手なライトが点灯するダーツマシンが目に入った。ダーツバーなんて戸田公園にあったのか。章敬は内心興奮しながら店内を見回す。ダーツマシンの周りの席は背の高い丸テーブルが置かれていて、既に何人かが立ち飲みしながらダーツを打っていた。

「いらっしゃいませ」

カウンターからバーテンダーの声が聞こえ、前を見ると、黛は随分奥まで進んでいた。章敬も早歩きで追いかける。広くはない店内だが、入り口から奥に進むほど照明が暗くなるように作られていて、入り口付近、中間部、最奥部と全く違う店のようだった。

　黛は一番奥のボックス席に座った。向かい合う形で章敬も座る。最奥部のボックス席は、ソファの色合いや暗さ加減が如何わしさを醸しだしていた。

　黛がなぜこの店を選んだのか、なぜ自分をこの店に連れてきたのか、なぜこの席なのか、疑問に感じた。それに、夕方店で会ったときとは雰囲気が異なり、表情がどことなく沈鬱で、照明のせいか顔色も悪く見えた。

　黛は、お通しのポップコーンを運んできたウェイトレスにコロナビールを注文し、「豊平くんは？」と聞いた。

「同じので」

　メニューも見ずに答えた。

「黛さん、この店よく来るんですか？」

　探りを入れる。

「たまにね。音楽の趣味もいいし、お一人様で来て、そんなに注文しなくても放っておいてくれるから」

　なるほど、黛にとってはこの音楽が落ち着くわけだ。それに、放っておいてくれるから人に聞かれたくない話もしやすい。殺人事件の話をするためにここへ来たんだから、そりゃ表情も暗くなるわけで、自分で思っている以上に猜疑心が強くなっていると実感した。

「改めて、幼馴染のこと、残念だったわね。ご愁傷様」

黛が周囲を見回しながら言った。

ウェイトレスがやって来て、テーブルにコロナビールを二本置き、カウンターに戻っていった。二人同時に瓶の中にライムを突っ込み、黛が「献杯」と言ったのを合図に章敬も一口飲んだ。

「色々とご迷惑をおかけしてすいません」

「店でも言ったけど、豊平くんだって大変なんだから、そんなに謝らなくていいのよ」

「いや、でも、なんかかなりお疲れみたいなんで」

「あっ、いや、そんなんじゃないから。私のことは気にしないで」

ぎこちない笑顔を作り、また瓶を口に運ぶ。通常業務に加え、事件のことで店の担当者として警察の対応をしていることで疲労困憊の様子だった。

「聞いてもいいですか?」

申し訳ないと思いながら、章敬から話を切り出す。

「店に警察が来たときのこと?」

「はい。どんな捜査をしていったんですか?」

「そうね。まずは彼女がレンタルしていたＤＶＤのことかな。豊平くんに聞いたら店長に聞いてくれって言われたからって」

黛の口元が少し緩んだように見えた。

「彼女の家から押収されたＤＶＤが二枚ともうちの商品で間違いないか確認してくれって。確認したら捜査資料としてしばらく預かるって言われて、それは店では承諾できないから本社に直接交渉してくださいって言ったのよ」

話し始めると、いつもの黛に戻ってきた。章敬は小さく二度頷く。ＤＶＤが二本とも果瑠の家にあったということで、落とした果瑠の会員証を赤の他人が使って借りたという説は消えた。

「あとは、彼女の会員情報やレンタル履歴を見せてくれって言われたけど、それも本社の管理職の許可がないと無理だし、令状がないと見せられないものもあるから結局諸々本社案件。店長も平社員もそれほどの権限は与えられてないのが実情だからね。本社の管理職の指示で、うちの店で出せるものは出したけど、結局次の日に本社に令状を持った捜査員が押しかけたわけ」

「亡くなった会員の情報って、ご遺族の許可とかなくても警察とＭＡＲＵＹＡＭＡ本社間でやり取りできるものなんですか？」

「会員証を作るのに保護者の同意書が必要な年齢だと問題ありだけど、そうじゃなければ令状があれば大丈夫。同意書って言えば、彼女の弟も会員になっているか聞かれたわね。うちの店でもMARUYAMAの他の店舗でも会員にはなってなかったけど。それと……豊平くんのことかな」

「俺のこと？」

「うちで本当にバイトしているかどうか、いつから雇用しているのか、一度辞めたのは何でか、どういう経緯で復帰したのか。それと、勤務態度とか、今月のシフト表も見せてくれって感じよ。で、そのシフト通りに出勤していたか、とかかな。欠勤したり早退したり遅刻したりした日はなかったかって、ね」

証言の裏取りというやつか。章敬はポップコーンを口に放り込んでコロナビールで流し込んだ。

「豊平くんのところにも警察来たんでしょ？」

「そうですね」

「やむを得なかったとはいえ、私が余計なことを言っちゃったから」

後悔しているような表情をして、自分のバッグの中を探った。

「これを渡したかったの。九日のアリバイを証言してあげられない代わりと言っちゃなんだけど」

周囲を気にしながら二つ折りにした紙を章敬に差し出す。

「十月八日に、うちの店に彼女が来たときの防犯カメラの画像を印刷したものよ」

小声で言った。

章敬はすぐにその紙をテーブルの上に開いて並べた。紙は三枚重なっていた。どれにも防犯カメラに映った女性の姿が写っている。画像が荒いので顔まではっきりと確認できないが、確実に果瑠だと思った。

一枚は新作コーナーでサメ映画を手に取っている画像。他の二枚はアダルトビデオコーナーでの画像だ。やはり、どちらも果瑠が借りたことに間違いはないようだった。

「この前、幼馴染のことを相談してきたときに、防犯カメラの映像見たがってたでしょ」

「でも、防犯カメラの映像って一週間以上前のものは残っていないんじゃなかったでしたっけ？」

黛の顔を見る。

「各店舗にはね。本社には一か月分は残っているし、万引きとか傷害とかの犯罪に関わる資料になりそうなものは別枠で無期限で保存してある。これは犯罪に関わる資料になるなんて思いもしなかったから来月八日には消去されるはずだったんだけど、一昨日別枠行きが決定しました」

「それ、俺に見せていいんですか？　バレたら黛さんマズいんじゃないですか？　それに俺が言えた立場じゃないですけど、仕事中に知り得た会員の情報を、たとえスタッフ相手であっても仕事以外のときに話すのも駄目なんですよね？」

「うん、駄目だね。でも、お詫びだから」

「お詫びって、黛さんはなにも悪いことしてないじゃないですか」

「いや、九日のアリバイのことや、警察に豊平くんのことを話しちゃったってことだけじゃなくってさ、そもそもうちの業務として彼女に延滞の連絡を入れていたことが発端になって、結果豊平くんにとらなくてもいい行動をとらせたわけじゃない？　たまたま幼馴染に延滞の連絡をすることになるなんて想定していなかったから……。

でも、そうなのよね、よく考えてみればパートやバイト先なんて自宅から近いところを選ぶんだもの、会員が同級生や近所の知り合いだなんてことも十分あり得るのよね。それを、延滞した連絡をするのもされるのも、知ってる相手なんていい気持ちしないだろうし、たまたま今までトラブルになったことがなかっただけで、そういう……知り合いの会員の場合は別のスタッフに担当を代わってもらうとか、店として何かしらの配慮が必要だったなって反省した。今後のことも踏まえて、店長会議にも上げてもらえるように進言しようと思ってる。それとね」

黛は急に言いづらそうに口をもごもごとさせた。

「もしかしたらバイト、辞めてもらうことになるかもしれなくて」

「マジっすか」

驚いてはいない。やっぱりという感じ。夕方MARUYAMAに行って、しばらくバイトを休んでくれと言われた時点で予想はしていた。

「本社の管理職は客の顔色ばっかり窺って、平の社員とかバイトやパートを使い捨てくらいにしか思ってないからね。店舗になんて年に数える程度しか顔を出さないくせに来たときはやたら態度デカいし。一昨日も警察が来るっていうんで部長が来てたんだけど相変わらずで。部長にしても、昨日本社で対応した専務にしても、警察に協力するのが面倒でこっちにあたってくるわけよ。捜査協力をしていて遅れた仕事どうすんだよって店長とか私に言われても知らねぇよって、ね。挙句の果てにうちの店のシフトのことなんて何も考えずに、今日の今日になって落ち着くまで豊平くんをバイトに来させるなとか言うし。警察の捜査で今後、豊平くんが殺人事件に関わりがなかったとわかったとしても、規則違反で辞めさせる方向でいいんじゃないかって言う始末でね」

黛は憤慨しながらそう言うと、喉を鳴らしてビールを飲んだ。

章敬は規則違反をしたことの非は明らかに自分にあるから、辞めるだけで済むならむしろありがたかった。

「俺はバイトクビになっても他を探せばいいんで大丈夫ですよ」

「そう言ってくれると、ちょっと救われる。映像は警察に提出してるし、私の権限では見せられないから、画像を印刷したものでごめん」

「とんでもない。めちゃくちゃありがたいです」

有力過ぎる情報提供。公園で伊達から得た情報には、快くんの居場所に繋がるようなことは一つもなかった。刑事としての立場上、知っていても言えまい。

まずは防犯カメラ画像の右上に出ている時刻を確認した。一番早い時刻を示しているのはサメ映画のところにいるときで、午後二時二十三分。他の二枚はそれぞれ午後二時二十九分と午後二時四十一分だった。

「これを見ると、来店時間は二時二十分くらいですかね」

「彼女の来店時間は午後二時十六分よ。警察官の立ち会いの元で確認したから間違いない。入店してまず検索機に向かったの。入り口の防犯カメラに検索機を使っている彼女の姿が映ってた。でも、何を検索したのかまではわからなかったのよね」

検索機の端末は、使用の際会員情報を入力する必要がない。その上、不特定多数の人が使用するのだから、わからなくて当然だった。

「検索機を使い終えたらそのまま新作洋画コーナーに向かって、そこでサメ映画のディスクを取ってから早歩きでアダルトビデオコーナーに向かった。凄く急いでいるようだったわ。でも、新作コーナーでは借り慣れてる感じだったけど、アダルトビデオコーナーに入ってからは二十分近く行ったり来たりしてて、セルフレジで会計を済ませて退店したのは午後二時五十二分。滞在時間は三十六分だった」

「アダルトビデオコーナーに他のお客さんはいなかったんですか？」

「いなかった」

時間をかけて吟味する客が多いアダルトビデオコーナーにおいて、二十分という滞在時間は決して長くはない。それでも女性客がいれば目立つだろうが、昼間は新作の入荷日でもない限り数時間客が一人もいないということも多い。しかも、土日の昼間に多い客層は高齢女性や家族連れで、それらの客は絶対に近づかないコーナーだ。

「まっすぐ家に帰ったとすると、彼女が殺されたのは八日の午後三時以降って感じですかね」

「そこも違うみたい。うちの店の営業って午前一時までじゃない？　警察の話だと、彼女が亡くなったのは八日のうちの営業時間が終わったあとみたいな口振りだったのよね。要はうちの店だと八日の二十五時以降ってことになるけど、世間では九日に日付が変わってるわけだから、彼女が殺されたのは九日か十日に絞られてるようだった。胃の内容物とか目撃者とかで絞られたのかしらね」

さすがサスペンス好きだ。章敬は、変な感心をしながら三枚の紙を見比べた。

細かいところは見えにくいが、三枚のうち、サメ映画のところにいるときはやっていないことを二枚のアダルトビデオコーナーではやっている。ＳＭの棚のところと、マニアックの棚にいるところの二枚とも、左手を耳に当てているのだ。

「これ、誰かと携帯で話しながら借りているんですかね？」

二枚の紙を交互に人差し指で指して言う。

「そうそう。画像だとわかりづらいけど、映像だと明らかに携帯で話してたよ。音声は入ってないから何を話しているのかまではわからなかったけど」

「それって何を借りるか誰かに指示をされながら探してたってことじゃないですか？」

誰かの指示を受けて借りたのであれば、あのアダルトビデオを果瑠が借りたということも納得できる気がした。携帯で指示を受けながら、置かれていると思っていたSMの棚にない『だるまおんなころんだ』を、果瑠は、自分一人しかいないアダルトビデオコーナーで探し回っていた？

「どうだろう。指示されているのかもしれないし、ただ何を借りるか相談しているのかもしれないし。それこそ、全く関係ないことを話しているのかもしれないよね。でも、話している内容が何であれ、警察もこの映像を見て彼女が誰かと携帯で話していることは把握しているんだから、通話履歴とかで相手が誰かなんてとっくに調べがついてるんじゃない？」

「ですよね」

快くんだろうが、そうでなかろうが、警察はこの電話の相手を犯人と見ているから自分は容疑者ではなくなったんじゃないかと考える。

「でも、彼女の弟を見たことないかって、そのとき店にいたスタッフ全員に写真見せながら聞いて回ってたし、弟さんが防犯カメラの映像に映っていないかも、連休のだけじゃなく、かなり最近のものまでチェックしてたから、話している相手、弟さんなのかもしれないよ」

やっぱり快くんか。

「最近のものまでって、十六日のですか？」

「十六日？　十六日のものももちろんチェックしてたけど、別にその日に拘ってはいなかったけど」

「そうなんですね」

「なんで？　十六日に何かあるの？」

「いえ、ただ、警察に十六日の夜のアリバイも聞かれたので」

「そうなんだ」

「この間も言ったと思いますけど、幼馴染の弟って中一なんですよね」

「うん、言ってたね」

「中学生とあんなＤＶＤを借りる相談をしますかね？」

そう言った途端、黛の表情が目に見えて強張った。

「中学生っていったって、ああいうＤＶＤを観たがる子はいるよ。この仕事を十年以上やってきて、親の会員証を使ってアダルトビデオを借りようとした男子中学生を注意したことは一度や二度じゃない。アダルトビデオを万引きしようとした中学生を警察に補導してもらったって、他店の店長から聞いたこともある。それにね、少年犯罪は高校生が一番多いっていうけど、実のところ中学生もほとんど変わらないのよ。中学生でも人を傷つける子も犯罪を犯す子もいる。豊平くんの幼馴染の弟さんがどんな子かはわからないけど、お姉ちゃんを脅して借りさせたのかもしれない」

果瑠の遺体が発見される前、店の事務所で相談したときとは違い、重い口調で言われ、章敬はそのまま考え込んだ。

確かに快くんに脅されて果瑠が借りざるを得なかったケースもちょっとは考えた。それなら携帯で話している相手が快くんで、快くんの指示を受けてアダルトビデオも借りたということで筋が通る。

それほどまでに弟が怖いということは、いわゆるＤＶとかか。でも、その場合、弟は姉を殺す必要がどこにある？　いたぶっているうちに死んでしまったとか？　いやいや、ニュースや週刊誌で見たり読んだりした限りでは、果瑠の遺体は明らかに殺意をもって殺された状態だった。だからといって日常的に暴力を受けていた痕があったとは聞いていない。少なくとも、二か月前に章敬が目にした果瑠の身体は綺麗で、痣なんて一つもなかった。

　章敬は頭を抱えてテーブルに伏せた。

「弟が可愛くて仕方ないって、目の中に入れても痛くないって言ってたんです……あいつ。もし、弟に脅されたり、暴力とか酷いことをされたりしていたら、わざわざ俺にそんなこと言わないと思うんですよ」

　我ながら情けない声だった。

「そう。じゃあ違うのかもしれないね」

「俺は一人っ子だったから姉どころか兄弟っていうものがどういう存在か想像でしかわかりませんけど、男兄弟ならまだしも、姉とか妹は、絶対にAVを借りてきてくれと頼む相手じゃないです。死んでも頼みたくないですよ。それに、友成が……その亡くなった幼馴染なんですけど、そいつが弟の言いなりになるような奴だとはどうしても思えなくて。むしろ、あんな残虐AV観たいなんて言おうものなら説教を喰らわせそうな奴なんです」

「なるほどね」

　黛は、腕組みをして椅子に深く座り直した。

「警察は、彼女が店内にいたときにいた他のお客さんも全部チェックしていったのよ。防犯カメラで怪しい動きをしている人がいないかチェックしたのはもちろん、本社から可能な限りあの日店内にいた会員のデータを持って帰ったらしいの。それって、たぶん、彼女のストーカーって線も考えてるのかねって店長と話してたんだ。前からのストーカーなのか、あの日彼女がアダルトビデオコーナーにいるのを見かけたり、借りた作品を見たりしてストーカーになったのか。レンタルビデオ店で自分好みのDVDを借りていた女性に、知り合いでもない男が『一緒に観ませんか』って声をかけたとかさ、結構あるのよ。ましてやこの前も話した通り、アダルトビデオコーナーに女性客がいるのは私ですら見たことないわけで、それを見かけた男が彼女に興味を持って彼女の後をつけたってことは十分考えられるよね」

ストーカーと聞いて胸が粟立った。自分がやった規則違反もストーカー行為と思われてもおかしくないんじゃないか。そう思ったら冷や汗も噴き出してきた。でも、自分が犯人じゃないことは章敬自身が一番わかっている。

アダルトビデオコーナーには果瑠以外いなかったとしても、そこから出てきたところを見かけたり、隣のセルフレジを使っていて果瑠が借りているものを見かけたりしたという可能性ならありそうだ。

「年に数件はあるのよ、その手の話。だから、動画配信サービスが進むのは、借りたり返したりするためにわざわざ来店する手間が省ける面だけでなく、会員の安全面を護るって意味でもいいことかなって私は思ってる」

「でも、その線だと携帯で話している相手は無関係ってことになりますよね」

「そうね。携帯で話している相手が事件に関係している線、関係していない線、警察も色々な線を考えているんでしょう」

　そう言って、黛はウェイトレスに向かって右手を挙げた。

「コロナビールもう一本」

　と言ってから、「飲む？」と章敬にも聞く。

　残っていた分を飲み干して頷くと、「やっぱり二本」とピースさせた右手をウェイトレスに見せて、「あとピスタチオ」と付け足した。

　瓶の底に沈んでいたライムの塊が流れてきて、口の中が強い酸味に満たされた。

　ウェイトレスがコロナビールとピスタチオを運んでくると、章敬はピスタチオを三個器から取って目の前に置き、殻を割って口に入れていく。

「豊平くんは？　警察から何か言われたり聞いたりしてるよね？」

「弟を見かけたら連絡くれってことくらいですかね」

「幼馴染の弟さんって、豊平くんから見てどんな子なの？」

「えっ？」

「弟さん行方不明だってニュースでやってたじゃない？　どこにいるか心当たりないの？」

「ないです。全く」

「犯人の……心当たりは？」

首を横に振った。

「あの……豊平くんはさ、幼馴染の弟さんが犯人だとは思ってないの？　それともそうは思いたくない？　よく知ってるんでしょ？　幼馴染の弟なんだから」

黛はピスタチオの入った器を凝視しながら聞いた。

「実は警察にも話したんですけど、歳が離れてるので小学校も中学校も重なったことがなくて、会ったことないんです。だから幼馴染から聞いた弟像しかわかりません。それでも心配ですし、早く見つかって欲しいと思っています」

「えっ？」

今度は黛が驚きの声を上げる。摘(つま)んだピスタチオが指から零れ、章敬の前に転がった。

「会ったことないの？　一度も？」

目を見開いている。

「はい」

少し考えるように口をへの字にしたかと思うと、見開いた目をまたピスタチオの器に向けた。

「まぁでも、今の世の中そんなもんか。私も、隣に住んでる人がいつの間にか引っ越して違う人になってたなんてザラだし」

勝手に納得してピスタチオを口に入れ、瓶を持ち、グイッとビールを飲んだ。

「今日はもう遅いから帰ろう。明日朝早いのよ、私」

「明日、早番じゃなかったですよね？」

「そうなんだけど……ちょっと甥っ子のことでね」

「甥っ子さん、どうかしたんですか？」

黛の目が泳いだ気がした。アルコールのせいかもしれない。

「ちょっと問題を起こしたみたいで、さっき警察から連絡がきたのよ」

「それって、黛さんが上がる直前に警察から電話がかかってきたってやつですか？」

「うん」

「あれ、事件絡みのことだと思っていました」

思わず安堵の息をついて、しまったと思う。事件絡みのことだろうが、甥っ子のことだろうが、黛にとっては大問題に変わりない。

「大丈夫ですか？　甥っ子さん」

取ってつけたように聞いた。

「大丈夫だといいんだけどね。あの子はほんとに可哀想な子だから」

章敬は黛の言い方が引っ掛かった。

「黛さん、前にも甥っ子さんのこと可哀想な子って言ってましたよね」

「そうだったっけ？　まぁ、本当のことだからね」

「お父さんが亡くなったからですか？」

「そうね。助け合える兄弟でもいれば良かったんだろうけど、一人っ子だから尚更不憫でね。家出を繰り返すのも、寂しさや不安でどうしようもないんだろうなって思うと可哀想でならなくて。でも、どうしてあげたらいいのか」

黛はうつろな表情で小さく首を振った。

「あの、俺も一人っ子ですし、周りも一人っ子だらけですよ」

「でも、豊平くんは普通の家庭で生まれ育ってきたじゃない？　甥っ子は……そうじゃないから」

「何をもって普通で、何をもって普通じゃないんでしょうね。俺も、自分は普通の家に生まれて普通に育ってきた普通の人間だと思っていました。でも、普通でない環境にいる人って案外多いじゃないですか。俺の幼馴染も黛さんの甥っ子さんもそうですけど、震災の被災者の人たちもある意味普通じゃない環境にいますよね。人災か天災かの違いだけで、親を亡くした子どもも多い。最近は、何事もなく過ごしている自分のほうが、むしろ普通じゃなく特別なのかもしれないとさえ思えるんです」

章敬はそこまで言ってハッとして頭を下げた。

「すいません、差し出がましかったですよね。震災のあと、立て続けにそう思えるようなことがあって、それに、被災者の人がインタビューで、可哀想って言われるよりも、一緒に頑張りましょうって言ってもらえるほうがありがたいって言ってたんですよ。それでつい」

気まずそうに黛の顔を見ると、真顔で硬直している。

「マジで、すいません」

もう一度謝った。

「いいの。夫にも似たようなことを言われたことがあったからびっくりしただけ。甥っ子を可哀想だって言う私に、夫は、そうやって可哀想がるのは甥っ子に失礼だって、甥っ子をむしろ駄目にしてるって言ったのよ。じゃああなたは可哀想だと思わないのって大喧嘩になって、それからレス。結婚するときに子どもは欲しくないって言ったら、そうなんだとしか言われなかったからそれでいいんだと思ってたけど、夫は本当は子どもが欲しかったのかもしれない。それなのに、子どもは欲しくないって言いながら甥っ子に肩入れしてる私に愛想が尽きたのかも」

「子どもは欲しくないのに、精子ドナーを利用したんですか？」

言ってから、またしまったと思う。また差し出がましいことを言った。

「夫へのあてつけよ」

声が震えていて、怒っているというよりは夫婦にとってのデリケートゾーンに他人に踏み込まれ狼狽しているようだった。

章敬も、よそ様の夫婦のことに別段興味があるわけじゃない。黛をこれ以上不快にさせたくなかったから口を噤んだ。だけど話を続けたのは黛だった。

「私の両親、昔から凄く仲が悪かったのよ。いっつも怒鳴りあって罵りあって。そのうえ、お前らがいるから離婚できないって愚痴られるし。だからかな、どうしても子どもが欲しいと思えなかった。自分が人の親になる自信もないし、長く生きれば生きるほど出てくる業も欲も、親になったからって失くすことなんてできないと思うわけ。きっといい親をやっている人たちは、業や欲を抑えることが自然とできる人や苦にならない人なんでしょ。でも、そうじゃない人でも子どもは作れる。だから、そうじゃない人が親になると子どもを不幸にする。やっぱり親になったからには子どもを幸せにしなくちゃいけないでしょ。私は子どもを幸せにする自信もない。そういうことだから、精子ドナーも本気で利用しようっていうんじゃないの」

そこまで話すと、思い切り息を吸い込んで、

「ごめん。こんな話、豊平くんにする話じゃないね。今日夕飯のあと頭痛薬飲んだから悪酔いしたかな」

と言ってウェイトレスに水を頼んだ。

「黛さんが子どものころにどれだけ辛い思いをしてきたのかはわかってあげることはできませんし、子どもを作るも作らないも自由だと思いますけど、きっと世の親たちはみんなそんなに深く考えずに子どもを作っていると思いますよ。業とか欲とか、そんなこと考えてたら誰も子どもも作れませんて。幸せにする自信があるから子どもを作るわけでもないと思います。人間も含めて、動物なんて基本的に深く考えずに子どもを作って育ててるもんなんじゃないですか？　うちの親も深く考えて作ったとは到底思えませんし。種族保存は生き物の本能です。人間だからってそこは変わりませんよ」

「種族保存は生き物の本能、ね。それなら私は本能レスかな」

運ばれてきた水に入っている丸い氷を、ストローでカラカラと回した。

「でも、そういう俺も、現時点で結婚とか子どもとか全く考えられませんよ。就職難だし、平均年収下がってるし。まだちゃんと考えたことないですけど、就職できるか不安ですし、就職できても今の時代安定とかほど遠いんで、結婚とか子どもとか、責任負える気がしませんもん」

「なるほどね。同じ子どもを作らないって考えでも、根っこは全然違うわけだ」

黛は力なく笑った。章敬はいまいち〝根っこ〟の意味がよくわからなかったが、それ以上言えることもない。

「ほんとに帰らなくちゃ」

黛が水を一口飲んで立ち上がった。時計を見ると午前一時近い。章敬も席を立ち、入り口に向かった。黛が奢ってくれて、階段を上り地上に出る。

「防犯カメラの画像を印刷した紙、必要なくなったら必ずビリビリに破いて捨ててね。本当は要シュレッダーものだから」

返事をして改めて礼を言う。駅舎に着くと終電の時間を過ぎていたので、黛は章敬に軽く手を振ってからロータリーに停まっていたタクシーに乗り込んだ。

二人の少年

章敬は自宅の近くまで来て、一度立ち止まり財布を開けた。

犯人捜しも快くん捜しも、自分の手には負えないと思った。素人のいち大学生なんだから当たり前といえば当たり前だが、今日油井や伊達、黛と話して思い知った。

快くんが犯人である可能性が高いと考えられているのだとしたら、被害者である姉が死にたがっていたということだけでなく、自分を殺してくれと頼んだかもしれないということもちゃんと警察に伝えるべきだと思った。

普段使っていないカードポケットに入っている名刺を見つけると、その場で発信する。だけど、左上に表示された時刻を見て慌てて切った。午前一時八分。さすがにこんな時間に電話をかけたら、いくら刑事でも迷惑だろう。

そう思った直後、手の中の携帯が震えた。たった今自分がかけた番号からの着信だった。すぐに出ると、『今電話くださいましたよね？』という伊達の声。章敬が夜分にすみませんと謝ると、章敬の用件を聞く前に、こちらも聞きたいことがあったのでと言った。

『マナカヒトシという名前に聞き覚えはありませんか？』

と聞かれ、知らないと答える。被害者から聞いたこともないかと言われ、それもないと即答。本当に知らない名前だった。

明日また家に行くので写真を見て確認して欲しいと言われ、大学の講義がない空き時間を教えた。〝マナカヒトシ〟とは何者なのかと尋ねたが、それも明日話すと言う。ようやく章敬の用件を聞かれたが、明日家に来るのであればそのときに話しますと言って電話を切った。内容が内容なだけに、直接顔を見て話せるのならそのほうがいいと思った。

自宅が見えてきて、門扉に入る前に果瑠の家に目を向けた。友成家の玄関扉の前で二つの人影が動いている。刑事かな、と思っている間に玄関扉を引き、二つの人影は友成家の中へと消えていった。

友成家の人ならば果瑠の父親かとも思った。だとすると、もう一人は……快くん？そういえば、街灯に一瞬照らされた横顔が、刑事に見せられた快くんの写真と似ているような。

章敬は一気に酔いが醒めて友成家に駆け寄った。しかし、一向に家の中の灯りが点かない。そもそも人影自体、酒が入っていて見間違えたのかと自分を疑う。

でも、もし快くんだったら？

章敬は両手で頬を叩き、覚悟を決めてインターホンを押した。誰も出ない。今度は続けて二度押した。

「はい」

インターホン越しに聞こえたのは、大人ではなく少年の声だった。

途端に鼓動が速くなり、息を呑んだ。家の中は真っ暗なままだったが、見上げると、屋根裏部屋のブラインドから小さな懐中電灯のような薄らとした灯りが漏れている。

「誰ですか？」

訝し気にインターホンの主が聞いた。

「豊平です。快くん？　君、快くんなの？」

無言だった。章敬は、

「果瑠さんの同級生で、斜向かいの家に住んでいる豊平です。快くんを捜しています」

と続けた。

「どうしてですか？　どうして、僕を捜しているんですか？」

〝僕〟という言葉で、インターホンの主が快くんだと確信する。

「お姉さんに、快くんのことを頼まれたからだよ」

他に口にできる理由が思い当たらなかった。

「姉に？」

声のトーンが若干上がった気がした。

「お父さんも一緒にいるの？」

「父はここにはいません。僕……一人です。姉とどういう関係なんですか？　姉から僕のことを頼まれたってどういうことですか？」

かなり警戒しているようだったが、果瑠の名前を聞き、明らかに話を聞きたがっている。一人？　さっき人影が二つ見えたのは見間違いだったのだろうか。

「どういうって言っても、小・中の同級生で幼馴染だよ。君のことを頼まれたっていうのは……会って話せないかな？　ちょっとだけでいいんだ。この家に一人じゃ危ないから、うちに来てくれてもいい。うちなら俺の親とかもいて安全だからさ」

インターホン越しに、警戒しているだけでなく怯えている感じも伝わってきて、章敬はできるだけ優しい口調で言う。快くんの状況がわからないから、警察というワードは出さなかった。

「ちょっと待っててください」

そう言って、インターホンが切れる音がした。屋根裏部屋を見上げると、ブラインドの隙間から視線を感じた。屋根裏部屋にインターホンの受話器があったかは記憶にない。

「今開けます」

インターホン越しに言って、またインターホンを切る。そして、数十秒後くらいに玄関の鍵が開く音がしたが、扉は開かず、そのまま待つこと一分ほど。

「中にどうぞ」

なぜかまたインターホン越しだった。

「屋根裏部屋にいるので上がってきてください。まだ警察の捜査の途中なので、なるべく家のものには触らないようにお願いします」

えっ？　なんでわざわざ鍵を開けに玄関まで来たのに扉は開けずに屋根裏部屋に戻ったんだ？　とは思ったが、快くんが相当警戒していることの表れだと思い、章敬は深く考えずに玄関の扉を開けて中に入った。

『よっ。入って、入って』

半袖のサマーニットにホットパンツ姿で出迎えたポニーテールの果瑠を思い出す。

玄関の扉を閉めると家の中は真っ暗だった。震災のあと、母親から計画停電用に超ミニサイズのハンディライトのストラップを携帯にでもつけておけと渡された。あれどうしたっけと考えている間に目が慣れてきた。

この家に一度だけ上がった記憶と、窓から入る外の明るさを頼りに靴を脱いで中に入っていく。一度といってもたった二か月前のこと、記憶は鮮明だった。そう、たった二か月前、果瑠はここで笑っていた。そう思うと切なかった。

中に入れば入るほど、あのときはしなかった〝嗅いだことのない臭い〟がする。なんの臭いなのかは不明だが、なんとなく、釣ってきた魚を母親が捌いた翌日の台所の臭いを思い浮かべた。

電気のスイッチを見つけ、伸ばした手を止める。警察の捜査の途中だから触るなと言われたばかりだ。幸い、階段の途中には小窓があってそれほど暗くはなかったから、そのまま手探りで上っていく。二階から屋根裏部屋に続く階段に差し掛かると、快くんに会えることで気持ちが高まった。だけど、警戒している快くんを怖がらせないよう、章敬は、はやる気持ちを抑えてゆっくりとした足取りで進んだ。臭いは上へ行くほどきつくなっていく。

汗ばんだ額を片手で拭いながら屋根裏部屋に到着した。その途端、目の前に現れた人物に長い棒のようなもので頭を殴られ、転倒する。そして、そのまま背中や頭を袋叩きにされ、意識が遠退いた。殴られた背中の位置が悪かったのか、息ができない。予期せぬ攻撃を受け朦朧とする中、章敬は、途切れ途切れに若い男同士で会話をしている声を聞いた。

やはり二人いたのか。

やがて手首と足首に細いプラスチックが食い込む痛みを感じて、意識が戻る。電気も点けられて、眩しさに目を瞑った。

「手首だけだと取れる可能性があるから、親指同士も結んでおけよ」

一人がそう指示をして、もう一人がその指示通りに章敬の左右の手の親指同士を拘束する。

普通に呼吸をすると背中から胸の辺りまで激痛が走るので、章敬は口から細く呼吸をした。痛みが少しずつ引いていき、目が開けられるようになると、章敬は二人の少年を視認した。一人の少年は木製のバットを片手に持って立っていて、もう一人の少年は章敬の傍で体育座りをしている。

自分の足首に巻かれた結束バンドを見て、後ろで拘束されている手首と親指も同じ状態なのだろうと想像した。自分の目で確認したいが、後ろを振り向くには首が痛過ぎる。

出で立ちが対照的な少年二人は、表情もまた対照的で、立っているほうはニヤニヤと厭らしい笑みを浮かべていて、体育座りをしているほうは酷く沈んだ顔をしていた。二人とも同じ歳くらいだと思われた。体育座りをしている少年が写真で見た顔、快くんだ。果瑠から話を聞いてイメージしていた通りのあどけなさの残る少年だった。無事でいたことにほっとしたが、体調が悪いのか、顔も唇も血の気を失っていた。

部屋の中を見渡すと、二か月前に来たときにあったビーズクッションや散髪の道具が置かれていたワゴンがなくなっていた。警察が押収したのだろう。

その代わりと言ってはなんだが、それらが置かれていた辺りの床が赤黒く変色していて、ところどころ何かがこびりついている。光加減で虹色に見える場所もあった。それが何かを想像して、章敬の身体が竦んだ。それがこの家に漂っていた〝臭い〟の正体。恐らく、果瑠の遺体があった場所。

以前観たサメ映画で、サメが人間を喰いちぎり、海面に広がった真っ赤な血の中に虹色に光る部分があり、それは脂肪を多く含む人間から出た油分だと主人公が説明しているシーンがあった。女性や恰幅のいい男性には特に多いと言っていた。遺体を回収したあとに当然掃除はしたのだろうが、時間が経ってこびりついたものは、なかなか落ちない。章敬は、食道から込み上げてきたものをなんとか抑えようとして酸っぱいゲップを小さく出した。

「お前、こいつの姉とやったのか?」

「おい、聞いてんだろ」

木製バットを持った少年がわめいている。

章敬はその質問が自分に向けられたものだと気づき、まじまじと少年の顔を見た。片頬を上げてニヤついているのが不快感を増幅させる。

「答えろよ」

今度は下唇を突き出し、章敬の脇腹をバットで突いた。

「何言ってんだ、頭おかしいんじゃないか」

少年の横暴さにムカついて一喝する。

「快くん、大丈夫？」

こんな奴を相手にするより快くんだ。

快くんは声をかけられたことに驚いた様子で章敬のほうを見たが、もう一人の少年の顔色を窺うようにすぐに視線を逸らした。

「質問に答えろ。こいつの姉とやったのかって聞いてんだよ。答えねぇとまた殴るぞ」

少年は木製のバットを構えて脅す。だけど、よく見ると野球をやったことなどないんじゃないかと思うほど脇がガバガバで、バットの持ち方がまるでなっていない。だからなのか、章敬は自分でも意外なほど落ち着いていた。

「お前、誰なんだ？」

二人の関係性からして、快くんはこいつにいじめられていて言いなりになっているのかもしれないと思った。想定外の第三者の登場だ。

「質問してんのはこっち。こいつの姉ちゃんとやったのかって聞いてんの」

木製バットを振り上げて殴りかかる振りをする。

「そんなことお前に関係ないだろ」

煽るつもりはないが、自然と嫌悪感が表情に、言葉に、表れてしまう。

少年は、木製のバットを章敬の頭にぐりぐりと押しつけながら、「やったんだな」と言って見下したような笑みを浮かべた。

「快、ほら、やっぱりお前の姉ちゃんも母親と同じビッチだったんだよ。殺して正解だったろ」

快くんに向かって言い放ったその言葉に全身の毛が逆立った。

「お前が……お前が友成を殺したのか？」

猛烈に怒りが込み上げて、睨みつける。

少年は何も答えずに片頬を一層歪ませた。

「友成はビッチじゃない」

そう言っても、聞く耳を持たない。

「快くん、こいつは誰なの？」

膝の上に顔を伏せてしまっている快くんは何も答えない。

「俺は、真中仁志だよ」

唐突に少年が自ら名乗った。

「マナカヒトシ？」

ついさっき伊達から聞いたばかりの名前で驚いた。

「快くんの友だちなのか？」

少年が鼻で笑う。

「友だち？　んなわけねぇだろ。快は俺の奴隷だよ」

やっぱりコイツは快くんをいじめていて言いなりにさせているのか。だとしても、伊達の口から名前が出たということは、警察は真中が事件に関わっている何らかの手がかりを既に摑んでいて、捜査対象として捜しているということだ。捕まるのは時間の問題。

そこまで考えて、今度は大きな疑問が浮かんだ。コイツに果瑠が自分を殺してくれと頼むだろうか。答えはノーだ。快くんが頼まれて、自分にはできないからコイツに快くんが頼んだ？　それもしっくりこない。じゃあコイツはどうして果瑠を殺したんだ？　果瑠と快くん姉弟（きょうだい）の身に何が起こったんだ？

「快のこと、快の姉ちゃんから頼まれたってどういうことだよ」

目の前にしゃがんで章敬の顔を覗き込む。

「自分にもしものことがあったら、快くんを頼むって。だから、行方がわからなくなっていた快くんを捜してた」

「あぁぁぁぁぁぁぁぁ」

突然発狂した真中は、目の色を変えバットで床を何度もドついた。

「ムカつく。マジムカつく。快、殺せ。こいつを殺せ。ぶっ殺せ」

バットの柄を快くんに向けて命令する。

快くんは怯えた顔で首を横に振った。

「殺せよ。お前だけ手を汚さねぇなんて許さねぇからな。自分の母親がやったことの尻拭いをしろよ」

母親？　果瑠と快くんの母親ってことか？

「母親の尻拭いって何だよ。快くんの母親が何をしたっていうんだよ？」

「うるせぇな」

あからさまに不機嫌になった真中は、バットの柄を自分で握り直し、章敬の右腕目がけて振り下ろした。章敬は痛みで顔を顰めたが、真中も手首を痛めたようで顔を顰めている。

「快、コイツを殺らねぇんだったら、お前が死ね。死んで償え」

真中が怒鳴りつけると、快くんはガチガチと歯を鳴らし震え始めた。

「ほら、死にたくなかったら殺れって」

追い打ちをかけるように、快くんの足元目がけてバットを床に滑らせる。

「快くんが何をお前に死んで償う必要があるんだよ。いい加減にしろっ」

我慢できず、今度は章敬が少年を怒鳴りつけた。

「偉そうに言うな。俺はもう二人も殺ってんの。マジで、お前も殺すよ？」

興奮状態の真中は、自分の携帯をズボンのポケットから取り出して弄り始めた。そして、出てきた画像を章敬の顔面間近に突きつける。

「ほら、見ろ」

見せてきたのは知らない年配の女性の写真。一目で死んでいることがわかる写真だった。

「俺の母親だよ。ウザいからぶっ殺した」

気味の悪い引き攣ったような笑い声を上げる。

「これでわかっただろ？　俺はマジなんだよ」

それでも真中を怖いとは思わなかった。真中の異常性が際立つほど、快くんを連れてなんとしてもこの家を出なければという思いが強くなり、怖がっているどころではなかった。

「どうして友成を、快くんのお姉さんを殺したんだ？　どうせ俺も殺すなら、それぐらい教えろよ」

心底聞きたかったことだ。

「不公平だからだよ」

真中から笑みが消えた。

「不公平？　何が」

「こいつの母親が俺の父親を唆して殺したせいで、俺は鬼畜ババアと二人で暮らさなきゃならなくなったんだ。それなのに、こいつはみんなにちやほやされて生きていて……自分にもしものことがあったら弟を頼むって？　だから行方がわからなくなっていた快を捜していたって？　何だよ、それ。快、快、快、快って、そんなにこいつが大事なのか？　こいつの母親が諸悪の根源なんだぞ？　本来なら俺と同等、もしくはそれ以上の地獄を味わうべきなのに、おかしいだろ？　だから、俺が正しい状況に導いてやってるんだよ」

　ちょっと待て。

「それって……快くんのお母さんと一緒に亡くなった男性の子どもが、お前ってことか？」

「そうだよ」

　あまりの衝撃に、一瞬頭の中が真っ白になった。

「いや、あれは一緒に亡くなったんであって、快くんのお母さんが……どうしてお前の父親を唆したことになってるんだよ。しかも殺したなんて」

　動揺して、考えがまるで纏まらない。

「鬼畜ババアがそう言ってたからだよ。快の父親だって反論できないからインタビューを受けられなかったんだろうが」

　果瑠の母親が死んだと聞いたとき、果瑠がどうしているのか知りたくて自宅に置いてあった週刊誌の記事を読んだことを思い出した。『戸田市PTA失楽園─遺族の苦悩─』。インパクトのあるタイトルだった。どうやら鬼畜ババアと連呼しているのは、その記事でインタビューに応じていた相手の男性の奥さんのこと。つまり、さっき自分が殺したと言って写真を見せてきた真中の母親。当時、週刊誌の記事でインタビューに応えていたのは結局男性の奥さんだけで、友成家の状況は何もわからなかった。

　真中の言葉を借りるのなら、快くんにも自分と同じ、もしくはそれ以上の地獄を味わわせようとこの家にやって来て、手始めに母親代わりの果瑠を殺した……そういうことなのか？

「お前、そんな理由で友成を殺したのか？」

「そんな？」

　盛大な舌打ちをして転がっている木製バットを拾い上げると、思い切り章敬の肩を殴りつけた。メキッと嫌な音を立て、章敬は激痛で体を捩らせる。

「あのババアの鬼畜振りもなんも知らねぇくせに、そんなとか言ってんじゃねぇよ」

　痛みを堪えて真中を見上げた。

「知らねぇよ。知らねぇけれども、お前だって快くんや快くんの姉さんが、母親が亡くなったあと、どんな思いで生きてきたかなんて知らないだろ。それに……それに、快くんの母親とお前の父親が不倫関係だったってことも、ほんとかどうかわからないじゃないか。快くんのお父さんがインタビューに応じなかったのも、子どもたちのことを考えて事を大きくしたくなかったからだろ」

伊達の受け売りだが、真中を刺激しないために、やはり警察や刑事というワードは出さずに、あくまで自分の意見として言った。

「は？　何言ってんの？　お前、マジで馬鹿なの？　不倫関係じゃなかったらどんな関係だったっていうんだよ。テレビでもネットでもみんなそう言ってたじゃないか」

「事実なのは、知り合いだった二人が一緒に死んだってことだけだろ？　二人が不倫しているところなんて誰も見てないだろ？　週刊誌もネットも、想像で、憶測で、面白おかしく書いてるだけじゃないか。テレビだってそうだろ。もしかしたら、ただ、死にたいと思っていた二人が出会ったことで、それなら一緒に死のうかってなっただけかもしれないだろ。いくら死にたいと思っていたとしても一人で死ねる人ばかりじゃない。一人じゃ怖くて、寂しくて、だから他人でも同じ思いの人がいれば一緒にって思ったりする人もいるんじゃないかな。それは、どっちが悪いって話でもないだろ？」

章敬が訴えかけるように言うと、真中の顔がみるみる紅潮した。

「そんなの……そんなの、おかしいだろ。親なんだから、俺のこと育てる義務があるだろ。俺の父親は、それを放棄するような人間じゃなかった。たとえ死にたかったとしても、俺を一人鬼畜ババアのところに残して死ぬような人間じゃなかったんだよ。もし、俺の父親が死にたくて死んだんだとしたら、俺は……母親だけじゃなく、父親にもどうでもいいって思われていたってことになるじゃないか。そんなことはない。絶対にない。快の母親に唆されて殺されたんだ」

章敬は愕然とした。真中も快くんも、自分の親が不倫していたというよりも、ただ死にたい者同士だったというほうが救われると思った。でも、真中はむしろ取り乱している。真中にとっては、快くんの母親に自分の父親が唆されたと思うほうがラクだから、ずっとそう思ってきたのだ。

人は信じたいことを信じるもの。そう考えると、章敬も伊達が話すことをスッと受け入れられたのは、自分が信じたかった内容だったからかもしれないと思った。

「快くんの母親が、お前の父親が、何を思って二人で死んだかなんて誰にもわからない。だから、遺された人間がそのさき生きていくために、少しでもラクなように考えればいいと思う。でも、勝手に快くんは苦しんでないって決めつけて、だから苦しめるっていうのは違うだろ。お前の母親が鬼畜なら、そんなに酷いことをされているんなら、友成や快くんに助けを求めれば良かっただろ。同じ状況で片親を亡くした者同士、良き理解者になってくれたかもしれないじゃないか」

真中が信じたいことを尊重した上で思いをぶつけた。果瑠が死なずにすんだ方法があったんじゃないかと思うと、悔しくて堪らなくなる。

「俺は一人で、ずっと一人で……誰も助けてなんてくれなかったし、助けを求める相手もいなかった。甘ったれてる快を見て虫唾が走ったんだよ」

——育った家庭環境の違いでその考えの根っこは全然違うわけだ。

章敬は、黛の言葉を思い出した。

さっきはよくわからなかった〝根っこ〟の意味が、真中と話していて薄らわかった気がした。何を言っても真中とはわかり合える気がしなかった。〝助けを求める〟のではなく、〝同じ思いをさせる〟〝殺す〟という発想に至る、その思考が理解できない。母親のこともそうだ。反抗して無視をしたり家を出るとかではなく、殺してしまった。

章敬は真中を説得することは諦めて、深呼吸をしながら快くんを助け出す手段を考えた。自分の母親を殺し、果瑠を殺した真中は、章敬にも殺意を剝き出しにしている。章敬を殺したあと、快くんのことも殺すかもしれない。

「おい」

真中が章敬を呼んだ。

「お前の声、聞き覚えがあるぞ」

思い出そうとしているようで、しばらく黙って虚空を見つめていた。章敬には全く身に覚えがないから、その間も快くんを助け出す方法をひたすら模索する。

「電話」

蚊の鳴くような声で言ったのは快くんだった。

「あん？」

「留守電の声」

「ああ、そうか。ＭＡＲＵＹＡＭＡの」

バットで床をコンコンと小突いた。

「お前、快の姉ちゃんの幼馴染なんかじゃなく、ＭＡＲＵＹＡＭＡの店員だろ？　何回も電話かけてきやがって、心臓に悪ぃんだよ」

章敬が友成家に電話をかけたのは十四日から十六日の店からと、十七日の自分の携帯からだ。何回もということは、少なくともその間の二日以上、二人はここにいたことになる。ここにいて、留守電に入れる声を聴いていた。

章敬は考えながらハッとした。十六日の夜、果瑠の家のことで何か気づいたことはなかったかと警察が言ったのは、十六日に二人がここからどこかへ移動した形跡があったんじゃないか。じゃあなんでまた戻ってきたりしたんだ？　犯人は現場に戻るってやつか？

「ＭＡＲＵＹＡＭＡのスタッフでもあるけど、幼馴染っていうのも本当だ」

「お前が捜してたのは快じゃなく俺なんだろ？　あいつの差し金で俺を捜してたんだろ？」

鼻の穴を大きく膨らませて勝ち誇っているようだった。

「あいつって誰だよ」

「しらばっくれんじゃねぇよ。黛ってババアがいるだろ、店に」

「黛さん？」

「ほらみろ、やっぱそうじゃねぇか」

得意げににやけている真中の顔を見て、黛との関係を考えた。

うちの店の会員か？　それで差し金とは言わないか。まさかの……甥っ子？　いや、苗字違うし。って、女性が結婚して苗字が変わることは大いにあるじゃないか。

心臓の鼓動が痛いほど速くなる。真中がもし黛の甥だとしたら、真中が殺した母親は黛の姉ということになる。背中に厭な汗が流れた。

〝黛さんの差し金なんかじゃないよ〟と言いかけてやめた。真中の表情から、黛の差し金だったら嬉しいのかもしれないと思ったからだ。

「黛さんは君を、俺は快くんを、一緒に捜してたんだよ」

カマをかけてみる。

「なんでババアとお前が」

予感は的中。こいつは黛さんの甥っ子だ。そう思った途端、パズルみたいに色々なことが繋がった。

甥っ子が問題を起こしてさっき警察から連絡があったと言っていた〝問題〟っていうのは、このことか？　甥っ子が母親を殺したことがバレた？　いや、それならさすがにあんな平然とはしていられないだろう。でも、あれだけ事件の話をしていて、どうして甥っ子が事件に関わっていることを黛さんは一言も言わなかった？　隠してた？　それとも詳細はまだ知らない？

「お前が家出をするたびに、俺が黛さんと仕事を代わってたからだよ。誰かが抜けたところは誰かが補わなければならない。仕事っていうのはそういうもんだ。そうやって、黛さんはいつもお前を捜しに行ってたんだよ。今日もお前のこと心配してたぞ」

黛への不信感は一旦置いておいて、章敬は真中との話を長引かせ、逃げ道を探す。

「心配なら店の人間なんか使わずに、テメェで捜し回ればいいだろ」

真中は黛に捜して欲しいのだ。家出をしたときのように。

「捜してるよ」

「ふんっ」

真中は鼻を鳴らした。

「どうせジジイのこと排除しようとした俺を見捨てて、関わりたくないから店の人間使ったんだろ」

「ジジイって誰？」

「ジジイはジジイだよ」

「黛さんの旦那さんのことか？」

「金くれるしか能がねぇのに、それをやめさせやがった。ゴミだよゴミ」

「黛さんにお前の母親のこと相談したことあるのか？」

「あるわけねぇだろ。なぁ快、早くこいつを殺せって」

真中はバットを無理やり快くんに押しつけて急かした。

「もうやめろ。こんな事件を起こして黛さんにどれだけ迷惑がかかると思ってんだよ」

「迷惑？　いい気味だよ。ゴミの言いなりになって俺を見捨てた罰だ」

やはり真中とは話にならない。

話を聞いた限りでは、快くんは果瑠を殺してはいない。誰も殺していない。快くんに罪を犯させることなく真中から助け出すにはどうしたらいい？

後ろに拘束されている手が床に触れ、唐突に打開策が閃いた。

「黛さんはお前を見捨ててなんかいない。ここへは一緒に来たからな」

真中はギョッとした顔をした。

「嘘だね。お前がこの家に来たとき上から見てたけど、一人だったぞ」

「黛さんには俺の家の近くで待機してもらってる。黛さんが一緒に来なかったのは、お前の状況がわからなかったからだ。二人で拘束されたりしたら元も子もないだろ。だから、男の俺が一人で来たんだよ。俺なら顔も割れてないしな」

「ハッタリかましてんじゃねぇよ」

「ハッタリじゃない。ここにいると確信してたわけじゃないけど、和光のお前の家に行っても誰もいないから、警察の捜査が終わったこっちにもう一度行ってみようって、だめもとで来てみたんだ」

和光と聞いて、真中は明らかに狼狽えた。

「一時間以上経っても俺からの連絡がなかったら警察に通報する約束だったから、そろそろ来るころだぞ」

駄目押しをした。

急いで窓の外を覗く真中の動きを凝視しながら、章敬は拘束されている手を駆使して床のスイッチの場所を探った。

「誰もいねぇじゃねぇか」

「あのさ、殺人犯がいるんだぞ、そんな目につく場所にパトカーを止めるわけないだろ。確実に捕まえるためにサイレンすら鳴らさずに静かに来るんだよ」

章敬のことは、身動きが取れなくしてあるから放置しておいても大丈夫だと高を括っている。

「下見てくるから、快はそいつから目を離すんじゃねぇぞ」

真中はバットを構えて階段に向かった。

その隙に床のスイッチを一度押し、真中が階段に足を掛けたタイミングで二度目を押して屋根裏部屋の電気を消した。

「くそっ、なんだよ！」

真中の叫び声を聞いて、

「刑事さん、こっちです！　屋根裏部屋です！　黛さん、真中もここにいます」

と、章敬も叫んだ。

「ざけんなよ、うわっ」

再び真中が叫んだと思ったら、ドンッという音とゴロゴロと何かが階段から転げ落ちる音がして静かになった。

章敬はしばらく耳を澄ませていたが、再度床のスイッチを押して電気を点けた。快くんは放心状態。真中の姿は見えなかった。

「快くん、快くん」

何度か呼んで、ようやくこちらを向いた快くんと目が合う。

「快くん、ペンチで結束バンドを切ってもらえるかな」

快くんはハッとして頷くと、立ち上がって部屋の隅にあるキャビネットの引き出しからペンチを持ってきて章敬の結束バンドを切っていった。

全てを切り終え、ペンチを受け取った章敬は階段へと向かう。ペンチは真中が襲ってきたときの武器だ。だけど、真中は二階の踊り場にうつ伏せに転がっていた。恐る恐る階段の電気を点けてもピクリとも動かない。

階段を下りていき、真中の口元に手を翳した。息をしている。

「良かった、生きてる」

章敬は急いで結束バンドを持ってきて、気絶している真中を拘束した。

「警察は？」

快くんが聞いた。

「あっ、ごめん嘘なんだ。今から呼ぶね」

「電気のスイッチ、床にあること知ってたんですね」

「うん。お姉さんにここで髪の毛を切ってもらったときに教えてもらった。電気を消して彼がパニクってる間に、快くんだけでも逃がそうと思ったんだけど」

本当に快くんを逃がすことだけしか考えていなかった。思っていた以上にビビった真中が階段から落ちて気絶したことで助かった。

「本当に姉の幼馴染だったんですね」

章敬は頷きながらポケットの中に手を入れて、携帯がないことに気がついた。快くんに聞くと、隠し場所を知っていると言って取ってきてくれた。倒れている真中から目を離さないようにしてリダイヤルボタンを押す。

通報から十分も経たずに、近くでパトロールをしていた交番の警察官が駆けつけた。そのあと次々とパトカーもやって来て伊達も到着。

章敬は腰が抜けて、その場にへたり込んでいた。安心したからか、ズキズキと疼き（うず）だした背中や肩を、快くんが擦（さす）ってくれた。

透明人間

警察は友成快くんの行方を捜査している中、街灯防犯カメラを五十台以上虱潰しに調べ、十七日午前二時過ぎにカメラに映った快くんの姿を見つけた。

快くんの傍らにはもう一人少年がいた。その少年の素性を調べて、二年前、快くんや被害者である友成果瑠の母親と一緒に亡くなった男性の息子だということが判明。真中仁志、快くんの一学年上の中学二年生。和光市の公立中学に在籍しているが、十月七日以降欠席していた。担任が何度か母親に電話をかけているが、連絡は取れていないという証言も得た。警察も母親と接触を図るが、自宅も留守で電話にも出ない。

真中仁志と快くんの二人が友成果瑠殺害に関わっているのは確実と見ていたが、母親の関与も視野に入れて三人の行方を追った。母親が友成家を訴える相談をしていた弁護士や以前の勤め先にも聞き込みをし、捜査本部は、真中親子が共謀して事件を起こし、快くんは人質として囚われている線が濃いと考えた。

母親が主犯だった場合、今年一月末、友成家に慰謝料を請求するのは難しいという結論に至ったと弁護士から告げられたことが引き金となったものと思われた。そこで、息子が触法少年として扱われる十四歳未満のうちに殺人を教唆した悪質な事件かもしれない。あの母親ならやり兼ねない。母親を知る人物たちから聞く限り、そういう仮説が成り立った。

警察は大至急で少年二人を保護するため、十月二十一日早朝六時に令状を引っ提げて真中家の家宅捜査を行う予定だった。真中家は管理会社がマスターキーを保管していないので、前日の夜MARUYAMA戸田公園店に電話をかけ、詳細は伝えず鍵を壊すことへ立ち会って欲しいとだけ、妹である黛に依頼した。

しかし、章敬の証言で、真中の携帯に保存されていた写真を見た警察は、真中家に急行し立ち会いのないまま鍵を壊して侵入。浴室で母親の遺体を発見した。酷く腐敗の進んだ母親の遺体は両手首を無理やり切断されていて、右肘にも切断を試みたと思われる形跡が残っていた。粗雑に扱われた遺体の様子から、真中の母親に対する憎悪の深さが窺えた。真中の母親が殺されたのは果瑠が殺されるより前で、撮影した日にちやチョウバエの蛆と成虫の発生状態から十月六日と判明した。

また、数日後には果瑠の携帯の消去されたデータも復元され、快くんが拘束されている写真や、真中の母親の遺体の写真で果瑠が脅されていたことが証明された。

＊

真中の母親は都内の私立中学校で非常勤音楽講師をしていた。女子校で、生徒からの人気は最悪。学校側が生徒に対して毎年行っているアンケートでは、ヒステリーだから嫌いだという意見が多数寄せられていた。

真中の記憶の中でも、母親は常に機嫌が悪かった。家にいても何がスイッチになるのかわからないくらい突然キレては、夫や息子にヒステリックに怒鳴り散らした。家でも外でも自分で自分をコントロールできないのだ。家では特に顕著で、そんな母親に父親も息子もいつもビクビクしていた。

幼稚園の年長になると、真中も母親からピアノを教わるようになった。真中の意思じゃない。でも、母親にやれと言われれば断る術はなかった。

指導中母親はいつもタクトを持っていて、少しでも間違おうものなら、そのタクトで背中をピシャリと叩いた。真中の背中にはいつも蚯蚓脹れ（みみずばれ）ができていた。だからプールに入ったこともない。学校には塩素アレルギーだと申告していた。

タクトを持つ母親の手は、何十年もピアノを弾き続けてきたことで水掻きが広がり、いつも強張っていた。母親の好きなところを問われても一つも思いつかなかったが、嫌いなところなら真っ先にこの手と答える。ピアノを演奏しているときの母親の手は、魔女の手にしか見えなかった。

小学生になると、父親が母親の代わりに学校行事やＰＴＡ活動に参加するようになった。父親は外資系の生命保険会社の営業マン。土日に顧客の元を訪問し、平日は自宅で仕事をしていることが多かった。休みも自分で調整しやすい。

はじめは母親に言われて渋々参加していたのだが、仕事柄人付き合いが上手く性に合ったのか、次第に水を得た魚のように活き活きと活動をするようになっていった。真中も、不機嫌な母親よりも父親が学校に来てくれるほうが嬉しかった。母親が参観日に来ると、家に帰ったあと決まってダメ出しをされるが、父親ならそれもない。母親ばかりの保護者の集まりの中、父親が来ることで優越感にも浸れた。

だけど学年が上がりＰＴＡ会長に就任してからは、夜飲みに行くことが増えた。そして真中が小学六年生のとき、父親は一学年下の友成快の母親と心中をした。しかも、二人は真中が通う小学校の校内で亡くなった。

学校という場所は、教師にとっても保護者にとっても児童や生徒にとってもある種の聖域だ。その聖域において安全を守られるべき存在は児童や生徒であり、教師や保護者は守る側の存在。その保護者が、しかも保護者の代表であるＰＴＡの本部役員の二人が、学校で心中を図ったということは、聖域を著しく穢したことに他ならない。

そんなセンセーショナルな出来事をメディアは挙(こぞ)って取り上げた。

母親の職場でもすぐに噂が広まり、仕事を辞めた。奇しくも母親の職場も聖域で、私立の、しかも女子校。半分追い出されたようなものだった。

自殺でも保険金は支払われたが、父親が残した借金返済に半分以上が充てられた。

父親は外資系生命保険会社の営業マンという仕事柄、新規の顧客開拓に伴う接待費は常に自己負担だった。だけど給与は母親に管理されていて、自分の自由になるお金だけで接待費が賄いきれないときは母親に土下座をしてお金をもらう父親の姿を、真中も何度か目にしたことがあった。

そんな母親への土下座を避けるためか、ＦＸに手を出し大損していたと知ったのは亡くなったあとのこと。大幅な規制強化が行われる前に是非にと同僚に誘われ、母親が唯一管理できない、入社したときから給与天引きで積み立ててきた財形貯蓄を解約し、それを元手にしたのだった。

父親の死で収入が激減し、遺族たちに向けられる世間の冷ややかな好奇の目から逃れるためにも引っ越しせざるを得なかった。今まで住んでいた家のローンの月額よりもずっとずっと安価の古い賃貸マンション。母親は〝ピアノ可〟という条件にのみ拘った。その結果、真中は学区の誰よりも時間をかけて通学することになった。

母親は、夫の死は相手の女による殺人だったと警察に訴え続けたが、すぐに捜査は打ち切り。それでも気が済まず、ピアノ教室以外の時間は父親を唆した相手の家庭に慰謝料を請求するのだと、弁護士や興信所への相談に時間を費やすようになった。FXに手を出したのも相手の女に貢ぐためだったに違いないと言い張り、その分も回収してやると息巻いた。

そのころから真中の家出が始まった。大抵家出するのは午後八時過ぎ。父親が死んでから母親は真中にピアノの指導をしなくなった。それどころか、真中とは口も利かなくなり、食事も作らなくなった。真中が話しかけても無視された。昔から一時的に無視をされることはあったが、今回は存在を完全に忘れられているようだった。

ピアノをやらないでいいのは嬉しかったが、空腹には耐えられなかった。母親が自分以外の人間が台所に立ち入ることを嫌っていたため、真中は家で料理をしたことがない。学校の調理実習でも、同じ班の子に任せきりでほとんど役に立った覚えがない。だから、レンチンで食べられるものがあればそれを食べるが、それすらない日は家出する以外に食べ物にありつく方法が思いつかなかった。父親が死んでからお金は一銭も与えられていないから、買うという選択肢もない。家出をすれば、自分を捜しに来た叔母が食事をさせてくれる。それに、母親に徹底的に無視されていると、自分が透明人間になったような錯覚に陥った。恐怖だった。

俺は存在している。俺は存在している。

それを証明するためにも家出をした。何度も何度も。母親は一度も真中を捜しにも、迎えにも来なかった。代わりにやって来る母親の妹とその旦那。叔母は、食事だけでなく要求すれば小遣いもくれた。

ところが、ある日を境に小遣いを出し渋るようになり、真中は叔父の指図だと直感した。叔母はチョロいが、叔父は変に鼻が利いて扱いづらいと前々から思っていた。だから、叔母に、叔父さんに暴力を振るわれていると嘘をついて排除しようとした。今いる親族は、母親と自分とその叔母夫婦。その中で血の繋がらない他人は叔父だけ。その他人に邪魔されるのが我慢ならなかった。他人の癖に邪魔をする叔父をゴミだと思った。だけど、叔母が信じたのはゴミのほう。暴力なんて振るっていないという叔父の言葉。

どうしようもなくムカついて、自分に沸いた怒りの感情の持っていき場を探していたときに東日本大震災が発生した。関東もかなりの揺れを観測し、学校の先生が机の下に入るよう叫んだ。

焦っているクラスメイトたちとは対照的に、真中は立ったまま茫然と教室の窓の外を眺めていた。尋常じゃないほど電柱が左右に大きく揺れている。

「関東大震災だ」

机の下の誰かが言った。

そうかもしれない。そう思ったほど、経験したことのない現実離れした光景が目の前に広がっていた。

興奮した。いつか読んだ漫画のように、揺れが収まって外に出たら、校内にいる自分たち以外の人間がみんな消滅しているんじゃないかと思った。母親のいない世界に行ける気がした。

でも、そんなはずもなく、余震が続く中、中学生にもなって集団下校をすることになった。喋ったこともない同級生と、家が同じ方向だからという理由だけで一緒に帰らせられる不快感。それを打ち消すように、母親がピアノの下敷きになって死んでいる姿を想像し続けた。

家に帰るのが楽しみになり、自然と足早になって気がつくと一人になっていた。こんなにもわくわくする家路は初めてだった。母親がいる家に帰るのはいつも苦痛だったから。どうせ学区の端っこで、一番近くに住んでいる同級生と別れたあと、二十分は一人で帰る予定だった。真中は同級生を待たずに、そのまま家に向かった。

でも、扉を開け怪我一つしていない母親を見て落胆した。期待が大きかったぶん、計り知れない絶望感に襲われた。自分がこんなにも母親の死を望んでいたことに初めて気がついた。

本棚から落ちた本もそのままに、ニュースを垂れ流しながら気が触れたようにブッブツ独り言を言っている母親。ニュースでは、津波とか原発とか非日常のワードが飛び交っていた。実際に津波が押し寄せる映像が流れ、原発がリアルタイムでメルトダウンし、水素爆発が起きる映像が流れた。

何度も襲ってくる余震とそれらの映像が真中を絶望の淵からまた引き揚げた。まだ母親が死ぬチャンスがあるかもしれない。母親が大量に買い漁った非常食とミネラルウォーターが所狭しと積み上げられ、空腹に耐えることもなくなった。叔父と叔母のこともどうでもよくなっていた。

だけど、被害の少なかった関東は日に日に余震が減り、沿岸部や液状化のあった地域を除いて日常が戻っていった。被災地以外の話題は、テレビの中ですら上がらなくなった。途轍もない焦燥感が、真中の心に、あのどす黒い津波のように押し寄せた。

『くるぬくとぅば』は沖縄の方言で『心の言葉』。沖縄の反基地団体の名称だった。その団体は震災後、東日本大震災はアメリカが地球深部探査船を利用しメタンハイドレートの掘削作業をしている最中にプレートを刺激してしまったことで誘発した人災だという主張を繰り返していた。父親を唆した女の家庭に慰謝料を請求するのは難しいという結論に至ったと弁護士に告げられてから心の拠りどころを求めていた母親は、ネットで知った『くるぬくとぅば』の主張こそが真実だと思い込み、彼らの活動に心酔し、支援に夢中になった。

『くるぬくとぅば』を知り、曲がりなりにも生気を取り戻した母親は、二学期が始まると真中のピアノのレッスンを再開すると言い出した。間違えるとタクトで背中を叩かれる日々だけが戻ってくる。不思議なもので、それまで何年も受け入れてきたことなのに、間があいたことで拒絶感が凄まじかった。

だから、あの日、十月六日、初めて母親にピアノをやめたいと言った。前日に、311のとき関東で観測された震度とほぼ同じ震度五強を観測する地震が、311の被災地から遠く離れた熊本で発生したというニュースも背中を押した。

関東大震災もいつ起きてもおかしくない。人は、歳をとったり病気になったりして死ぬとは限らない。子どもの自分だって、いつ死ぬかなんてわからない。それならば、嫌なことは今すぐにでもやめたい。

だけど、母親は激高し、ピアノをやめるのなら指はいらないだろうと言って、真中の指をタクトで何度も叩き始めたのだ。指先は背中よりも痛みが強く、タクトが当たるたびに全身に電気が走ったような衝撃を与えた。細い傷が何本もできて指から血が滴った。それでも叩く手を止めてはくれなかった。

死ねよ。もうマジで死んでくれ。

そう思ったことは覚えている。気がついたら、包丁で母親を滅多刺しにしていた。死ねばいい、死んでくれとは思っていたが、殺すという発想はなかった。でも、いざ殺してみると実に呆気なかった。

とりあえず遺体を隠さなければと思い、浴室に運んだ。死んだ母親の身体は想像以上に重かった。最初はなんとなく脇を抱えて引き摺る形をとったが、持ちづらさが重さを増して、数メートル運んだだけでしばらく動けなくなるほど疲労した。

重い上半身を引き摺ればいいんじゃないかと、今度は試しに両足を持って引き摺る。敷居を通るたびに首がガクガクしたり、曲がり角で柱や壁に頭部がゴンとぶつかると、生命のないものが動いたり音を出すことに少し気持ち悪さを感じたが、さっきまでの苦労が嘘のようにラクだった。

警察に捕まらないためにはどうしたらいいのか考えて、母親の遺体をどこかに隠し、いなくなったことにすればいいと思った。隠し場所として思い浮かんだのは、山に埋めるか、海に沈めるか。

遺体を浴室の洗い場に置き、リビングで父親が使っていたパソコンの電源を立ち上げた。遺体の処理方法を検索してみるが、目ぼしい情報は出てこない。

ふと、父親が作ったフォルダーが目に入ってクリックする。保存されていたのは大量のAV動画。生前、父親が母親の目を盗んでそういう動画を観ているのを何度か目撃し、興味を持っていた。でも、パスワードを入れないと再生できないようになっている。仕方がないので、ずらりと並んでいる動画のタイトルをじっくりと眺め、父親がお気に入り登録している中から一本のタイトルをネットで検索した。

出てきたのは、ジャケット画像と〝超過激SM〟〝エログロの極み〟と書かれた作品情報だけ。それが、『だるまおんなころんだ』だった。

〝SM〟〝エログロ〟の意味はわかる。父親が観ていたアダルトビデオは、いつもそういう類のものだったから。昔からの趣味なのか、妻に抑圧されている反動でストレス解消として観るようになったのかはわからない。

山に埋めるにしても、海に沈めるにしても、バラバラにしなきゃだな。

さすがに解体された女性がジャケットに写っていたわけじゃなかったし、そういうシーンがあるような感じでもなかったが、縛られた縄が賽の目状に肉体に食い込んでいる四肢のない女性の裸体を見てそう思った。

重い腰を上げ、母親を刺した包丁を手にもう一度浴室へ向かう。バラバラにするのなら遺体から服を脱がさなければならないが、母親の裸など見たくもない。想像しただけでも反吐が出る。だから、まずはそのままの状態で左の手首を切断することにした。そもそも服のことは関係なく、最初に切り離すのは大嫌いな手と決めていた。

母親の左手を摑むと、手首線に沿って包丁の刃を滑らせる。多少硬くなり始めてはいたが、意外と簡単にぱっくりと皮膚が口を開けた。手首を切ったら血が噴き出るのかと思ったが、ドロッと流れ出る感じで、その血の合間から見える肉に更に刃を食い込ませ切り進めた。

　骨に当たると一旦手を止め、力を入れて包丁を押してみるが、簡単には切断できそうもない。とりあえず手首の周りの肉に一周ぐるりと切り込みを入れる。そして母親の上腕を左足で踏みつけて固定すると、包丁を手首の切り込みを入れた部分に当て、何度か叩きつけた。

　頬に痛みを感じ浴室の鏡を見てみると、小さく欠けた包丁の刃が刺さっていた。母親の手首の骨の硬さに包丁が刃毀れしたのだ。安物なのか、古いのか、ともかく目にでも入ったら大変だ。真中は叩きつけるのをやめ、右手で母親の手を握り、左手で肘の下辺りを持って思い切りへし折ることにする。

　バキンかガキンか、どちらとも表現しがたい鈍い音が浴室に響いた。思ったよりも折ることは容易かった。それまで与えていた衝撃が功を奏したのだろう。

「ふぅ、ふぅ」

　肩で息をしながら、真中は自分の手に握りしめられた母親の手首を睨みつけた。

　次の瞬間、ぶるぶるっと身震いがして、浴室の床の隅へ放り投げる。汚い切断面が不満だったが、魔女の手には相応しい。

　右の手首も同じように切断していく。両手首が終わると、右肘の切断にも取り掛かった。でも、手首よりも太い骨に悪戦苦闘し、体力があるほうではなかったので疲れ果てて諦めた。全裸になると、湯の張っていない湯舟でシャワーを浴び、返り血を落とす。その後、母親の遺体の写真を携帯で撮り、放置したまま扉を閉めた。

　真中は自分の部屋へ行くとベッドに倒れ込み、泥のように眠った。翌日陽が傾いてから起きると全裸のままだった。全身が筋肉痛で、ところどころ痣もできている。両腕は鉛でも乗せられているように重く、痛かった。

　それでも、昨日のことは夢だったんじゃないかと思い、服を着てリビングに向かった。そこら中に残っている血痕と咽せ返るような血の臭いが、夢じゃなかったことを実感させた。

　でも、全然嬉しくなかった。自分が警察に捕まるのだと思ったら、絶望しかなかった。母親がいなくなったら幸せに過ごせるようになるはずなのに、檻の中での生活なんて全く幸せじゃない。幸せじゃないなら今までと何も変わらない。

　項垂れながら、ふと、父親を唆した女の家族は今どうしているのだろうかと思った。母親が興信所から受け取って仕舞ってあった資料を探し出して、舐めるように読んだ。そこに記載されていた住所を見て、翌十月八日に友成家を訪れた。

　息子が父親の実家に住んでいることまでは書かれていなかったので、三人ともそこに住んでいるものと思っていた。あんなことがあったのに引っ越しをしていないということは、学校でいじめられたりして、きっと、友成家の子どもたちは自分以上に酷い目に遭っているのだろうと想像した。

家の周りを歩いていると、リビングの窓が開いていてカーテンの隙間から台所にいる女の姿が見えた。資料に載っていた、あの女の娘だと思った。同じ小学校へ通っていた息子のほうは学年が違っても顔くらいは知っていたが、娘のほうを見るのは初めてだった。

洗濯機が終わった音がして、女はそのままリビングを出て、洗濯物を抱えて二階に上がっていった。洗濯物を干しに行ったからしばらくは戻ってこない。真中は、靴を脱いで庭の草の中に隠し、家の中に入った。そのままパントリーに隠れて、しばらくこの家の人間を観察することを思いつく。どうせ母親の遺体が見つかれば警察行きだし、逃げる当てもない。せめて自分以上に酷い目に遭っているこの家の息子をこの目で見たかった。そうすれば、少しは報われる気がした。

しばらくして息子がやって来た。姉弟（きょうだい）の会話から、息子が快という名前であること、普段は父親の実家に住んでいること、今日から二泊三日でここに泊まりに来たこと、父親は海外出張で留守にしていることがわかった。真中は今日ここで快に会えたのはたまたまだったと知り、武者震いをした。

——今日俺がここに来たのは偶然ではなく必然だったんだ。

真中がパントリーから覗いているとは夢にも思わず、快は姉に、祖母の作る煮魚について愚痴りだす。

「ばあちゃん煮魚の煮汁超甘いし、最後ご飯にかけるのやめて欲しい」

「ばあちゃん昔からそれやるよね。でも、ばあちゃん、魚は快に沢山食べさせたいからって、自分は煮崩れした身と煮汁でご飯食べてるんだよ。煮汁ご飯にかけるのくらい好きにさせてあげなよ」

姉は笑いながら諭した。

姉がおやつに出したお洒落な陶器に入ったプリンは、快が好きな近所のケーキ屋で買ってきたのだと言っていた。快はそれを大喜びで食べていた。「こっちに戻ってきたいな」と快が言うと、「じいちゃんとばあちゃんになんか怒られた？」と姉が聞いた。

「じいちゃんもばあちゃんも怒らないよ。でも、あの家退屈なんだよ。それに、古い家だからまた地震きたら怖いし」と頬を膨らませる。

「パパも私も家にいなかったり、帰りが遅いこと多いから、今戻ってきたら、あんた確実に鍵っ子だよ。それこそどうすんの、一人でいるときに地震がきたりしたら。じいちゃんとばあちゃんと住んでいるほうが安心だって。高校に進学するときに戻ってくるのが丁度いいんじゃない？」

と言う姉に、

「一人でいるときに地震って、変なこと言わないでよ。怖い怖い怖い。めっちゃ怖い。

鍵っ子は嫌だな。地震こなくても家に帰って誰もいないのはちょっと怖いよ」と快が答えた。

「どんだけ怖がりなのよ」と揶揄う姉に、「怖いもんは怖いんだよ」と言い返して二人で笑っていた。

おやつを食べ終えると、

「昨日も終電まで学校でカットの練習してたから、ＤＶＤ借りに行けてないんだよ。今からちょっと借りてくるね」

と言って、姉は快に観たい映画のタイトルを確認した。

「えー、一人で留守番ヤダな。地震きたらどうすんの」

「三十分もしないで戻ってくるからそのくらい待ってなさいよ。地震きたらテーブルの下にでも入ってればいいでしょ」

というやり取りのあとに、姉だけが自転車の鍵を持って外に出た。

あぁ、こいつは俺以上に酷い目になんて何一つ遭っていないじゃん、それどころかめちゃくちゃ幸せそうじゃん。

真中の心が、ギシギシと軋んだ音を立ててスクラップした。

てめぇらの母親が俺の父親を唆して殺しておいて、なに笑ってんだよ。父親が死んだあと鬼畜ババアと二人きりになったのも、父親が唆された証拠が見つからなくて慰謝料を請求できなくなって鬼畜ババアが余計におかしくなったのも、俺が鬼畜ババアを殺したのも、全部、全部てめぇらのビッチな母親のせいなのに。

真中は、警察に捕まる前になんとしてもこいつらに、自分と同じ思いをさせてやると心に決めた。特に息子に。そうでなければ気が済まなかった。

パントリーにあったキャンプ用品の中から包丁を取り出し、保護カバーを外して右手に持つと、一人になった快の前に出ていった。そして、怯えて動けない快を結束バンドを使って拘束した。結束バンドもパントリーの棚に置いてあった。

快の携帯で快を拘束した写真を撮り、姉に写メを送った。直後、真中の母親の死体の写真も快の携帯経由で送りつけた。

快の携帯を使って姉に電話をかけさせると、「俺は人を殺して逃げていて、お前の家に立て籠っている」と言い、「弟を殺されたくなければ俺の指示に従え」と命令した。足がつかないように、自分の携帯は絶対に使わなかった。

震える声で弟に手を出さないでくれと懇願する姉に、自分が今から言うDVDを借りて帰ってこいと指示を出した。警察に通報したり、少しでもおかしな行動を取ったらすぐに弟を殺すと脅した。姉が行った先が『MARUYAMA戸田公園駅前店』だと知り、ほくそ笑む。最悪、叔母に協力させればいい。

真中が指示したのは、『だるまおんなころんだ』。前日に検索したときに、MARU

ＹＡＭＡなら動画配信とＤＶＤレンタル、どちらでも鑑賞できると書いてあった。警察に捕まる前に一度くらいアダルトビデオを観ておきたかったし、友成家の姉弟に嫌がらせとして〝エログロの極み〟とやらを観せてやろうと思ったのだ。

数分おきに電話をかけて状況を確認する。『だるまおんなころんだ』は検索機で探したら在庫有りにはなっているが、アダルトビデオコーナーに入ったことがないから探すのに手間取るかもしれないと言う。姉が変な動きをしないように、携帯を通話状態にしたまま探すようにと指示をした。

姉がいない間、一緒にいた快には正体がバレた。快が小学校で見覚えがあると言い出したのだ。別に隠すつもりもない。

「お前の母親が俺の父さんを唆したから、復讐するために来たんだよ」

快はショックを受けて、それきり姉が帰ってくるまで黙っていた。

帰ってきた姉には、真中から正体をバラした。そして、

「俺は自分の母親を殺してここに来たんだ。言うことを聞かないとお前らも殺す」

と改めて脅した。

快の姉に母親を殺した理由を聞かれ、自分が幼いころから母親にされてきたことを二人にぶちまけた。そして、全部お前らの母親のせいだと言った。快は怯えた表情をしていたが、姉は顔色一つ変えなかった。

「沢山辛い思いをしたんだね。大丈夫、君が警察に捕まらないように私が一緒に君のお母さんの死体の処理を手伝うよ。死体が見つからなければ君は捕まらない。これからは自由に生きていけるよ」

姉の思いもよらぬ言葉に驚いたが、信用せずに拘束しようとする。

「私ね、なんとなく君の気持ちがわかるんだ。だから本当に君を助けるよ。日本で年間行方不明になってる人って八万人もいるんだよ。その人たちのほとんどが捜されもしない。うちの母親、前にも家からいなくなっちゃったことがあったのよ。自殺でもしたら大変だって、すぐに警察に行って捜索願を出そうとしたら、暗に積極的には捜索されませんよって言われた。しかも、今は震災でそれどころじゃないじゃない。だから、ちゃんと処理すれば疑われることもないよ」

姉の説得で真中の手が止まると、

「でも、弟はいても足手纏いになるだけ。明日、弟を父の実家に送り届けてから一緒に君の家に行って処理しよう」

と優しく提案した。

「どうやって？　バラバラにするのはかなり大変だぞ」

既に一昨日経験済みだ。

「そう？　鋸（のこぎり）や出刃包丁使えばそうでもないと思うけど」

真中の頭には、普段使わないし、使っているところを見たこともない鋸や出刃包丁を使おうなどとは全く思い浮かばなかったから、目から鱗。

「そのあとは、業務用の排水溝クリーナーとかで溶かすとかかな」

「何？　排水溝クリーナーって？」

「美容室の排水溝にごっそり詰まった髪の毛でもスッキリ溶かす強力クリーナーだよ。私が通ってる専門学校でも使ってて、家でも使いたいのでって言えば持ち出せるから」

「そんなんで人間の骨まで溶けるの？」

「やったことないからわかんないけど、かなり強力なのは確か」

自分では思いつかない知識がポンポン出てきて面食らう。もしかしたら、本当に母親がいなくなったことにできるかもしれない。警察に捕まらずに済むかもしれない。図らずも、そんな希望が湧いてきた。

「俺の気持ちがわかるって……何がどうわかるんだよ」

「君の家みたいに暴力を振るわれたりはしたことないけど、私も母の死を望んでたから。殺したいとは思わなかったけど、死ねばいいと思ってた。だから、母が死んだことで気に入らなかったのは、死んだこと自体じゃなく死に方だった。最後まで家族に迷惑かけるあのやり方が許せなかった」

真中は快の姉を拘束することをやめた。

「信じるぞ？　もし嘘だったら、もし裏切ったら、絶対にお前ら二人とも殺す。弟も殺すからな」

小刻みに震えながら言う傷だらけの手を、姉は優しく握って頷いた。

「大丈夫、信じて」

姉に言われるがまま快の拘束も解いた。姉の作った夕食を一緒に食べ、快と一緒に風呂に入った。快は、風呂で真中の背中の蚯蚓脹れを優しく撫でた。姉が風呂に入っている間、二人でゲームもした。

真中は自分に姉弟ができたように感じた。胸の奥に、生温いものがじんわりと広がった。その生温いものの正体はわからなかったが、決して嫌なものではなかった。

屋根裏部屋で三人で寝ることになったが、夜中の十二時過ぎに専門学校の友人から電話がかかってきて、姉は二人に先に寝ているように言ってリビングに下りた。

興奮して寝つけなかった真中は、姉がレンタルしてきたＭＡＲＵＹＡＭＡの袋を漁り、中に入っていたＤＶＤを取り出した。ＤＶＤは二本入っていて、一本は自分の指示したアダルトビデオ、もう一本は快が観たいと言っていたサメ映画だった。

サメ映画は借りてくるとは思っていなかった。思わず嫉妬を覚え、胸の奥に広がっていた生温いものが一気に凍る。

真中は、快の目の前で『だるまおんなころんだ』を再生した。観たくないと言って下の階に逃げようとした快を、「観ないと殺す」と脅した。無理やり観せているうちに快は真っ青な顔になっていき、その場で吐いた。

　午前一時を回り、電話を終えて屋根裏部屋に戻ってきた姉が、その状況を見て、「そんなことをするなら警察に連絡する」と言い出した。そして、手にしていた携帯で110番をしようとしたことにカッとなり、近くのワゴンにあった何本かのハサミの中から一番大きいものを摑んで姉の胸に突き刺した。それから、無我夢中で馬乗りになって何度も何度も突き刺すことを繰り返した。快の目の前で。

「お前のせいだぞ。お前が大人しく観てないから、吐いたりするからこんなことになったんだ。お前のせいでお前の姉ちゃんは死んだんだからな」

　快は真中の言いなりになった。

　その日から父親が出張から帰ってくる十七日の前日までは、そのまま友成家に二人で潜む。そう決めて、真中は九日の夕方、叔母を呼び出して金を無心した。最初は断られたが、『友だちができて一緒に遊びたいからお願いします』と頭を下げたら一万円の軍資金を得ることに成功した。その間、快は手足を結束バンドで拘束し、タオルで猿轡（さるぐつわ）をしてパントリーに監禁。

　快が祖父母の家に帰る予定だった十日の朝、快から祖父母の家に電話をかけさせ、しばらくこっちにいるから学校にも連絡しておいてくれるように頼ませた。

潜伏中、死体のある屋根裏部屋には行かなかった。電気は点けず、MARUYAMAからの留守電に残された延滞連絡のメッセージを暗闇の中で二人で聞いていた。姉の学校や友人からも姉の携帯と家電に何度か電話がかかってきていた。

十月十六日の夜中、できるだけ自分が友成家にいた形跡を消し、人目に触れないように快を連れて自分の家に戻った。歩いて二時間以上。他に行く場所などなかった。快の携帯は、その道中、折って荒川に投げ捨てた。

快の姉の携帯も持ってきて捨てるべきだったと思い、取りに戻るべきか悩んだ。真中の携帯との通信履歴はない。快の携帯経由で送った、快を拘束している写真と母親の死体の写真は、快の姉の拘束を解いた時点で目の前で消去させた。残っているとしたら、真中が快の携帯を使って借りてくるDVDの指示を出したときの通話履歴だけ。それは真中に繋がるものではないから問題なしと判断した。

自宅は酷い臭いが充満していたが、快の家も姉を殺して二、三日してから似たような臭いがするようになっていたからさほど気にならなかった。

翌日、快の姉の遺体が見つかったとニュースでやっていて、二日後には真中の家にも警察が来た。万が一友成家で自分の指紋が見つかったところで、前科があるわけじゃないし、自分に辿り着くことはないと高を括っていた真中は焦った。

その時点では母親を殺害したことを知らない警察は、家の中へ無理やり入ってくることはなかった。だけど、叔母が家に来たり電話も何度もかけてきて、そうなるのも時間の問題だと思った。

快と二人で過ごす時間を手放したくなくなっていた真中は、できるだけ逃げる方法を考える。そして既に捜査が終わっているであろう快の家に戻ることにした。灯台下暗し。以前実際にそうやって犯行現場に戻って数年間バレずに生活をしていたという話を聞いたことがあったのだ。

ところが、張り込んでいる警察がいないか注意しながら、なんとか友成家に侵入したところに章敬がやって来た。

＊

これが、逮捕後真中が語った一部始終だった。

あの日到着した救急車は三台。一台に真中が、そして章敬と快くんも別々の車両に乗り、病院へ搬送された。章敬は頭部と胸部の打撲、右肩骨折で全治三か月。あとは、三日分の睡眠を取り戻すように、死んだように眠った。

快くんは、外傷は結束バンドによる擦り傷程度だったが、重度のＰＴＳＤ。特にパントリーを想像させるあらゆる隙間に敏感に反応し、そこに誰もいないことを確認しないと落ち着かないのだという。目の前で姉が殺された快くんは、その時点でPTSDを発症し、真中と行動を共にしている間も恐怖で正常な感覚を失い、逃げようという思考が欠如してしまっていたと、医師に診断された。

「自分の言いなりになる快といると安心できた。初めて感じた安心感は心地よくて、ずっと一緒にいたくなって、警察に捕まるのが余計に嫌になった。快と二人で透明人間として一緒に生きていきたいと思った。なのに豊平とかいう変な奴が来て、快と一緒にいる時間を邪魔する奴は殺そうと思った。快に殺させて俺と同じ殺人犯にさせたいとも思った。そしたら快はもっと俺から離れられなくなる」

章敬を殺そうとした理由をそう語っていると、病室を訪れた伊達が教えてくれた。

「友成家に入る前にどうして連絡しなかったんですか？　どうして一人で接触するなんて危険なマネをしたんですか」

伊達は激怒していたが、

「俺なりに、彼女を生かした責任を取りたかったんです」

と、病室のベッドに座り頭を下げる章敬に、伊達はそれ以上追及はしなかった。真中から、果瑠を殺したことに対する反省や謝罪の言葉はないという。

もう一つ、ＭＡＲＵＹＡＭＡの閉店時間である八日二十五時、つまり九日の午前一時以降の犯行だと絞られたのは、果瑠が、十一月の全国大会に一緒に出場する同級生と電話で話していたからだということもわかった。連休明けの練習内容について打ち合わせをしていたのだそうだ。

　章敬は、血が怖いと言っていた果瑠が、真中に『なんとなく君の気持ちがわかる』『君を助けるよ』と言って、一緒に母親の死体の処理を手伝うことを申し出たと知り、胸が張り裂けそうになった。本心も混じっていたとは思う。でも、果瑠は少なくとも十一月の全国大会に向けて生きて頑張ろうとしていた。だから、決して命に投げやりになってではなく、生きるために、弟を守るために必死に考えた苦肉の策だったのだと思った。

　友人との電話のときなど、真中と離れた隙になぜ警察に通報しなかったのかとも思ったが、快くんの傍から離れない真中を刺激して、快くんを万が一にも危険に晒したくなかったのだろう。祖父母の家に送り届け、快くんの安全を確保したあと、何らかの行動を起こすつもりだったのかもしれない。

　母親と同じだなんて思ったことを激しく後悔する。後悔しながら章敬は、自分の頬に涙が伝っていることに気がついた。果瑠が死んだら俺は泣くよと言いながら、やっと泣けた瞬間だった。やっと、果瑠の最期に逢えた気がして、とめどなく涙が溢れ続けた。

願い

「本当にごめんなさい」

入院中にお見舞いに訪れた黛は、病室に入ってくるなり土下座をしようと病室の床に正座をした。さすがに土下座はやめてくれと言うと、深々と頭を下げてから全てを打ち明けた。

三月十一日の震災後、真中の家出がパタリとなくなった。姉から連絡がくるのは真中が家出をしたときだけだったから、自ずと連絡を取り合わないまま半年が過ぎた。両親でもない自分が出る幕がないのは良い傾向だと思っていた。三月の震災では多かれ少なかれ誰もが自他の死に直面し、各々思うところがあった。黛もセックスレスを真剣に解消したいと思ったのは震災があったからだった。セックスが、死とは真逆にあるものに思えたから。だから、真中も震災で思うところがあって家出をすることがなくなったのだと思った。

ところが、十月九日に真中の携帯から黛の携帯に電話がかかってきた。着信履歴を見た黛は、休み時間に慌てて折り返した。内容は、『戸田公園の駅まで来て欲しい』という呼び出し。声色からただ事じゃないと思った黛は、バイトの人にシフトを延ばしてくれるようお願いし、午後五時半に戸田公園の駅へ向かった。

「豊平くんに九日のことを言われて嘘をついたのは、警察に最後に仁志に会ったのはいつかって聞かれたときに震災の前だって言ってあったから。精子ドナーって言えばセックスレスの話と辻褄が合うし、豊平くんが他の人に話しにくくて黙っていてくれると思ったの。咄嗟に精子ドナーって言葉が出てきたのは、仁志が精子ドナーを利用してできた子だったから」

日本では他人から提供された精子を使用した人工授精を受けられる施設はかなり限られていて、治療を受けられる患者も、夫が無精子症などの場合に限られていた。黛の姉もその一人で、非配偶者間での人工授精により、十三年前に息子をもうけた。最近はネットの普及により個人で精子ドナーと名乗るアカウントが現れていて、黛は姉にそういったものを利用するよう勧められていた。医療機関を介さない精子提供は、安価で違法じゃない上に面倒な手続きも必要ないから、と。

「姉にとっては結婚したら子どもを作るのが当然で、私がいくら子どもを作りたくないんだって言っても信じてくれなかった。最近じゃ日本人の男性の一割が無精子症で珍しいことじゃないのよって、いつの間にか姉の中ではうちの夫も無精子症ってことになってたの。私が夫に遠慮して子どもを作らないって言ってると勝手に思い込んで、子どもができない歳になってから絶対に後悔するよってしつこく勧められてね。昔から思い込みが激しくて自分の意見を押しつけてくるところが苦手だったけど、さすがにうんざりして、両親とだけでなく姉とも距離を置くようになった。

でも、義兄が亡くなったあと仁志が家出したから捜してくれって度々姉から連絡がくるようになったのよ。姉は、テレビの報道とか週刊誌の記事とかネットでも散々嫌な思いをさせられて、仕事を辞めざるを得なくなってから家に籠ってしまって、私と私の夫が代わりに毎回捜し回った。いつも義兄と走っていた土手で見つかる仁志を、私と夫とで家に送り届けてた」

黛は自分の生い立ちにも触れた。仲が悪かった両親の元で育った年の離れた姉妹。ピアノが得意だった姉は音大まで出してもらったが、特技もなく、その程度の偏差値なら大学へ行く必要はないと言われた妹は、父親が転職して収入が減ったこともあり、自分で奨学金を借りて短大に進学した。

大学を卒業した姉は、勤め先に保険のセールスで来ていた男性と一年足らずで結婚。子どものころから夢はお嫁さんになることだと言っていた。その夢を叶え、〝自分は絶対に幸せな家庭を築く〟と宣言して実家を出た。

「同じ家で育っても、子どものころ手に入らなかった理想の家庭を自分で作るために人工授精をしてでも親になることを望んだ姉と、親になることを断固拒絶した私。姉妹でも正反対の道を選んだの。義兄も、一緒に走ることで絆が強まるからって毎年親子でマラソン大会に出るようになってね。十キロの部とか五キロの部とか何種類かあって、その中に小学校低学年までなんだけど親子で走る部があって、その部に二人で参加したのが最初。その部をね、ファミリーの部っていうの。そうやって義兄は自分の血をひいていない息子と本当の親子になろうとしてるんだなって思ったわ」

以前ネットの掲示板で晒されたと言っていた広報誌の写真を見せた。真中は父親と血が繋がっていないことを知らない。父子はお揃いのランニングウェアを着て、同じスポーツブランドの帽子を被り、同じ番号のゼッケンをつけていた。笑顔でピースをしている真中の顔は、友成家で会った彼であって彼でなかった。

そんな義兄が二年前に友成家の母親と二人で亡くなった。息子が通う小学校の一室で不倫相手と練炭自殺をしたという一報に驚いたが、世間の反応を見て、これは大変なことになったと蒼褪めた。

それまでは節目節目にお祝いを送るくらいの関係だった真中に家出をするたびに接するうちに、今まで感じたことのない感情が湧くようになった。自分の子どもが欲しいとは相変わらず思わなかったが、もしかしたらこれが母性というものなのかと思った。でも、ほとんど会う機会をもたなかった十年という年月は想像以上に長く、真中が心を開くことはなかった。

——叔母さん、MARUYAMAで働いてるんでしょ？　今度AV観せてよ。そしたらもう家出しないから。

——そういうのは十八歳以上じゃないと借りられないんだよ。

——知ってるし。だから叔母さんに頼んでんじゃん。

「何回か同じようなやり取りがあって、仁志が観たいって言うのはいつも豊平くんの幼馴染が借りたものと同じような類の作品だった。義兄の好みだったみたい。仁志は本当に観たいというより、私の反応を見て楽しんでる感じだったの。でも、不安で不安でこうやって相手を試さずにはいられないんだなって可哀想に思ったわ」

そして、震災後連絡が途絶えていた真中から十月九日に呼び出された。

『叔母さん、お金ちょうだい』

顔を見るなりそう言って手を出した。義兄が亡くなって初めて目にした笑顔で、テンションも異様に高かった。

元々姉が小遣いを与えていなくて、生前は義兄が自分のポケットマネーからこっそり渡していた。そのことを知っていた黛は、家出をした真中に義兄の代わりに小遣いを渡していたのだ。でも、夫にそういうことは仁志のためにならないと止められ、渡さなくなった。それから間もなくして、真中は黛に叔父さんに暴力を振るわれたと訴えた。すぐに嘘だと思ったが、それも不安の表れだと思い、咎められなかった。

「まさか本当に暴力を振るわれていて、しかも姉がやっていたなんて。姉は、完璧な家庭を求め過ぎていたから。もっと、仁志の話をしっかり聞いてあげればよかった」

　黛は嗚咽を漏らした。

　十月九日も、一度は心を鬼にして断った。でも、

『友だちができて一緒に遊びたいからお願いします』

　と改まって言われ、渡してしまった。

「引っ越してから友だちの話なんて一度も出たことがなくて、やっと友だちができたのかって、だからこんなに笑顔なんだと思ったら嬉しくなっちゃって、勝手に舞い上がって……バカみたいよね。でも、十八日に事件の報道を見て、義兄と一緒に亡くなった女性の娘さんが殺されたことを知って、警察が店に来て豊平くんに相談された幼馴染のことだと気づいて、凄く驚いた。しかも、翌日には警察に姉や仁志と最後に連絡を取った日とかも聞かれて、嫌な予感しかしないじゃない。九日に会ったことは咄嗟に隠したわ。慌てて姉や仁志と連絡を取ろうとしたけど、どちらとも繋がらなくて、家に行っても留守だった。そしたら今度は豊平くんが九日に私と仁志が会っているのを見たって言い出して、これは豊平くんがどこまで知っているのか聞かなきゃと思って飲みに誘ったの」

「じゃあ、一緒に飲んだときには既に甥っ子さんが事件に関与してることを知っていたんですか？」

「申し訳ありませんでした」

黛はまた深々と頭を下げて謝った。

「仕事を上がる直前に警察から姉の家の鍵を壊すから立ち会ってくれって連絡を受けてたから、もう……。豊平くんの前で顔に出さないように必死だった」

お互いに情報を収集しようとしていたのだ。防犯カメラの映像を印刷したものは、そのための餌。

「黛さんは、自分の義理のお兄さんと一緒に亡くなった女性の苗字を知らなかったんですか？」

「知らなかったわ。姉から聞いたことなかったし、報道でも義兄と亡くなった女性の名前までは出ることはなかったもの」

黛は何度も謝り、どういう形になるかはわからないけれど真中のことを夫と二人で支えていくと決めたこと、そしてＭＡＲＵＹＡＭＡを退職したことを告げて帰っていった。

章敬は、入院してすぐにＭＡＲＵＹＡＭＡに電話で退職を申し出て承諾されていた。一瞬、果たして今、店のシフトは大丈夫なんだろうかという思いが過って、自分が気にすることじゃないと苦笑いをした。

それよりも、心配なのは快くんのこと。

「父も同じこと、言っていました」

二階の踊り場に倒れている真中を監視しながら警察の到着を待つ間、へたり込んでいる章敬に快くんが小さな声で言った。

「うん？」

聞き返すと、

「お母さんは、真中くんのお父さんと不倫していたんじゃなくて、きっと死にたい者同士が出会ってしまったことでこうなってしまったんだよって。お母さんが好きなのは家族だけど、家族とは死ねないから。そう……父が言っていました。姉はそんなふうには思えないって言ってたけど、僕はそうなんだと思っています」

と言った。

快くんの口調はしっかりしていて、章敬の髪の毛を切ってくれたときの果瑠のほうが余程危うさを感じた。快くんならきっと立ち直れると思った。

翌年には友成家は取り壊され更地になった。あの屋根裏部屋も跡形もなく消え去った。売却が決まったと聞いたとき、事件のあった家なのによく売れたなと驚いた。果瑠の父親の知り合いの不動産屋に買い取ってもらったらしい。更地になった二か月後には、『学習塾建設予定地』という看板が立っていた。

章敬は三年生に進級すると研究室にも所属し、それまでの大学生活が嘘のように忙しい日々を送っていた。新キャンパスに慣れたころ、油井からMARUYAMAの社員として採用されたとメールが来た。被災地でリニューアルオープンする店舗への配属が決まり、映画で被災者の心の復興を応援するのだという意気込みが書かれていた。

真中は精神鑑定を受けて医療少年院に入り、治療を受けていると伊達から聞いた。ただ、退院し社会復帰してからがまた大変だと危惧していた。元々ネットで出回っていたマラソン大会の写真が、今は真中の顔からモザイクが外されて晒されているそうだ。同じ未成年であるにもかかわらず、被害者である快くんは公開捜査をするためとはいえ全国で実名と顔写真を晒されたのに、加害者が晒されないのはおかしいというネット住民たちによる制裁。

「こういったネット私刑(リンチ)にどう対応していくのか、警察にとって大きな課題です」

伊達は大きな溜息をついた。そして、埼玉県警本部から秩父署に異動になったことも章敬に伝えた。事件解決後、捜査中に章敬へ過剰に接触したことを自ら上司に報告し、左遷されたのだという。

「豊平さんに規則違反したことを問い詰めておいて、自分のことは棚に上げておくってわけにはいきませんからね」

そう言いつつ、秩父の山は星がきれいなのだと終始笑顔だった。

夏休みに入って間もなく、快くんが章敬の家を訪ねてきた。事件のときは章敬の顎くらいの身長だったのに、見上げるほど高くなっていた。

「背、伸びたね」

「十五センチ伸びました」

すっかり声変わりもしている。照れたような快くんの少し大人びた笑顔が果瑠の笑顔と重なった。似ているわけじゃない。ただ、笑い方が同じだった。

二階の章敬の部屋に通すと、ツッチーの姿を見つけてケージを覗き込む。

「この子、なんていう生きものですか？」

「ツチノコ」

「えっ、嘘」

「嘘」

二人で笑った。

「ヒョウモントカゲモドキ。レオパードゲッコー、略してレオパとも言うんだよ」

「トカゲモドキ？」

「うん。本当はトカゲじゃなくてヤモリだから」

「なんか複雑な名前ですね」

快くんがまた笑う。

「めちゃくちゃ可愛いです。ヤモリって家を守るっていいますよね。僕も飼いたいな」

「今、お父さんも一緒にさいたま市の実家に住んでるんだよね？」

「はい」

「臭いや音もほとんど出さないから、お年寄りがいても飼いやすいと思うよ」

章敬は、ツッチーを見ながら目を輝かせている快くんの横顔を見ていた。

「あの、これ、読んでください」

思い出したように快くんが白い封筒を差し出した。一般的な横封式の封筒。中には封筒と同じ白い便箋が二枚入っていて、〝あなたへ〟と書かれていた。

「母が父に宛てた遺書です」

章敬は驚いて快くんに視線を向けた。

「あくまで父宛てのものだったので姉にも僕にも内緒にしておいたようなんですが、昨年の事件があって母の死についての報道も過熱してしまったので、父が僕も知る権利があるからって言って見せてくれたんです」

真中が逮捕され、快くんに関する報道は一転、同情的な扱いのものばかりになった。

ゾッとするほどの掌返し。しかし、三か月も経つと世間は新しい話題を求め、友成家の事件への関心は急速に失われていった。最近はネット掲示板に犯行予告を書き込むといったサイバー犯罪のニュースが巷を賑わしている。少しは静かに生活を送れるようになっただろうか。そんな懸念が浮かんだが、口には出さなかった。

「それを、なんで俺に」

「姉の代わりに読んで欲しいと思って」

「友成の代わり……」

快くんは穏やかな笑顔で頷いた。

章敬は戸惑いながら視線を便箋へと戻す。そこには、十代の少女のような可愛らしい丸文字が並んでいた。

まずは家族三人への感謝の言葉。家族を心から愛している。だけど、決して消えることのない死にたいという思い。生きたいと思えたらどれだけいいか……そう願い認知療法も受けたが、ついに叶うことはなかったと、苦しい胸の内が綴られていた。

笑顔の母親が理想だった。子どものころ、登校のときに母親が笑顔でお見送りをしてくれる友だちが羨ましかった。だから、テンションを急激に上げる強めの薬を毎朝飲んで果瑠と快、そしてそれぞれの友人たちを見送った。記憶が飛ぶほどのハイテンション、その反動で必ずダウンタイムがやってきた。

そして、ＰＴＡの本部役員を引き受けてからは、役員会に出席するためにも薬を飲むようになった。薬には感謝している。薬がなければ他の保護者たちが怖くて震えや動悸が止まらなくなるから。他の保護者にできて自分にはできないなんて、情けないし子どもたちに申し訳ない。そう思うと、ますます死にたくなってしまう。それに、本部役員を辞めるには、自分で代わりの人を探さなければならない。ただでさえ敬遠される本部役員で、ママ友どころか話せる人すらいないのに、代わりを頼める人なんていなかった。

薬の過剰摂取で触覚や聴覚にまで異常が出てきていることに気がついて、声をかけてくれたのが真中会長だった。信じてもらえるかわからないけど……そう前置きして、真中会長とはやましい関係ではなかったと書かれていて、心なしか、その部分だけ、筆圧が強くなっているように見えた。真中会長は仕事柄、病気や薬に詳しく、しんどいとき、特に飲み会のときなどにフォローしてくれるようになった。

だけど症状はますます悪化し、薬の効果が切れると心だけでなく全身が早く死ななきゃという衝動に駆られる。それを抑えるために更に薬を飲む悪循環。その間隔はどんどん狭まる一方だった。

真中会長は真中会長で、多額の借金を抱えて悩んでいた。お金が必要なとき、毎回奥さんに土下座をして頼まなければならないのが苦痛で、そうならないためにやったことで逆にとんでもない額の借金を背負ってしまった、と。妻に土下座をするたびに生気がもっていかれるんだよと力なく言っていた。

自分が会長のうちに成し遂げたかったＰＴＡ廃止も、教員、保護者共に反対派多数で絶望的になったこと、息子さんが成長するにつれ、自分とは血の繋がりがないことを知られることが怖くてならないということから、死を口にするようになった。夫として父親として会長として、自分の存在意義が見当たらない。

死は二人にとって救いだった。一緒に死のうとなったのは自然な流れだった。

――方法は、全て真中会長にお任せするつもりです。

生きていても死んでも迷惑をかけて、本当にごめんなさい。どうか、子どもたちをよろしくお願いします。

手紙は、そう結ばれていた。

複雑な気持ちだった。理解できるかと言われれば、正直理解できないことのほうが多い。母親としては限りなく自分勝手に思えるが、これが伊達の言う死神に心を支配された人間の末路だと思うと残酷に感じた。

果瑠の母親が心を死神に支配される切っ掛けを作った人間たちは、そんなこととは知らずにのうのうと生活を送っているだろう。いじめられた人間は一生忘れないが、いじめた人間はすぐに忘れると言われるように、きっと記憶にも残っていない。彼女を捨てた母親もそうかもしれない。彼女を苦しめたという自覚すらなかったりもする。

そうして、そいつらは確実に何十年もかけて果瑠の母親を、家族を苦しめ、最終的には果瑠の母親を死に至らしめた。胸糞の悪い話だが、世の中にはこんな話が溢れているのだろうと章敬は思った。

「父は、手紙に書かれていることは、あくまで病気の母の主張なので子どもが知る必要はないと思って見せなかったそうです。姉も僕も、母が病気で苦しんでいたことは理解していても、病んだ母の思考や行動まで理解するのは子どもの役目じゃなく夫である自分の役目だからって。それに、真中くんのお父さんのことも書かれていたので、尚更誰にも見せられなかったって言っていました」

確かに子どもが背負うものじゃないし、人目に晒すものでもない。ただ、学校もPTAの本部役員たちも、会長がPTAを廃止しようとしていたことはマスコミに伏せていたし、真中の父親の借金についても公になることはなかった。そのことで、二人の死は全く違う形で世間に周知されてしまったというわけだ。

「これ読んで……どう思った？」

章敬は恐る恐る快くんに問う。快くんは章敬から手紙を受け取り、ポケットに仕舞いながら返答を考えているようだった。

「父が言っていた通りだったということがわかりました」

「えっ？」

「死にたい者同士が出会ってしまったことでこうなってしまったってことです。それ以上でもそれ以下でもありません。母のことは好きでしたが、母が死に向かう気持ちは、そうだったんだと客観的にしか捉えられないです。僕は生きたいので」

「そうか……そうだよね、うん」

〝僕は生きたいので〟。思いがけず快くんの口からその言葉を聞けて、章敬は胸に熱いものが込み上げた。果瑠が聞いたらどれほど喜んだろうかと思った。果瑠は……この遺書を読んだらきっと、『全然わかんない』と憤慨するだろう。そんな果瑠の思いを、あの屋根裏部屋で髪をカットされながら聞きたかった。


快くんとは、それきり会うことはなかった。それでも、毎年三月十一日が近づき震災の特集番組が放送され始めると、章敬は果瑠と快くんのことを思い出す。事件のことではなく、二人の、あの笑顔を。

——私のこと、忘れないで欲しい。

それも、果瑠の願いだったから。

了

本作品は当文庫のための書き下ろしです。
本作品はフィクションであり、実在の個人・団体などとは一切関係がありません。

文芸社文庫

マインドエラー

二〇二三年二月十五日　初版第一刷発行

著　者　永山千紗
発行者　瓜谷綱延
発行所　株式会社　文芸社
〒一六〇－〇〇二二
東京都新宿区新宿一－一〇－一
電話　〇三－五三六九－三〇六〇（代表）
〇三－五三六九－二二九九（販売）
印刷所　図書印刷株式会社
装幀者　三村淳

©NAGAYAMA Chisa 2023 Printed in Japan
乱丁本・落丁本はお手数ですが小社販売部宛にお送りください。
送料小社負担にてお取り替えいたします。
本書の一部、あるいは全部を無断で複写・複製・転載・放映、データ配信することは、法律で認められた場合を除き、著作権の侵害となります。

ISBN978-4-286-28016-5

[文芸社文庫　既刊本]

麻野涼
死の臓器

熊本の病院の医師が警察から取り調べを受けた。死期の近いがん患者から腎臓を摘出し、移植手術を行っていた容疑だ。臓器売買をめぐる大病院、製薬会社の陰謀を暴いた医療サスペンスの傑作。

麻野涼
血の記憶

浜松市内のスーパーで、会社役員の妻と子供が拉致された。スーパーの駐車場の警備員も一緒らしい。すると、事件発生の報道を目にした女性タレントがテレビ会見を申し出た。社会派ミステリー。

麻野涼
三叉路ゲーム

小学2年生の娘を誘拐された警部補は、犯人からの指示で新横浜駅のロッカーからメッセージを取り出す。〈三叉路ゲームスタート〉。次第にかつての〝あの事故〟が浮き彫りになる、社会派作家の力作。

宇賀神修
フェルメール・コネクション

フェルメールの絵に隠された〝鍵言葉〟と、第二次大戦の封印された事実を探る新聞記者の森本は、ロスチャイルド家とナチ残党の暗闘に巻き込まれていく。史実と虚構が織り成す壮大なミステリー。

［文芸社文庫　既刊本］

忍足みかん
#スマホの奴隷をやめたくて
〝いいね！〟のために生きていたSNS命の20代女子が、七転八倒しながらも、スマホを手放すことに成功した、笑いと涙と共感のエッセイ。文庫化にあたり忍足流デジタルデトックスも大幅に加筆。

川口祐海
イシュタム・コード
自殺者が急速に増える中、成長したユウは驚愕の計画を突き止める。そこには、行方不明となっている父の人生を賭けた闘いが隠されていた！少年の成長と活躍を描くファンタジック・ミステリー。

川口祐海
ニュー・ワールズ・エンド
巨大組織の陰謀によって富士山が大噴火を起こした。立て続けに起こる原発事故、ウイルス拡散。秘密を握るキーマンとして組織から追われる研究者、その三つ子の娘達に人類の存亡が託される。

黒川甚平
1972年からの来訪
1992年、山荘を管理する永森の呼びかけで大学時代の仲間が集まった。束の間の避暑のはずが…。日本中を震撼させた〝革命〟から20年後、あの時代を知る者たちの総括を描くサスペンス小説。

［文芸社文庫　既刊本］

黒淵晶

アポカリプスの花

一緒に暮らして7年になるのに、葉子は恋人・政博の本心を掴めないでいた。ある日、政博の過去を知る男が現れ、その頃から葉子の日常は違和感に侵食されていく。新感覚のファンタジック・サスペンス。

須磨光

音楽学校からメロディが消えるまで

多数の音楽家を輩出し、地元の人たちから愛される名門音楽高校が生徒募集を停止する⁉　地元紙の突然の報道に町に動揺が走る中、学校存続のために奔走した保護者会長の体験に基づく実録小説。

深堀元文

前世療法探偵キセキ

若き精神科病院長・小此木稀夕は、ある女性から体験させられた「過去生返り」で3つの事件を見る。それは現世で起きた「立春の日殺人事件」とどう関わるのか。現役精神科医が描くミステリー。

山本陽子

さいはてたい

48歳の母に認知症の症状が現れた。受け入れられないミュージシャンの息子は苦しみながらもある決断をするが…。若年性アルツハイマー型認知症を息子の視点から描き、ドラマ化された話題作。